〖中华诗词存稿·地域专辑〗

中华诗词学会 编

北 京 诗 词 选

现 当 代 · 上

（一）

张桂兴　主编

中国书籍出版社
China Book Press

图书在版编目（CIP）数据

中华诗词存稿.北京诗词选.现当代.上 / 张桂兴
主编.—北京：中国书籍出版社，2020.12

ISBN 978-7-5068-7622-3

Ⅰ.①中… Ⅱ.①张… Ⅲ.①诗词—作品集—中国—
当代 Ⅳ.① I22

中国版本图书馆 CIP 数据核字 (2020) 第 227368 号

北京诗词选·现当代（上）

张桂兴 主编

责任编辑	毕　磊	
责任印制	孙马飞　马　芝	
封面设计	采薇阁	
出版发行	中国书籍出版社	
地　　址	北京市丰台区三路居路 97 号（邮编：100073）	
电　　话	（010）52257143（总编室）（010）52257140（发行部）	
电子邮箱	eo@chinabp.com.cn	
经　　销	全国新华书店	
印　　刷	北京虎彩文化传播有限公司	
开　　本	710 毫米 ×1000 毫米　1/16	
字　　数	615 千字	
印　　张	52	
版　　次	2020 年 12 月第 1 版　2020 年 12 月第 1 次印刷	
书　　号	ISBN 978-7-5068-7622-3	
定　　价	1198.00 元（全 4 册）	

《北京诗词选》（现当代）
编委会名单

编 委 会：（按姓氏笔画排序）

石理俊　杨金亭　李树先　李增山　张桂兴

郑玉伟　柳科正　赵清甫　赵慧文　段天顺

主　　任：段天顺　张桂兴

副 主 任：李增山

主　　编：张桂兴

执行主编：柳科正

编　　辑：李树先　张力夫

办 公 室：李玲娜　于秀舫

总　序

　　我们这个诗歌大国有一个很好的传统,历来注重"采诗"、搜集整理诗歌材料。作为唯一的全国性诗词组织的中华诗词学会,自 1987 年 5 月成立以来,就十分重视这项工作。学会每年的学术研讨会和历届"华夏诗词奖",都出版论文集和获奖作品集。纪念学会成立二十年、三十年时,还专门编辑出版了《大事记》《论文选集》《诗词选集》。《中华诗词》创刊以来,每年都制作年度合订本。2007 年 5 月,在北京天识东方文化艺术传播有限公司的资助下,以近代以来诗词创作、诗词理论、诗词运动重要文献汇编,当代名家个人作品专集等为主要内容,出版了《中华诗词文库》。经过十来年的编辑整理,已经出了近百卷。这些诗集、文集的出版,记录了近百年来尤其是改革开放四十多年来,中华诗词从起步、复苏走向复兴的砥砺前行的历程,为近、当代诗歌史的撰写准备了丰富的资料。

　　党的十八大以来,中华民族优秀传统文化重新受到应有的重视。习近平总书记《念奴娇·追思焦裕禄》词和《军民情》七律的相继发表,引领中华大地诗潮滚滚而来。《中共中央关于繁荣发展社会主义文艺的意见》和中办、国办《关于实施中华优秀传统文化传承发展工程的意见》,都明确提出"加强对中华诗词、音乐舞蹈、书法绘画、曲艺杂技和历史文化纪录片、动画片、出版物等的扶持。"国家教育部组织制定由中华诗词学会起草的新中国语言体系中的新韵书《中华通韵》已经通过国家语言文字工作委员会语言文字规范标准审定委员会审定，即将颁布全国试行。这些都使我们真切地感受到，中华诗词的春天真的到来了。诗人们乘着骀荡春风，正以高昂的激情，书写着中华民族伟大复兴的新时代、新史诗，国家富强、民族振兴、人民幸福的中国梦；正以与人民同呼吸、共命运的诗人之心，对人民的欢乐、人民的忧患、人民的情怀给以诗意的表达；正以"美"或"刺"的诗人之笔，对市场经济大潮中人民对幸福生活的期待，对美好未来的希望，对假丑恶的深恶痛绝，或给以方向，或给以赞美，或给以鞭挞。正如习近平总书记所指出的："好的文艺作品就应该像蓝天上的阳光、春季里的清风一样，能够启迪思想、温润心灵、陶冶人生，能够扫除颓废萎靡之风。"

当前，传统诗词创作者和诗词爱好者队伍发展迅速，已超过三百万。每天创作的诗词作品超过唐诗、宋词、元曲的总和。诗词评论研究队伍也成长很快，诗词评论、诗词学、诗词创作理论研究成果丰硕。如何从浩如烟海的诗词作品中"淘"出优秀作品，并使之存下来、传下去，如何使诗词研究理论成果"面世"并发挥应有的指导作用，确实是摆在我们面前的无可回避的一个重要课题。中华诗词学会是一个没有国家编制，没有国家拨款的社会团体，事业的运转主要靠社会赞助和会员费支撑。俊识（北京）文化传媒有限公司总经理吕梁松、北京采薇阁总经理王强，两位一直是对中华传统文化情有独钟的热心人，慷慨解囊，愿意同中华诗词学会一起，搜集整理编辑推出《中华诗词存稿》这套书，共同为中华诗词文化的继承和发展，做成这件十分有意义的事情。

　　《中华诗词存稿》主要搜集整理出版三部分内容的资料：一是当代诗词名家的个人作品集；二是当代诗词评论家、诗词学者的学术著作集；三是当代诗词作品、诗词理论学术成果阶段性、专题性、地域性的集成类作品集。诗词作品强调精品意识，沙里淘金，把"有筋骨、有道德、有温度"的优秀诗词作品搜集起来。诗词评论、研究类资料强调理论性和创新性，应具有鲜明的个性特点，具有创建性的见解。集成类的资料应有一定的史料保存价值。总之，做成一套具有当代价值和历史意义的好书。在此，我们编委会人员，向提供资料、筛选编辑、版面设计、校对勘误，包括所有为这套资料付出辛勤劳动的同志们，表示真诚的谢意！

郑欣淼

二〇一九年七月于北京

序　言

　　《中华诗词文库·北京诗词卷》，继《近代卷》出版后，《现当代卷》又和读者见面了。这是一项重要的文化工程。自二〇〇九年，中华诗词学会发出编写《中华诗词文库·分省诗词卷》的通知至今，历时近六年时间，北京诗词学会经过不懈的努力，终于完成了这项填补历史空白的诗词编选任务。这是北京文化建设的组成部分，是诗词文化建设的又一丰硕成果。为了做好这项工作，二〇〇九年学会就成立了以老会长段天顺同志为主任的编委会。北京诗词学会经过多次研究，结合北京的特殊历史地位——历史上的政治文化古都、当今的政治文化中心、诗词文化底蕴丰厚、写诗的人士较多等特点，决定分近代、现代、当代三卷编选。近代卷出版后，在编选现、当代卷时，就遇到了不好划分的问题。不论是从出生年月，还是从诗词创作发表的时间，以及诗词所产生影响等方面考虑，都不便确定是划入现代还是当代。特别是一些在诗词发展中产生重大影响或是开国领袖的诗人，如柳亚子、郭沫若、毛泽东、周恩来、朱德、陈毅、董必武等等，都很难区分。对此，学会经过多次反复的讨论研究，最终决定将现、当代合编为一卷，分上、下两卷。这样较好地解决了这一矛盾，使之更符合实际。

一九一九年五四运动以后，新文化运动使白话文兴起，传统的旧体诗词受到极大的冲击。时至今日，主流媒体鲜有传统诗词的发表。从五四运动到一九四九年新中国成立，虽然只有短短的三十年，但中国历史上却是社会动荡、硝烟弥漫、波澜壮阔的年代。这样的社会现实更能激发诗人的情怀和感叹。因此，在这一时期，传统诗词虽受冷落，但仍有很多民主、爱国志士、文化名人创作了大量的诗词作品。他们悲愤、呐喊，关注社会，关注民生，呼唤民主，抒怀壮志，向往新生。毛泽东"谁主沉浮"的发问，尤震于耳，应是那个时代诗人们的追求。现代，时间虽短，诗亦有声。

新中国成立后，传统的旧体诗词仍是一片沉寂。这期间在民间虽有传播和创作，但不成气候。直到二十世纪九十年代，改革开放以后，全国各地相继成立了诗词组织，传统诗词又开始逐步走向繁荣。这正应了毛泽东的那句论断：格律诗词一万年也打不倒。北京作为首都，作为全国的政治文化中心，诗词自然也不例外。中华诗词学会已成为团结带领全国诗词组织和诗人扬帆远航的旗舰。《中华诗词》《北京诗苑》《诗国》《诗词之友》《子曰》等在全国有影响的诗刊都在北京。北京诗词学会已有两千多名会员，团体会员和联系的诗词组织已达四十六个。各部委、大专院校，驻京部队以及城乡、社区的诗词组织，更是聚集了一大批诗词爱好者。诗词讲座、培训、吟诵、创作活动蓬勃开展。北京诗词已见繁荣。这为当代诗词的选编提供了有利条件和坚实的基础。在选编当代卷的过程中除了遵循可入选北京卷的基本条件外，我们还确定了以下几条原则：一是诗词的质量，力求选精品。二是有影响的名人作品。三是当前活跃于诗坛的诗人作品。四是反映重大事件、时代特征的作品。尽管我们做了大量艰苦细致的搜集、遴选、甄别工作，但难免会有错漏的遗憾。

"野火烧不尽，春风吹又生"。进入二十一世纪，我国经济发展，社会稳定，人民生活逐渐富裕，社会主义文化日益繁荣。特别是以习近平同志为总书记的党中央，积极倡导优秀传统文化，犹如春风吹来，给传统诗词的发展注入了生机。我们有理由相信，明天，诗词的百花园将更加绚丽。

张桂兴

二〇一四年八月十日

前　　言

　　本书是《中华诗词文库·北京诗词卷》（现当代·上）。

　　民国时期的北平，曾经是全国的政治文化中心。一九二八年国民政府南迁后，这里仍然是全国的文化中心，直到抗日战争全面爆发。这个时期之初就发生了影响深远的五四运动以及随之而来的新文化运动，随后又经历了马克思主义的传入，政权几次更迭，军阀混战，日寇侵占，第三次国内革命战争。这些巨大而激烈的形势变化，都深刻地影响了北平地区乃至全国思想界、文化界、教育界、军政界以及人民群众的生活与发展。与此同时，向西方学习的思潮风起云涌，从欧美学成归国的文人、学者，渐次在国内文化教育界掌握了主导权，百家争鸣的局面再次出现。一些人提出"打倒孔家店""反对文言文""废止传统格律诗词"的主张，引起了文化教育界的巨大反响。学习西方形式自由的新诗活动应运而兴，并成为诗坛的主体。中国传统格律诗词受到一定程度的冲击和冷落。

　　但是，传统格律诗词毕竟是经历过几千年的选择、创作、积累而成的优秀传统文化载体，其美学原则是中外其他任何文学体裁所无法比拟和取代的，她在广大人民群众中仍然有其生存发展的基础和动力，她在民间、在文化学术团体内部悄悄地被传承下来，并且按照她本身的规律向前发展。她证明了毛泽东同志所说的一条真理：旧体诗词"一万年也打不倒"。

这个时期的诗词活动，除了民间个人创作以外，主要的形式是组织"诗社""词社"，定期开展社课活动。有的是命题作文，也有的是自由创作；有的是事先作好，定期交卷；也有的是必须当场创作。形式多样，活泼生动。著名的诗社有：

寒山诗社：清末民初由诸多文化名流和部分致仕官员组成，易顺鼎、冒广生、沈曾桐、关赓麟等先后主持，延续活动十馀年之久。

稊园诗社：二十年代之初由寒山诗社衍化而来，列名诗社者有数百人之多，活动一直延续到解放后的五六十年代。

蛰园吟社：一九二〇年由樊增祥、郭曾炘、林纾、杨仲羲等八十人组成，活动到一九二八年。

亢慕义斋：一九二〇年，北京大学部分师生在李大钊、陈独秀主持下组成的诗词组织，对外又称"马克思主义学说研究会"。经常参加活动的有罗章龙、高君宇、王尽美、林育南、王震异、邓中夏、何孟雄、瞿秋白等二十馀人。活动延续到一九二七年。

同是一九二〇年，北大教授沈尹默、马叙伦、张尔田、李哲如等常在金鱼胡同海军俱乐部宴集吟唱。后辑有《金鱼酬唱集》。

漫社：一九二一年，张朝墉、孙雄、贺良朴、谭祖任等五十馀人组成。活动三年，到一九二三年停止，社课吟唱五十馀次。

聊园词社：一九二五年由谭祖任、夏孙桐、金兆蕃、汪曾武、溥心畲等数十人组成，一直活动到一九三七年抗战前夕。

赓社：一九三〇年抗日军兴之际，由郭则沄、关赓麟、夏仁虎、张伯驹等多人组成，活动到一九四〇年。

榖社：一九四〇年由方兆鳌、林仲枢、郭枫谷、陈吉庐等二十馀人组成。

此外，还有㷀社、声社以及一九四五年的延秋诗社等。

参加诗词创作和诗社的人员，除了清末致仕官员外，还有大专院校的文人、学者，社会名流，军阀将领，革命志士，以及一些书法家、画家、医生、戏剧表演家、金融家、企业家等各行各业人士。应该说参与诗词创作活动的人员范围，较之以前各个时代是大为扩展了。

所创作的诗词，题材广泛，内容深刻，反映了当时社会生活的方方面面，尤其是国难当头的时候，反抗侵略、救国救民、同仇敌忾的正义呼声，充盈天地，延续了中华民族爱国主义的优良传统。读后令人感动、奋发。许多仁人志士、革命先烈就是怀着这样的爱国情操，前赴后继，英勇献身的。

在写作风格上，可以说是百花齐放。有的坚持唐风宋韵，委婉含蓄，使典用事，不亚先贤；有的大胆创新，承前启后，开一代新风；有的以白话入诗，直抒胸臆，发出时代强音，震人心魄。正是"文章合为时而著"，时势不断变化，诗词亦随时势而前进，千姿百态，美不胜收。

　　总之，民国时期的北平诗坛，虽然只有短短的三十年（一九一九年至一九四九年），而且遭遇到前所未有的形势变化，以及思想、文化上的剧烈碰撞和重新组合，但传统格律诗词并没有沉沦和消失，她顽强地继承了下来，并且有所发展，为二十世纪八十年代的复兴作了有力的铺垫。本书的编成，也可以说为有志于诗词研究的同仁们提供了一个管中窥豹的机会。

　　由于条件的限制和编者水平的不足，本书难免有遗珠之憾和谬误之处，还期方家予以指正。最后，不揣冒昧，以一首打油诗作为结束：

　　　　三十年中汗漫游，风云变幻谱春秋。
　　　　骚坛起伏寻常过，韵语传承细水流。
　　　　未必名贤居马首，居然黎庶共吟讴。
　　　　拯民救国呼声骤，慷慨悲歌动九州。

　　　　　　　　　　　　　执行主编　　柳科正
　　　　　　　　　　　　　二〇一三年冬于京华

目　　录

何维璞

（1870-？）字诗孙，湖南道州人。同治九年（1870）副贡生，官内阁中书。殁于民国。

南浦·南泊观荷

凉动雨余天，不多时、又是一番秋晓。鸿爪认前踪，苍苔上、惟有斜阳难扫。半篙烟水，十年也换沧桑小。说到家山君似我，负却池塘春草。　　何如倒尽金尊，看窗前树色，云光了了。明镜照红妆，瑶台路，倘许世间人到。幽怀浩渺。醉歌惊起鸳鸯悄。翻羡溪童摇艇去，消受月明多少。

劳乃宣

（1843-1921）字季瑄，号韧叟，原籍浙江桐乡人。资政院议员兼京师大学堂总监，学部副大臣及代理大臣。近代音韵学家，拼音文字的提倡者。有《劳山词存》等。

摸鱼儿·自题《劳山归去来图》

峙苍溟、万峰环翠，先畴遥溯千古。雷声电影飙轮疾，载得萧然家具。聊赁庑。更莫道、山川信美非吾土。高风远数。问迷路逢萌，餐霞李白，遗踪可容步？　　南云邈，闾井方丛豺虎，周京又感禾黍。江湖魏阙都成梦，蹙蹙我瞻何所？谁与语？浑不料、有人重译谈邹鲁。归来且赋。愿蠹简埋头，鲸波洗耳，长向画中住。

扬州慢·虎丘感旧

暮棹寻烟，春衣试暖，夕阳红过桥东。望巍然一塔，正独倚晴空。问旧日、楼台何处，画船箫鼓，梦影朦胧。剩贞娘墓草，萋萋绿遍东风。　　坠欢渺渺，算闲鸥，曾识游踪。甚紫塞餐霜，燕然踏雪，辜负吟笻。陌上翠钿谁拾？垂杨外、油壁希逢。送归艎、流水栖鸦，几杵疏钟。

杨增荦

（1850-1933）字昀谷，号俫堪，江西新建人。光绪进士。民初任国史馆协修。有《杨昀谷先生遗诗》。

题陈石遗萧闲堂诗后

憔悴潘郎苦费辞，萧闲堂上梦离离。
百年几日容孤卧，四海何人解五噫。
老去情怀原作恶，病来歌哭总成痴。
浮云遮断三生路，木叶安心恐已迟。

送赵熙归蜀

别亦寻常此最难，灯前强说醉乡宽。
奇人自古为时弄，谏草零星作史看。
天地固应穷位置，文章曾不救饥寒。
荻花枫叶瞿塘路，后夜秋风寸寸滩。

简瘿公

故人唯有罗昭谏，并隐城东往返便。

说士竟成柔刹国，论诗曾到建安年。

龙心兀兀看秋水，鳌背沉沉有断烟。

末世蹉跎宁复悔，本来无往是真禅。

孤鸾·唁剑承悼亡

补天无石，看恨锁云红，愁凝烟碧。咄咄娲皇，苦费千山寻觅。而今更无寻处，只孤鸿、闷依斜日。自向空中写怨，是怎生消得？　　叹一丝残梦不堪摘。待帝网重开，天花四出，欲闯三千界，奈此身无翼。算来六尘影子，但有缘、总归荒涩。认取圆圆果海，记维摩如昔。

何藻翔

（1865-1930）字翔高，广东顺德人。光绪进士，官外务部
郎中。有《岭南诗存》。

读史有感

青史无从覆旧棋，归周白马尽微箕。
百年养士有今日，九庙勤民又一时。
陶阮亦曾污伪命，羲炎以后此朝仪。
人民城郭都无恙，绕树饥乌怆旧枝。

客退偶咏

廿四朝无国不亡，随人悲喜各登场。
绯袍尚愧孙供奉，青史应怜王铁枪。
猎队随宜参佛果，江鸥闲与话沧桑。
年来我似吠尧犬，咄咄书空未是狂。

登色拉寺西望

三千五寺塔黄红，六十八城烟雨中。
欲访康乾旧碑碣，老僧遗事说双忠。

白廷夔

（生卒年不详）字曼殊，号粟斋，满族人。官候补道，入民国。

绿意·绿阴

漫空乱絮，恨芳霏晼晚，谁送春去？众绿才生，如水凉阴，便化碧烟无数。黄昏易觉纱窗暝，醉梦里、自寻归路。更那堪、远到天涯，是处也多风雨。　　可惜芳华早歇，蓟门剩落日，肠断烟树。柳尽空堂，槐老斜街，料得词人难住。残红送断凄迷影，只旧燕、伶俜相语。抱短琴、何地堪眠？终古此情谁诉？

郭辅衷

（生卒年不详）字仲起，福建侯官人。官邮传部郎中，入民国。

巫山一段云·又一体

抱叶流莺老，衔泥乳燕归。断堤春柳又依依，思君君不知。　　三月漫天飞絮，不解将愁吹去。行行小倚碧琅玕，门前山复山。

瑞鹤仙·寄李拔可

凉风吹鬓短，过而今浑是，萧疏池馆。离情万千转，似墙角芭蕉，芳心难展。黄昏小院，记蜜炬、西窗共剪。甚匆匆、几度流光，空负玉人微叹。　　无限。听歌声歇，把酒更阑，尽成凄怨。闲愁莫遣，青衫老，泪痕泫。恨琼箫多事，霜华如结，又向寒衾梦唤。待吹开、岭上梅花，可曾再见。

张仲炘

（？-1913）字慕京，号次珊，江夏人。光绪三年（1877）进士，授编修，殁于民国。有《瞻园词》。

月华清

将水消愁，偎花作影，素娥岑寂无侣。一夕婵娟，不抵十年尘土。巧幻就、羽客银桥，闲认取、仙人玉斧。悲苦。趁碧天无滓，不如归去。　况是蛾眉多妒。算一岁光阴，能几三五？才得圆时，未识明宵何许。试遍数、昨夜星辰，莫更问、昔年风雨。无主。又纷纷催彻，五更谯鼓。

解连环·秋夜读古微词，泪满沾臆

怨怀何极？井梧飘乱点，玉阶霜色。念远道、愁寄相思，早肠断凤笺，恨凝螺墨。海素秋莹，料难照，红楼心迹。盼微波阻绝。静掩画屏，泪满沾臆。　长宵几回挫抑？又虫声絮答，幽梦难入。想此日、天际归舟，正催桨潮生，蘸损清碧。未寄寒衣，怎耐得、蓬窗风力？但凄凄、对灯细数，漏壶碎滴。

月华清·中秋夜雨过云开

　　波练澄天，云罗叠晚，破空飞出清镜。一片琉璃，幻作素秋千顷。几浴向、沧波横流，又摄取、山河全影。人静。甚南乌惊绕，依栖无定。　　往事何堪回省？记飞雨敲窗，醒重难醒。不道姮娥，更比旧时妆靓。忍忘却、玉宇高寒，要守住、朱阑长凭。端正。把金瓯无缺，新词重咏。

摸鱼儿·和伯平留别原韵

　　又匆匆、片帆南浦。凉云来劝秋去。元龙气自吞湖海，落笔也多悽绪。愁四顾。抵漆室哀吟，掩泣情如诉。临歧袂举。愿一日双鸿，风传雨送，赓和共吴楚。　　江关梦，庾信愁深待语，天涯能几亲故？斜阳万顷秋潮急，波影荡无重数。孤絮舞。怕招隐无山，空念淮南赋。田园路阻。叹去国情怀，忧时涕泪，同是倦游侣。

塞翁吟·题叔问词卷，用清真涩调

　　梦迹凋春绮，衰鬓海国重逢。念往事，雨声中，叹客寄孤鸿。无言自有伤心处，沉恨半掩青铜。对酒浊，怨春浓，况金缕歌慵。　　匆匆。铜驼路，清秋素袷，才几日、啼妆换红。听曲里、伊凉变调，杳何处、楚泽行吟，佩结兰丛。闲愁万顷，且倚吴歌，休画眉峰。

秦绶章

（1849-1925）字佩鹤，嘉定人。光绪九年（1883）进士，官副都统。为20世纪20年代北平"漫社"成员。有《讽籀室集》。

祢衡墓

北海真爱才，一疏荐公府。
当年怀刺旧，那得逢黄祖？

壬子元旦天津旅寓作 二首

（一）

江湖犹是恋清时，客里惊心岁月驰。
斯世几更龙汉劫，我生忍诵兔爰诗？

（二）

黄州副练怀元佑，彭泽闲居署义熙。
元月书正循旧例，强拈彩笔写春词。

翠楼吟·题吴子述《春眠风雨图》

燕子梁空，梨花院静，无奈黄昏时候，孤灯人影畔，准分付，离人消受。鼍更闲守。怕梦到屏山，惊回偏又。拼辜负，是惜花心事，卷帘吟瘦。　　记否？翠被寒轻，惯替侬商略，麝兰薰透。天涯何处也，猛催醒、隔宵残酒。樊川归后，料病榻心情，鬓丝非旧。春光骤。向画图重问，谱销红豆。

查尔崇

（生卒年不详）字峻丞，宛平人。光绪十一年举人，官候补道。为20世纪20年代北平漫社成员。

霜叶飞·落叶

倦鸦啼絮。黄昏后，霜林如替秋语。已凉天气可怜宵，偏又销魂雨。听槭槭、吟商最苦，宫沟堆遍相思路。奈怨笛西风，断送忕无情，忍问旧题红处。　　何况太液波荒，巢鸾轻换，寂寞梧苑终古。辞柯心事盼春回，春也伤羁旅。甚一霎、流光过羽。江潭慵写兰成赋。任唤醒、沧桑梦，便算青青、乱愁谁主？

绿意·绿阴

江南恨满，又参差万绿，天际遮断。倒柳邮亭，无限离愁，添入梦云零乱。烟梢露叶冥濛影，早暗里、韶华偷换。恨杜鹃、啼断残春，似道谢桥人远。　　犹记危阑乍倚，画帘镇未卷。檐翠笼浅。不信流莺，青子枝头，唤得春魂能转。簪花俊约都休问。尽黛色、眉痕凄怨。怕瘦黄、重试清露，更恼感秋心眼。

刘福姚

（1864-？）字伯崇，号守勤，广西临桂人。光绪十八年（1892）进士，官秘书郎。殁于民国。有《忍庵词》。

琴调相思引

老屋疏櫺一欠伸。乱愁多似梦中云。镇无聊处，寒月一痕新。　　垂老儒冠能傲客，久居山鬼喜窥人。世情销尽，翻读送穷文。

玉楼春·和小山韵

啼鹃那解留春住，烟草凄凄春去路。莫将残酒酹飞花，愁见细风吹弱絮。　　人生尽说多情误，情到深时天忍负。君看花月满春江，都是泪痕无尽处。

虞美人影

梦云轻逐歌尘散，寂寞伤秋庭院。雨外蛩声凄乱，掺入琴丝怨。　　西风吹弄黄花晚，输了秋光一半。空说画梁春暖，无计留归燕。

西窗烛

千林雾锁，九陌尘稀，素娥谁伴孤寂？蕊宫也自愁风露，更莫问人间，凄凉信息。忆旧时，几处箫声，梦冷瑶台咫尺。　　恨无极。目断天涯，江空岁晚，因甚无眠竟夕？画帘还斗婵娟影，怕白遍关山，霜寒正急。尽苦吟、碧汉沉沉，不放一痕曙色。

齐天乐·鸦

垂杨终古伤心地，凄凄几多幽怨。乱逐惊飙，低翻坠叶，一夕长安秋遍。微茫倦眼，讶烟锁丛祠，暗尘一片。几处军笳，阵云凄共雁行断。　　江村残照渐暝，旧巢何处，认寒信催换。绕树风悲，透林月黑，寥落宫槐千点。归飞恨晚。问头白江湖，苦吟谁伴？漫趁危檐，楚天凉梦远。

宋伯鲁

（1854-1932）字子纯，号芝田，陕西醴泉人。光绪十二年（1886）进士，授编修。殁于民国。有《蕨红词》。

青玉案

柳条不断旗亭路，但目送，征轺去。陌上雕轮留不住。鸡声野店，马蹄荒戍，尽是销魂处。　　碧山隐约分朝雾。蹄铁全沾草头露。历历风光君记取，一湾流水，两行春树，阵阵梨花雨。

宋育仁

（1858-1931）字芸子，四川人。

一落索

一曲琴心千里，万重云水。愁声幽咽下桑干，唤夜夜、哀鸿起。　　屏洗断山横翠。叠愁成泪。海云目断是平芜，又落日、孤城闭。

诉衷情·用梦窗韵

苍茫烟海点浮沤。乡梦堕西洲。黄昏低诉残角，弦入汉宫秋。　　风过雁，水明楼，隐帘钩。数声凉月，一夜蘋花，梦白乌头。

阔普通武

（生卒年不详）字安甫，号青海，清代满洲正白旗人。光绪十二年（1886）进士，官至西宁办事大臣。殁于民国。有《华鬘室词》。

桂枝香·题江亭玩月图

池塘秋老。正乱苇萧萧，烟村花少。露白星疏，远望渔家灯小。酒阑席散更深候，剩禅林、满天霜晓。蒹葭卧水，伊人何在，嫦娥初到。　喜此地，凉风最早。听万籁无声，清砧谁捣？璧月团圞，恰照扬州怀抱。江郎亭子何郎笔，算雅流、后先同调。吹箫廿四桥边，一曲不如归好。

成　昌

（生卒年不详）字子蕃，号南禅，清代满洲镶黄旗人。光绪十四年（1888）举人，官知府。殁于民国。

玉京秋·用草窗韵

罗带阔。年来更消瘦，惜春心切。乱红落尽，惊看新叶。门掩梨花几树，诉东风，休摧香雪。伤离别，绿窗鹦鹉，替人先说。　　袖薄余寒犹怯，烛高烧、银屏影缺。画角声声，吹残前梦，轻歌应歇。浅草迷天，叹客里、谁惜芳菲时节？蜀弦咽。鹃血空啼夜月。

周登皥

字熙民，号补庐，侯官人。光绪十四年（1888）举人，官至监察御史。殁于民国。有《补庐词》。

金缕曲·寒鸦

极目寥天阔。蓦何来、墨痕万点，欲回还折？暮色西山苍然至，掠过寒林数叠。渐水外、飞霞明灭。夹道槐荫曾几日，到而今、冷与征鸿答。遥指点，黯城堞。　　昭阳旧事休重说。但斜晖、无情一片，影迷宫阙。几树垂柳销魂处，弱缕惊栖未贴。又槭槭、风欺病叶。闻道佛狸祠未圮，尽看他、残饭江天接。感时物，总愁绝。

杨钟羲

（1854-1940）字慎庵，号子勤，清朝汉军旗人。曾任会试考官，国史馆协修。有《圣遗先生诗集》《雪桥诗话》《八旗文经作者考》。

和节庵梅花诗 五首

（一）

罗浮梦冷客归迟，老干悬崖有古姿。
自是空山多雨雪，寒花开过没人知。

（二）

几年病足卧袁安，相约看花共倚阑。
坐与水仙成伴侣，无人共道北枝寒。

（三）

百年雨露委陈根，流水飞鸦过别村。
输与湖西梅处士，万花如海不开门。

（四）

残英独自恋寒柯，争奈东风跋扈何。
不用空林感摇落，玉津花事已蹉跎。

（五）

凤麓看花已隔年，萧然土锉冷炊烟。
梅花村外梅千树，惟有茶村识此贤。

魏元旷

（1856-1935）号潜园，江西南昌人。光绪进士。清末刑部主事，民元任高等审制厅推事。有《潜园诗集》。

上元节次万松馆人日叠扶常韵

百年几许好光阴，怀旧空题汉上襟。
离乱偏逢垂暮日，蹉跎终负济时心。
草苏残腊随秋远，雨久春寒入梦深。
休说浙镫京洛事，烦扰衰病暗相侵。

叶昌炽

（1849-1917）字鞠裳，长洲人。光绪十五年（1889）进士，授编修。殁于民国。有《奇觚庼词》。

庆清朝·题王西室半偈庵图

青桂连蜷，一袈裟地，佛龛雕镂如新。白毫弹指非非，梦亦成尘。赢得后来好事，一图分作两家春。今犹昔，从来大隐，都在金门。　　此日停云群从，论休承才调，数到君身。祖庭爱士，沟濡欲湿枯鳞。苦叹焦琴未遇，殷勤为拂爨余痕。投珠恨，转成佳话，翻尽陈因。

张允言

（1869-1926）字伯讷，丰润人。光绪十五年（1889）进士，官大清银行正监督。殁于民国。

暗香·用白石韵和金养知

素梅一色，喜冷香供养，清宵吹笛。院宇雪霏，玉指生寒有谁摘？空记瑶天舞影，应难觅、题花仙笔。但剩却、一味高寒，无语落芳席。　　香国。恨阒寂。怎见此靓妆，更益愁积。对花漫泣。明月多情伴侬忆，吟罢风前柳絮。愁冻却，衫罗新碧。奈凤驭，三岛远，只应梦得。

沈宗畸

（1857-1926）字孝耕，号太侔，又号南雅，广东番禺人。光绪十五年（1889）举人。南社社员。早年随宦扬州，诗名籍甚。晚寓北京，卖文自给。有《东华琐录》《便佳簃杂钞》《宣南梦忆录》《繁霜词》，辑有《今词综》《骈花阁文选》等。

一萼红·红梅 (用碧山韵)

斗芬菲，怕春痕冷谈，和雪更调脂。啼枕新妆，凝壶旧泪，窥户偷换琼姿。倚蛟背，珊珊冻骨，怪今夜、齐化绛云飞。月浸肌凉，雾融肤腻，波浅香霏。　　何逊已无清兴，捣珊瑚麝粉，沁上筠枝。福艳难修，魂清易染，灵境重证无期。怅幺凤、人间去后，再休问、潮晕酒回时。欲寄翻愁误认，嵌豆相思。

落花 (三十首录二)

（一）

半随逝水半轻埃，倚向楼头极目哀。
悔不思量偷坼去，恐难解脱笑拈来。
魂归倩女无消息，愁绝封姨有妒才。
纵使明年春更好，似曾相识费疑猜。

（二）

花雨缤纷是好晴，蝶来相送燕欢迎。
重烦白傅歌长恨，赎得文姬字再生。
一桁湘帘三月雨，数声风笛六时更。
飘茵堕溷知多少，消息还须问绿莺。

将入都门感怀 （四首录二）

（一）

秋深病骨强禁寒，骊唱声中感百端。
九曲烟波萦短梦，一家风雪恋微官。
途穷谁广绝交论，岁晚偏歌行路难。
惜别悲秋无限恨，清砧画角满江干。

（二）

萧萧短发战西风，又作宣南踏雪鸿。
如此江山双涕泪，无多兄弟两萍蓬。
功名弩末垂垂老，影事灯前了了红。
沧海横流成独往，可怜身世乱离中。

周树模

（1860-1925）字少朴，号沈观，又号泊园，湖北天门人。光绪十五年（1889）进士。历任黑龙江巡抚、平政院院长。晚年居京。有《沈观斋诗》。

闲　居

双阖门扉五尺篱，人间何处有多歧。
课儿每检凡将字，娱老耽吟闲适诗。
家酿黄于鹅嫩日，好花红到雁来时。
镜中相对成衰白，入鬓秋霜不我私。

和樊山泊园看花韵

袅那新红发故枝，年芳未晚怅来迟。
记从栗里人归后，几过桃花饭熟时。
楚客诛茅犹有宅，松江赏雨可无诗。
春云勒住绯和紫，泥饮拚为十日期。

老　境

老境如行路，经过始自知。
一筇山曲处，双楫海枯时。
夜雨醒残梦，春花发故枝。
前尘从断灭，何有未来思。

和竹勿追凉什刹海归饮泊园韵 （五首录二）

（一）

我思净业湖，湖楼郁岧峣。
年年荷花时，买酒醉晴郊。
红妆隐翠盖，一水为之招。
吾庐隔西涯，曾不里许遥。
弄花半新人，攀柳无旧条。
幸得二叟从，及此绿未凋。

（二）

君诗味古淡，收我汗漫心。
真意披肺肝，浅语转觉深。
感慨徒为尔，昔固知有今。
吾辈行日中，息影当以阴。
脚下有惠泉，随时可酌斟。
荷露相与烹，芳气弥予襟。

【注】

二叟，当指樊增祥、左绍佐。作者于民初常与二叟在北京诗酒唱和，人称楚三老。

王景沂

（？-1921）字义门，号味如，江苏江都人。光绪十五年（1889）举人，官内阁中书。有《瀣碧词》。

凄凉犯·都门倦旅，风雨如晦，追念往人

黑云似墨，秋窗里，沉沉一片愁色。浅醒助梦，凄飔送冷，自家将息。无言向夕，怎能听、虫声四壁！伴更长、灯花照怨，幽影黯成碧。　　前度长安市，绮忏低迷，锦衾孤忆。断红碎了，泣琼枝，但余鹃魄。瘦损诗心，怕双燕、归来不识。只而今、往事坠雨甚处觅？

绕佛阁

冻梅破蕊，春意此夕，轻逗朱户。憔悴羁旅，怕提旧日、烧灯俊游处。闷吟正苦。狂醉杜曲，还听筝柱，良夜何许。一庭烛影，花光噀香雾。　　浪迹怨漂泊，望极江南芳草路。长记翠楼、回文机上句。便定子当筵，心事谁语，鬓华虚度。料镜阁妆成，羞画眉妩。待安排、梦中归去。

耆　龄

（生卒年不详）字寿民，号蒦斋，清代满洲正红旗人。官礼部侍郎。殁于民国。有《消闲词》。

桂枝香·答阮南

铜驼巷陌，又落日寒烟，黯然将夕。流水年华，往事可堪追忆？西风不暖笙歌梦，但萧寥、鬓丝催白。万重缄感，百端裁恨，几番沾臆。　　只此意，深藏自昔。奈换尽悲凉，影单形只，说也无聊，惟有对花怜惜。拗兰试濯香难灭。忍寒衣、等闲抛掷。幽怀谁见？一轮飞上，远天凝碧。

三姝媚·九月三日夜和阮南

愁多嫌漏缓，听冥鸿宵征，回肠轮转。检点芳华，只倦游情绪，最难消遣。折柳章台，轻负了、玉温香软。旧曲重过，今日惟余，断歌零怨。　　别有萧疏庭院。记共谱瑶笙，小蘋初见。瘦不胜衣，对雨昏烟暝。顿惊春晚，谁与缠绵？帘外又、秋红千片。莫再相思徒说，菱枝露泫。

鹊桥仙·四月廿日记雹

　　飘瓦风驰，入缕波骤，一片冷光随雨。半空飞下李将军，想当晶，云中旗鼓。　　响嗓林莺，惊翻幕燕，何况断篷零絮。竞看的烁走明珠，又谁念、柳遮花护？

奭　良

（1851－1930）字召南，裕瑚鲁氏，满族人。荫生，入民国。有《野棠轩词》。

南浦·春草，用玉田韵

　　春色漾平芜，绿芊芊、一晌暄风吹晓。遥望浅笼烟，盘鹰地、野火荒痕全扫。踏青人去，软泥刚印弓鞋小。雨后蓬生窗外满，却忆畹兰香草。　　几时翠遍裙腰？想匆匆寒食，清明过了。含润土花香，铺茵嫩、低祝马蹄休到。嫣红尚渺。短桥流水游蜂悄。庭户无人门寂寂，新展绿阴多少。

白曾然

（生卒年不详）字中磊，北京通州人。

八犯玉交枝·题庞檗子遗词

筝语哀弦，笛声凄竹，梦醒月残风晓。春后莺花消泪劫，换入繁霜孤抱。天香轻裛。记取螺墨催题，琼笺商略闲歌啸。休问影娥池畔，流红多少。　　独怜变徵变宫，曲终韵渺。秋灯何处凭吊？正如望、灵均香草，竟移去、成连仙棹。算词客、清愁未了。隔花屏角窥星小。仗社酒重温，招魂远鹤归来早。

李　放

（生卒年不详）字小石，奉天义州人。官度支部员外郎，入民国。

生查子

　　与欢相见时，一树梨花月。树上月华明，烛影帏中灭。　　与欢相别时，一树梅花雪。树上雪痕消，马迹门前没。

宗　威

（1860-1938？）字子威，江苏常州人。曾任东北大学教授。

甲戌生日自述 (十首录三)

（一）

一个南船北马身，江山花鸟各精神。
见人亲老心依恋，忆我童年事逼真。
儿女累多终是福，家常饭饱不言贫。
酒肠诗胆豪犹昔，忘却头颅白发新。

（二）

新亭座上见山河，举国南迁意若何。
残漏已沉曹部散，么弦独抚徵声多。
绕枝明月飞乌鹊，出塞长风走骆驼。
八十老翁临别恋，催人帐饮听骊歌。

（三）

暮春三月乱飞莺，八月洞庭湖水平。
贾谊赋无前席语，湘灵瑟有隔江声。
开云还挈寻山侣，话雨重温故友情。
一夜乡心真五处，儿孙飞盏祝长生。

【注】

甲戌，是1934年，时在北京东北大学任教。

贺履之

（1861-1937）名良朴，号簣庐，别号南荃居士，湖北蒲圻人。晚清拔贡。同盟会会员。工书画，曾任北京美专教授、北京大学画法研究会导师。曾先后参加当时北平的寒山诗社、漫社、嘤社、声社等诗词组织的活动。有《簣庐全集》《五洲卅年战史》。

晚泊九江

九江城畔柳丝丝，潮涌人喧晚泊时。
闲听舶商夸利市，入时花样卖新瓷。

纪　梦

听彻仙人铁笛腔，醉魂和梦泛轻艭。
秋生万树风惊枕，酒醒三更月到窗。
环佩来迟愁远渚，兰荃香冷泣空江。
悄悄门巷知何处？犹记花前蝶影双。

1900 年

睡　起

长日如年睡起迟，空阶槐柳碧阴垂。
花间黄鸟鸣千转，叶底青虫挂一丝。
有约客期今雨榭，联吟人在晚晴簃。
吾衰未觉情怀减，日理图书夜课诗。

1902 年

醉太平·望洞庭君山

湖光半环。烟痕半湾。波心一点秋山。是湘君翠鬟？　　崖苍藓斑。叶殷枫丹。仙灵招手云间。趁扁舟往还。

八声甘州·晚眺岳阳楼

望烟波万顷白茫茫，夕阳下遥天。正千帆零乱，西风吹冷，砧杵声喧。几阵飞鸦盘绕，噪向女墙边。千古伤心地，满月萧然。　　老我江湖飘荡，喜故乡渐近，明月将圆。奈愁风愁雨，三日滞归船。划君山、平铺湘水，渺洞庭、杯勺任回旋。休羁绊，惹骚人恨，对此烦冤。

秦敦世

（1862-1944）字湘丞，晚号大浮老人，江苏无锡人。光绪十一年举人，官吏部考功司郎中，民国后任国史馆协修。有《大浮山房诗文钞》。

十四夜泊姑苏　二首

（一）

几人到此不留连，七里笙歌沸画船。
红鹤溪山乌鹊馆，六朝金粉五湖烟。

（二）

欹枕来听半夜钟，漫将情绪诉吴侬。
故乡风月今宵胜，万队银灯上九龙。

理安寺

闲来杖策叩僧扉，石磴千盘山四围。

野鸟一声红叶落，疏钟几杵白云飞。

饱餐颇喜山中味，说法谁参世外机。

谡谡松风拂衣袖，萧然吾亦儦忘归。

什刹海

忽忽黄粱一梦醒，天风吹去又重经。

新荷等是无情碧，高柳依然放眼青。

俯仰山林残照下，凄凉池馆暮烟冥。

枝头时鸟声千变，付与诗人仔细听。

李岳瑞

（1863-1927）字孟符，号春冰，咸阳人。光绪进士，官工部员外郎，充总理各国事务衙门章京。有《郢云词》。

惜红衣·用白石韵呈沤尹

络纬虚堂，哀蝉坠叶。枉抛心力，一树无情，凄然怨凝碧。新愁黯黯，闻也到、鸥边狂客。沉寂。斟酌九秋，断姮娥消息。　　鹃声紫陌。寥落官花，玉容泪痕藉。霜前白雁恋国，斗依北。为问故家亭馆，更待几回游历？奈误人多矣，江上六朝山色。

绛都春·和梦窗韵

钗梁旧燕。怅尘满镜台，夜衣慵换。笛里暮愁，瑟里秋心，春痕短。高楼明月吹箫伴，隔瀛海、仙山天远。乱莺啼后，碧苔院宇，履綦谁见？　　江馆。萧萧夜雨，暮云外、尚把鸾音凝盼。骑省费词，元相悲怀，谁深浅？朱颜省识春风面。倩谁写、真真行看？芳魂纵使招来，怕随梦散。

烛影摇红

楼上黄昏，绣帘垂地花光乱。斜阳犹自挂危阑，天末余红恋。人世东风悄换。怅玉妃、鸾绡泪浣。暮鸦啼后，凤瑟新声，谁家歌管？　璧月弦沉，素娥未肯辉分半。釭花今夜冷于秋，冻折瑶簪断。陌上钿车缓缓。问何时、金迷翠暖？远书凭寄，辽海蓝霞，北飞南雁。

辛亥十二月二十五日作

八声甘州·辛亥九月简沤老

蓦黄花都傍战场开，销魂故园秋。怅西风韦杜，衰蒲细柳，一片清愁。望里秦山破碎，泾渭自东流。饮罢瑶池暮，日晏昆丘。　问讯胥台倦叟，但无端歌哭，争挽神州？念浮家有约，何事苦淹留？碧沉沉、江南旧树，怕烟波、无地著闲鸥。千秋事、只霜花卷，为写烦忧。

齐白石

（1864-1957）原名纯芝，字渭清，后改名璜，字濒生，号白石，别号借山吟馆主者、寄萍老人等。湖南湘潭人。著名书画家、篆刻家，1917年迁居北平。六十后形成独特风格，擅花鸟虫鱼，亦工山水人物，篆刻苍劲奇肆。新中国成立后曾任中国美协主席，北京艺术专科学校教授，北京中国画院名誉院长，全国人大代表，并被聘任为中央文史研究馆馆员。有《齐白石作品集》《借山吟馆诗草》等。

画　梅

小驿孤城旧梦荒，花开花落事寻常。
蹇驴残雪寒吹笛，只有梅花解我狂。

倒枝梅花

花发无辞天意寒，一生香在雪中山。
年深自有低心日，不欲教人仰首看。

题《螃蟹》图

老年画法没来由，别有西风笔底收。
沧海扬尘洞庭涸，看君行到几时休。

画　虾

塘里无鱼虾自奇，也从荷叶戏东西。
写生我懒求形似，不厌声名到老低。

题画山水

曾经阳朔好山无，峦倒峰斜势欲扶。
一笑前朝诸巨手，平铺细抹死功夫。

题山水

逢人耻听说荆关，宗派夸能却汗颜。
自有心胸甲天下，老夫看惯桂林山。

梁文灿

字质生，号炙笙，潍县人。光绪二十年（1894）进士，授编修。有《蒙拾堂词稿》。

浣溪沙·即景

雨洗残阳一缕霞，小桥留水带栖鸦。诗心清到白蘋花。　　别路已随秋草远，遥空犹缀雁行斜。玉人芳讯隔天涯。

刘世珩

字聚卿，贵池人。光绪二十年（1894）举人，官参议。有《梦凤词》等。

南浦·送戴兰亭都尉彭城

孤篷坐镇，咽寒流、淮水匝东城。万里尻轮游倦，沧海任横鲸。酒座畸人都是，怎秋归、寒雁堕凄声。更那堪漂泊，霸陵猿臂，华发上霜茎。　　说甚铸金印大，殄先零、奇计问营平。肘后垂杨生未？芒砀好山青。日暮角吹枯草，动拳毛、望远马悲鸣。赠绕朝余策，莫叫空付玉关情。

王式通

（1864-1931）字书衡，号志庵，山西汾阳人。光绪进士，曾官内阁中书、刑部主事、大理院少卿等职。民国后任司法部次长，内阁秘书长。曾协助徐世昌编纂《晚晴簃诗汇》。有《志庵诗稿》《志庵词》。

浣溪沙

小院霏红湿绣茵，画衫双拗露枝新。阑干吹起一层尘。　　燕子银屏香海雨，棠花钿笛水帘人。绿阴入梦又深春。

毓　隆

（1872-1923）字绍岑，清宗室。光绪二十年（1894）进士，授编修。有《茧秋庵词》。

眉妩·曹君藏天马镜，眉楼妆台物也

看花中凤倚，匣外龙垂，秋水半规冷。翠涩杨妃黛，唐宫里、孤光久闷智井。绿衣元颖，悔绛云、残梦俄顷。记曾作、乌帽红衫伴，与双照春影。　　休问倭兰妆靓。忆画眉情事，花面交映。明月圆如故，轻消受、当初多少侥幸。坠欢漫省。怅素霜、飞上青鬓。奈辜负山庄，红豆子、为谁赠？

汪述祖

（生卒年不详）字子贤，号著林，安徽休宁人。光绪二十年（1894）进士，官主事。殁于民国。有《余园诗馀》。

双双燕·白燕

呢喃并语，正珠馆徘徊，巢痕同觅。今番燕燕，不似旧曾相识，头上丝丝尽白。莫非是、秋来作客？飞飞近入梨花，翻恐难寻踪迹。　　回忆，楼中冷寂。想十载孤栖，淡妆如昔。微禽何感？素羽暗相怜惜。欲傍桃林展翼，怕红雨、污将颜色。惟应拣取雕梁，高向玉堂休息。

曹元忠

（1865-1923）字夔一，号君直，晚号凌波居士，江苏吴县人。光绪二十年（1894）举人，历任玉牒馆、国史馆校对官，学部图书馆、礼学馆纂修，内阁侍读，资政院议员。有《笺经室遗集》二十卷、《凌波词》等。

霓裳中序第一，戊戌冬作于眉妍楼

长安正倦客，又逐南鸿归故国。重向酒楼醉觅，只乐府新词，尊前携得。平康巷陌，促冶鬘、低按工尺。琼舻畔、曼声一缕，劝我注春碧。　今夕，阅时应忆，好记取、秋娘旧宅。皋桥西弄路侧，有月替檐灯，影乱花拍。绿笺濡蜡液，待袖里，梅边校笛。听阑夜、沉沉街鼓，满地晓霜白。

灵岩看云

山顶行云不肯坐，坐看云起山下我。
上山潝然被云裹，白云和我山顶堕。
初视足底白云白，拨云下山云若失。
回视白云上天黑，天如白纸云如墨。

彰德感魏武帝事（二首录一）

手横铁槊定山河，百战归来对酒歌。
今日乌桓谁北伐，孝廉我已愧公多。

汉高帝

手提三尺赴功名，鸟尽何堪见狗烹？
封到吴王旋有悔，击非刘氏早成盟。
求贤下诏空思信，猛士长歌已醢彭。
留得良平佐诸吕，英雄其奈误聪明。

汉武帝

从来难再思倾城，千古佳人此定评。
儿女有情终气短，英雄好色是天生。
玉阶罗袂秋无迹，金屋长门赋有名。
垂死犹成钩弋狱，早知外戚制西京。

黄宾虹

（1865-1955）名质，字朴存，一作朴人，别署予向、虹庐、虹叟，中年更号宾虹，祖籍安徽歙县，生于浙江金华。南社社员，著名画家，兼治金石文字书法篆刻之学。曾任上海新华艺专教授、北平国立艺专校长、杭州艺专教授、中央美院华东分院教授。有《黄山画家源流考》《虹庐画谈》等。

题画（十五首录二）

（一）

浅濑平沙三两家，门前清荫树交加。
凌霜纵有丹黄叶，不是争妍二月花。

（二）

谡谡长松虢虢泉，繁音入细听鸣弦。
客来何事携琴筑，古调清泠不可传。

题画嘉陵山水 (录二)

（一）

嘉陵山水江上游，一日之迹吴装收。
烟峦浮动恣槃礴，画图挽住千林秋。

（二）

秋寒瑟瑟窗牖入，唐人缣楮无真迹。
我从何处得粉本？雨淋墙头月移壁。

独秀山

清游日日卧烟峦，桂岭环城水绕山。
回渚扁舟催日暮，中天高阁碍云还。
眼红霜叶秋同醉，头白沙禽老共闲。
入夜西风破急浪，愁心忪上送潺湲。

姚永概

（1866-1925）字叔节，安徽桐城人。光绪十四年解元。曾任京师大学堂教授。有《慎宜轩诗集》。

偶怀梁节庵胡漱唐

上书不报拂衣去，绝类西京梅子真。
最痛篇终陈苦语，异时逆耳更无人。

偶　题

西风吹雨似轻埃，零落残芳尚乱开。
秋蝶向花无意兴，绕丛三匝却飞回。

九江中秋

佳节登临古所欢，凭栏孤客且盘桓。

去年那识今年事，山月不如江月宽。

灯火几家闻鼓吹，楼台何处不清寒。

遥知此际高堂上，把酒应怜行路难。

练潭道上书感

棠梨花密杏花疏，物色风光慰病躯。

官道著泥晴尚滑，春山藏霭淡如无。

种桑日望当攀采，佩玉知难利走趋。

惊抚头颅空老大，竿船真欲泛松湖。

汪曾武

（1866-1956）字仲虎，晚号鹣庵，江苏太仓人。清光绪二十年（1894年）中举，次年赴京会试期间参加"公车上书"，被推为代表呈书光绪帝，授五品衔。后任民政部借补七品京官、员外郎等职。民国建立后曾任北洋政府内务部荐任佥事、平政院第一庭书记官。1951年12月被聘任为中央文史研究馆馆员。著有《味莼词》《唐言问答》《历代泉币考略》等。

凝碧池咏雷海青事

忠贞千古一伶官，凝碧池头溅碧看。
为痛须眉无气节，甘縻血肉见心肝。
仙韶法曲音成徵，天宝宫人泪续弹。
抛轸裂弦终有恨，不曾蜀道睹回銮。

重修文丞相祠

丹膜巍然庙貌崇，衰时不意见刘崧。
成仁志遂终依圣，报主心孤足教忠。
犹想楼居淹客日，莫惊坛祭下灵风。
叠山祠宇何人问，同在铜驼冷陌中。

长亭怨慢·重修袁督师祠墓感赋

慨明代、忠贞几许。三百馀年，问谁歆慕。坊墓翻新，茅茨芟剪葺祠宇。何人考证，稽史册、文难据。屈指数平生，并爵秩、还须添补。

回溯。仰丰功伟绩，幸有螭碑堪睹。冤同武穆，一样是、流芳千古。纵云仍、世守蒸尝，那知道、那时心绪。料化鹤归来，魂断杏松山路。

菩萨蛮·庚子纪事 (三十首录一)

胡尘万里吹哀角，健儿罢唱从军乐。门外玉骢骄，可怜人去遥。　杜鹃啼不住，花落春无主。别梦绕关山，关山何日还？

菩萨蛮·庚子八月纪都中近事 (二十四首录一)

无端锦瑟华年换，那堪丝鬓淄尘浣。太液柳棉飞，双双燕子归。　河山还是旧，只有朱颜瘦。往事莫思量，思量枉断肠。

彭主毃

（1866-1957）字居馀，湖北武昌人。武昌府优廪贡生。历任河北大学、郁文大学、中国大学、华北大学、北京师范大学讲师、教授等职。1951年12月被聘任为中央文史研究馆馆员。

连理枝·题秫园主人《梅花香里两诗人》图卷

梅岭春光好。梅阁花开早。瓶帐温麝，联吟叠唱，情天不老。问十洲何处、驻华颜？有珊瑚诸岛。　　香色横斜绕。玉样精神饱。一卷眉图，双声衾谱，月圆风晓。记罗浮翠羽、伴嘤鸣，叶笙歌窈窕。

八声甘州·题叶遏庵《困极庵图》

问苍穹终古步艰难，几时到天垠。任飚轮掀转，蘧庐莫系，卷入阗泯。故是光阴过客，席幕可容身。心法原无住，住亦欢欣。　　写出一庵风雨，对飘摇云物，寄怨诗人。只年来消息，脚线逐蓬根。笑夸翁长途追日，走璇球颠倒觅乌踆。还抛却、旧邯郸枕，唤觉先民。

惜余春慢·送春

短巷箫声，寥天筝影，都唤东风吹去。韶光已老，烟景如斯，莫再恼人情绪。收拾铃幡，一担聊当行装，徐循前路。看浦南波漾，漂红浴碧，带泂容与。　　排送着、百斛牢愁，酬花言别，忍诵江郎词句。酥晴小雨，压暖余寒，催逐流年飞度。莺燕关心更热，帘底树梢，频频偷觑。趁酴醾刚谢，攀芳婪尾，漫商重晤。

李瑞清

（1867-1920）字仲麟，号梅庵，晚号清道人，江西临川人。光绪十九年举人，二十一年进士，选庶吉士。官至江宁提学使，任两江师范学堂监督。有《清道人遗集》《清道人遗集佚稿》。

白日叹

白日不烛地，空有弥天光。
良木不作柱，荆棘参天长。

题自画梅溪便面

孤舟曳寒烟，荡入梅花里。
香雪空濛濛，不辨云与水。

愁望（二首录一）

无赖残红照逝波，拳山勺水奈秋何。
江亭游屐垂垂尽，看晚霞边一雁过。

桂林道中杂咏八首 (录二)

（一）

岁岁空为客，飘飘似转蓬。
乱蛙春涧急，残梦雨声中。
坐久灯无焰，山高夜有风。
离情共芳草，随处逐青骢。

（二）

寂寞衡阳道，飞花下晚汀。
天空一鸟没，日落万山青。
墟里孤烟直，荒村暮色暝。
寥寥羁馆里，愁坐对帷屏。

孙　雄

（1866-1935）原名同康，字师郑，江苏常熟人。光绪进士，任学部主事，京师大学堂文科监督，民国后任国史馆协修。有《瓶社诗咏》《铸翁类稿》《眉韵楼诗话》。为二十世纪二三十年代北京"漫社""赓社"成员。

燕京岁时杂咏 （三十首录五）

（一）

百年能得几元宵，处处鸾笙又凤箫。
游女不知朝市换，看灯犹说正阳桥。

（二）

生计艰难鬼亦贫，纸灰无处觅金银。
清明寒食都过了，古墓何人为荐新？

（三）

潭柘寺前帝王树，至今车盖尚童童。

千年王气消沉尽，香火空繁三月中。

（四）

四月清和佛生日，舍将缘豆结来生。

吁嗟其豆相煎急，鹬蚌同根苦忿争。

（五）

彩丝系虎能驱鬼，倒挂壶芦亦辟邪。

安得再生钟进士，尽烹魍魉与龟蛇！

孟　森

（1869-1937）字纯荪，号心史。江苏常州人。曾任《申报》主笔、国会议员、北大教授。著名史学家，尤精于清史考证。有《清朝前纪》《清史讲义》《清初三大疑案考证》等。

禹穴 （二首录一）

墓圮山荒享殿崩，几人来谒古王陵。
记讹竟与山同旅，礼失弥思杞足征。
集矢夏时方有激，销兵禹空竟无能。
其鱼等是山灵戚，野老呻吟说废兴。

曹娥碑一首

枉携游屐过江来，黄绢词工剩劫灰。
七子有文皆拾慧，六丁无状忽成灾。
邯郸制作中郎赏，祖德聪明魏武才。
教孝故应传不朽，表彰得此亦奇瑰。

快　阁

万流仰镜也归墟，岂为云山胜莫如。
宋国已分南北限，故家能守子孙居。
百年直以名为累，一卧方知快有馀。
事隔几朝更几姓，入门犹想纳楹书。

蔡元培

（1868-1940）字鹤卿，号孑民。浙江绍兴人。光绪进士，翰林院修编，南京临时政府教育总长。北京大学校长，中央研究院院长，今存《蔡元培选集》。

和 韵

厂甸摊头卖饼家，肯将儒服换裟袈。
赏音莫泥骊黄马，佐斗宁参内外蛇。
好祝南山寿为石，谁歌北虏乱如麻。
春秋自有太平世，且咬馍馍且品茶。

满江红·国际反侵略运动大会中国分会会歌

公理昭彰，战胜强权在今日。概不问，领土大小，军容赢拙。文化同肩维护任，武装合组抵抗术，把野心军阀尽排除，齐努力。 我中华，泱泱国，爱和平，御强敌。两年来，博得同情洋溢。独立宁辞经百战，众擎无愧参全责。与友邦、共奏凯歌曲，显成绩！

七绝 (三首录二)

(一)

昼观鱼鸟夜观萤，活泼光明总不停。
倘使眼前皆死物，更从何处证心灵。

(二)

寂如止水一湖平，闸泻溪流了不惊。
赖有薰风与吹绉，万方活色眼帘呈。

观黄花岗凭吊图

碧血三年化，黄花终古香。
为群直舍己，后死尽知方。

1935 年 3 月

赵玉森

（1868-1945）字瑞侯，号醉侯，江苏镇江人，历任商务印书馆编辑，清华学校国文教员。诗作有八年抗战时期的《京江草》《月华草》等六千余首，后人辑成《醉侯诗集》。

读清华男女同校期成会简章

万物本同胞，况是同人类。
男为弟与昆，女则姊和妹。
男女夙平权，宁待今始然。
羲皇昔谢世，灵娲曾补天。
曷自乾坤起，健顺原一理。
进化同阶梯，安能分彼此。
醉侯五十余，少小讽诗书。
吟咏想文姬，纂述慕大儒。
所嗟时代隔，使我生怆恻。
倘得共磋磨，进益那可测。
清华萃群豪，学海播新潮。
有朋从远来，乐哉信陶陶。
醉侯虽颇老，心葩开未了。
题诗作晚菊，坐觉天香绕。
我闻极乐国，无女但华敷。
其实男和女，几曾彼此殊。
化身同幻梦，肝胆由来共。
共作济时舟，共减苍生痛。

佛是天人师，亦集优婆夷。

阿罗佛所爱，胜会感性尼。

醉侯忝教育，万类盖一族。

忍向同胞中，强分左右足。

四海皆兄弟，男女曾可异。

倘藉般若灯，同上法云地。

1921 年

得叔远书却寄兼柬郑桐荪

昆明之水四时春，昆明之酒兰杜芬。
茅台佳酿甲天下，时从羽觳下金樽。

醉侯闻此知何似，馋涎往复流唇齿。
望君宛在大罗天，知隔尘凡几万里。

阆阆仙眷栖桃源，茫茫劫火何时完。
燕台不少旧徒侣，几时璧返清华园。

我是清华老游客，因君书到心恻恻。
为我珍重语桐荪，有酒当前务取适。

杨寿楠

（1868-1948）字味云，号苓泉居士，江苏无锡人。光绪十七年举人，官商部主事、度支部左参议。民国时任北洋政府盐政处总办、长芦盐远使、山东财政厅长，两任财政部次长，后为无锡商埠督办，全国棉业督办。有《云在山房类稿》。

游角山寺

访古投僧寺，登高吊战场。
海云含雨黑，关月带沙黄。
剑拭虹光润，衣沾蜃气凉。
遥知闺里梦，今夜到辽阳。

晓起看湖上诸山

云散湖天凉，波纹净如縠。
春山试晓妆，倚镜照蛾绿。
扫花人未起，林外鸟相逐。
已见渔舟行，空濛烟水曲。

秋草 (录二)

(一)

摇落边城一夜霜，寒芜漠漠塞云黄。
胭脂夺去山无色，苜蓿移来土尚香。
猎骑撤围骄雉兔，穹庐笼野散牛羊。
玉关一路伤心碧，谁向龙沙吊战场。

(二)

王孙何事滞天涯，欲问归期期总差。
拔去菰心终不死，化为萍梗已无家。
北征流涕金城柳，南部销魂玉树花。
回首汉宫秋色冷，凄凉青冢吊琵琶。

疏影·咏影

红窗寂寂，任映花掩柳，行处无迹。才度回廊，又入疏帘，惯似惊鸿飘瞥。空阶立尽梧桐月，却蓦被、轻云遮隔。最怜伊、生小相亲，步步镇随鸳屟。　　金粟前身悟澈。是人是我相，真幻难识。长记华年，惨绿衣裳，照得春波一色。如今人比梅花瘦，尚伴我、醉筇吟幘。更那堪、破碎山河，还共玉蟾圆缺。

俞陛云

（1868-1950）字阶青，浙江德清人。光绪二十四年进士，授编修。1902年任四川乡试副考官。辛亥后寓居北京。有《蜀輶诗记》《小竹里馆吟草》《乐静词》《诗境浅说》等。

蜀江舟中

星斗阑干雁影翔，渝歌巴曲剧苍凉。

灵妃玉座依神禹，蛮女银环走夜郎。

人语晚喧千尺涨，山痕浓压万家霜。

银枪朽尽英雄去，付与黄头唱夕阳。

蝶恋花

容易春光过九十。展遍杨枝，不展眉心结。耐尽清寒无气力。画屏几点梨花雪。　　莫唱回波伤远别。郎比行云，妾比山头石。但使山头终古碧。云飞应有归山石。

浣溪沙·忆苕溪旧游（三首）

（一）

数点蘋花映钓矶。几弯桑径隐柴扉。溪中云影逐帆飞。　　秋水黄欹渔篝竹，朝阳红晒舵楼衣。乡园风物总依依。

（二）

薄晚轻舟任所之。沿流村屋上灯迟。归鸦占尽绿杨枝。　　芳草久荒高士宅，残花犹发女郎祠。夕阳吟望自移时。

（三）

少小轻装客异乡。西风猎猎动千樯。一声传唤水云长。　　单枕惊寒曾破梦，暮年怀旧未成忘。别来沧海事茫茫。

金兆蕃

（1869-1951）字篯孙，号安乐乡人，浙江嘉兴人。光绪十五年举人。民国初任职北京政府财政部，后任清史馆总纂。助徐世昌编纂《晚晴簃诗汇》。有《安乐乡人诗》《药梦词》等。

咏古（四首录二）

汉武帝

流涕初明赤纸焚，西风飞雁吊横汾。
荒唐茅土神仙贵，偈傥椒涂将帅勋。
远使未归人啮雪，近臣犹奏赋凌云。
望思泪尽轮台悔，哀痛天书四海闻。

明　皇

妖焰桑条顷刻平，临淄早日本贤明。
三军赐彩犹英气，七夕分钗竟薄情。
挝鼓春回宫树色，淋铃秋碎蜀山声。
浯溪月照摩崖颂，南内沉沉夜色清。

题徐曙岑行恭西溪梦隐图

君鬓方缁我已斑，论交潇洒纪群间。
十分诗力期前辈，一昔乡心落故山。
作计耕渔原不远，披图主客孰能攀？
欲尝湖上鱼羹久，准拟相从鼓枻还。

菩萨蛮·秋雨

萧萧槭槭中庭树。疏疏落落凉宵雨。并力作秋声。离人睡不成。　　窗阴灯穗瘦。约略三更后。蹑屐出门看。衣单胜夜寒。

蝶恋花

安石榴开春去久。极目天涯，何处无杨柳。漠漠平林笼远岫。伤心人为登楼瘦。　　昨日廉纤今日又。漫道梅黄，风雨年年有。遮莫绿阴浓似酒。醉侬草长莺飞后。

张之纲

（1867-1939）字文伯，别号谢村老民。浙江永嘉人。清光绪举人，先任内阁中书，后任职盐务署。著有《池上楼诗稿》等。

游崇效寺

萧寺看花又几年，渔洋红杏忆题篇。
庭楸烂放如争长，椀茗微香若解禅。
尘外浑忘蛮触斗，闲中阅尽魏姚妍。
春游好趁芳菲节，犹是城南尺五天。

不　寐

老来无睡待天明，渐听车声隔巷声。
永夜佛灯销白堕，经春药裹贮黄精。
愁肠漫向毫端绕，佳句偏多枕上成。
遥忆故山萧瑟甚，悔将游宦误春耕。

和三女珍怀韵

贞元朝士数来稀，策杖花前看蝶飞。
偶到五龙亭上望，波穿塔影荻芽肥。

夏寿田

（1870-1937）字午诒，号武夷。光绪进士，授编修。入民国为议员。

高阳台·驿庭花，永川驿寺题壁

鼓角翻江，旌旗转峡，益州千里云昏。有客哀时，江头自拭啼痕。谁知铁马金戈际，共闲宵、细雨清尊。喜风流词笔，人间玉树还存。　　是非成败须臾事，任黄花压鬓，相对忘言。虎战龙争，几人喋血中原？莫随野老吞声哭，纵眼枯，不尽烦冤。付驿庭花落，他年此际销魂。

扬州慢·西州引，出资州作

上将星沉，戟门鼓绝，大旗落日犹明。听寒潮万叠，打一片空城。七十日河山涕泪，霜髯玉节，顿隔平生。剩南乌绕树，惊回画角残声。　　伏波马革，更休悲蟪蚁长鲸。料鱼复江流，瞿塘石转，此恨难平。惆怅江潭种柳，西风外，一碧无情。只羊昙老泪，西州门外还倾。

凄凉犯·古槐，忠敏故宅

古槐疏冷门前路，山河暗感离索。几回醉舞，黄花烂漫，半颓巾角。风怀不恶，况人世功名早薄。甚青山不同白发，此恨付冥漠。　　三峡啼猿急，一夕魂消，驿庭花落。梦归化鹤，忍重见、人民城郭。树鸟嘶风，似当日龙媒系著。恨侯嬴不共属镂，负素约。

陈懋鼎

（1870-1940）字徵宇，福建闽侯人。光绪十六年进士。历官外交部参事、江苏省金陵关监督、参政院参政、山东省济南道道尹。民国七年任参议院议员。有《槐楼诗钞》。

钓鱼台呈伯父

污尘不出城西陬，参天古木藏一邱。
何时始起钓鱼台，至今人呼望海楼。
幽深焉有海可见，沮洳不谓鱼足求。
缭垣奄为一家物，陵使岁时来少休。
岂知前王负重器，乐民之乐忧民忧。
酾渠堰陂溉千顷，馀意遂及游观谋。
祖宗难料子孙事，忍以敝屣偿赘流。
源泉寖湮松柏寿，天畀老臣充扦搁，
臣家滨海饱渔稼，梦归山堂路阻修。
燕居俨当古甲帐，供具能办粗茗瓯。
百年帝力何有哉，庤水苦盼新荷抽。
吁嗟苍生自作计，久矣畎亩忘先畴。
眼前兴废问黄鹄，此陂当复谁则由。
俨若神灵拥舆卫，六月松风生凛秋。

黄懋谦

（生卒年不详）字默园，福建侯官人。宣统元年拔贡，历任学部普通司行走、京师大学堂监学、教育部主事、广西巡按使署秘书、政事堂与铨叙局主事等职。

钓鱼台赐庄图咏册题诗

旧都池苑纷攘夺，此独堂堂出赐庄。
贱子停都成创见，游人出郭得深藏。
细碎筛金松盖密，铮玱流玉水源长。
轩开潇碧经三宿，转眼巢痕已十霜。

谭祖任

（生卒年不详）广东南海人。优贡，官邮传部员外郎，入民国。有《聊园词》。为20世纪20年代北京聊园词社负责人，漫社成员。亦为北京著名美食谭家菜创始人。

琵琶仙·舟舶鞠湖，寄怀卣铭

日夜江流，去乡远、稳泛扁舟如叶。天末催送残阳，遥山共明灭。寒乍勒、东风又恶，搅离绪、怕听鸣鴂，柝里残灯，酒边倦橹，有恨谁说？　问谁惯，飘泊江湖，便抛却东栏二株雪？空剩彩笺鸾笔，写羁孤千叠。念往日、盟鸥俊侣，照素心、共此明月。极目烟际汀洲，远鸿声切。

绛都春·咏京师法源寺黄仲则寓舍

宣南绀宇，问词客有灵，琴书曾驻。咏罢恼花，歌哭当年，朝昏度。斋廊松倚经幢古。喜蒲褐、春分邻树。带诗呈佛，呼尊选客，倦游情愫。　何处？茶烟病榻，旧巢试认觅，百年尘土。一卷悔存，愁写乌丝，伤心句。登楼日日春流去。叹俊语、谁人能赋？牡丹阑外斜阳，断钟又暮。

闵尔昌

（1872-1948）字葆之，江苏江都人。有《雷塘词》。为20世纪20年代北京漫社成员。

生查子

秋月水晶帘，春酒玻璃盏。当日对门居，已似天涯远。　　楼外凤箫沉，江上鱼书断。今日隔天涯，门掩梨云晚。

九月十六日夜月

皓月中天敞素辉，偏能入槛复穿帏。
一年如此夜应少，万里仍多人未归。
秋色芙蓉开晚秀，寒林乌鹊梦南飞。
空庭立久忘清寐，忽觉霜华上客衣。

三 多

（1871-1941）字六桥，蒙古族。为20世纪20年代北京聊园词社成员。

赠贾郎

万人如海笑相迎，月扇云衫隐此生。
我惜贾郎仍不幸，倘逢刘季亦良平。

【注】

贾郎指旧艺人贾璧云。

忆 杭

除却西湖不是春，崇楼杰阁日翻新。
倘援安石争墩例，我算西湖旧主人。

佚 名

十不见竹枝词 (十首录五)

(一)

冠服翩翩鸠舌音，吮豪金殿费沉吟。
玉堂天上翻新样，不见承平旧翰林。

(二)

大辫轻靴意态扬，女闾争效学生装。
本来男女何分别，不见骑骡赛二娘。

(三)

矢石交攻事太奇，联欢端赖有妻儿。
高车争走交民巷，不见和戎李合肥。

（四）

匹马秋风胆气豪，愚忠爱国亦徒劳。
朝官安稳鸳鸯侣，不见当年王大刀。

（五）

绮障靡靡耗国魂，胭脂不夺太温存。
碧云银电都消歇，不见红灯照九门。

张朝墉

（1860-1942）字白翔，四川奉节人。有《半园癸亥集》。
为20世纪20年代北京漫社成员。

燕京岁时杂咏 (二十八首录五)

（一）

灯市新词范景文，烛龙如雨气盘云。
而今踏破琉璃厂，碧眼虬髯闹夜分。

（二）

灵观争开燕九筵，丛坛无复遇神仙。
平沙十里松千尺，怒马雕鞍几少年。

(三)

绣帔弓鞋去踏青，北城士女到南城。
无风一上秋千架，小妹身材比燕轻。

(四)

四月榆钱满路飞，紫樱桃熟麦苗肥。
簪鬓野花君莫笑，妙峰山里进香归。

(五)

香粽凉羔安石榴，射堂西畔绿荫稠。
联镖飞鞚城南去，拂袖天坛看打球。

成多禄

（1864-1928）字竹山，号澹堪。吉林人。光绪十一年（1885）拔贡，官知府。有《澹堪诗草》。为20世纪20年代北京漫社成员。

次郑苏堪先生韵 二首

（一）

胸中五岳郁风雷，琐琐雕虫枉费才。
解道横空盘硬语，华山云气划然开。

（二）

地接沧浪天蔚蓝，华严境界记同参。
香南雪北多常句，遗响谁寻落木庵。

李稷勋

（生卒年不详）字伯子，号姚琴。秀山人。光绪二十四年（1898）进士，授修编。有《甓庵诗录》。

晚泊青草湖

杨柳参差绿未齐，寒烟乱草上空堤。
黄陵庙下多丛竹，一夜哀猿不住啼。

刘富槐

（生卒年不详）字农伯。桐乡人。光绪二十八年（1902）举人，官内阁中书。有《瑗园诗录》。

彭水道中见红叶

青松泣露丹枫笑，锦样峦冈荡客愁。
遥忆故人当此日，壶尊彶史两山游。

陈士廉

（生卒年不详）字翼牟。湘乡人。光绪二十九年（1903）举人，官邮传部主事。为20世纪20年代北京漫社成员。

春日杂诗 （六首录五）

（一）

被发翩然下大荒，黄尘四塞日生茫。
人间历尽无量劫，亿万千年心不殇。

（二）

痛哭陈书累万言，兰申蕙叹诉烦冤。
君王爱老臣年少，合托湘流吊屈原。

（三）

偶控茅龙谒紫微，汉家故事已全非。

羊头烂贱通侯贵，愿借天钱十万归。

（四）

璇楼玉杼日纷纷，争向天孙乞锦雯。

新络冰丝千万缕，可能持赠沈休文？

（五）

浊世翩翩署雁衔，球冠玉佩两当衫。

而今始识优旃乐，舞罢回波奏阮咸。

萧龙友

（1870-1960）本名方骏，字龙友，别号息园、息书、息翁，晚号不息翁，笔名蜇公，四川三台人。中医学家。清光绪二十三年（1897年）考选为丁酉科拔贡，后任八旗官学教习，山东嘉祥、济阳、淄川等县知县。民国建立后历任北洋政府农商部秘书、财政部经济调查局参事，并被内务部聘为中医顾问。1928年弃官从医。1934年与孔伯华等创办北京国医学院，任院长。新中国成立后曾任第一、二届全国人民代表大会代表，中医研究院顾问、名誉院长，中华医学会副会长，中国科学生物学地学部委员，北京中央人民医院中医顾问等职。1951年7月被聘任为中央文史研究馆馆员。著有《整理中国医学意见书》《现代医案选》《医药长编》《医籍选录异同论》《群书撮要释疑》《不息翁诗文集》等。

题庐山图

蜇人先生出示胡佩衡画师所作《庐山图》嘱题。因用李白《庐山谣》诗韵，漫成一章，毫无音节，不值一噱也，即请两教。

我辈山中人，所爱壑与丘。一朝堕尘世，危身居蜃楼。蜃楼变幻不可测，居之方苦安能游。自从大化辟四傍，山为天骨森开张，高峻直欲掩三光。幽深能使万象藏，欲遍游之架无梁。五岳在眼纷相望，惟有庐山秀且苍。上饶瀑布二林胜，下瞰江流九派长。贵阳高士游其间，招邀俊侣去复还。探幽揽秀见真面，凝神回望空群山。思为

庐山图，清兴一时发。图成悬挂高堂壁，卧游一
任出复没。心慕远公空世情，莲社重开化境成。
不须洪崖来把臂，自有康乐同君京。安得再上成
劳去，相遇访道游三清。

故都北平竹枝词 （录三）

（一）

小卖凋零讲卫生，薯炉汤担绝呼声。
贫家活计真难得，垂首街头盼早晴。

（二）

唐花点缀过新年，华屋朱门各斗妍。
一自花溪变薯圃，卖花声断斜街前。

（三）

流风未坠海王村，座上人嚣厂甸昏。
除却货郎并百戏，了无仕女笑言温。

1935 年

汪鸾翔

（1871-1962）字巩庵，一字公严，笔名喜园，广西桂林人。光绪十八年（1892年）加入康有为创立的保国会，参加维新运动。戊戌变法后在武昌多所学堂任博物理化教员。此后，在京、津、冀等地多所高校任教，教授物理、化学、地理、文学、美术史等课程。1941年赋闲家居。1852年6月被聘任为中央文史研究馆馆员。著有《秋实轩诗集》《秋实词钞》《诗门法律》《古诗句法研究》等。

定风波·咏蜀中摩诃池

圣水王滩轓送迎。摩诃犹拥旧池名。何限好词窥宋艳。香酽。只今惟有白鸥盟。　　城上幡降钗凤断。谁见。最怜苏陆两痴情。翠辇不来舟不荡。犹唱。雨收云散恨难平。

大圣乐·题《柳岸晓风填词图》，陈师曾为鹈庵主人作(依玉田韵)

树暗莺藏，荇长鸥隐。满堤朝趣。系短篷、春水方生，夜吹偶残，正是词仙欢处。翠线野烟凭涂写，更回忆、当年双誓语。闻杜宇。问前度梦痕，记调鹦鹉。　　毫端乱麻递数。似千点、墙头淋骤雨。记研朱披素，霜纨对展，同听官街宵鼓。岁月迫人谁仍健，剩霜发、尚偕江笔舞。怀前侣。盷晨曦，最怜朝露。

邓 镕

（1872-1932）字守瑕，号忍堪，四川成都人。清优贡。历任众议院议员、政治会议议员、约法会议议员、参政院参政。有《荃察余斋诗存》四卷。

望海楼

陂塘菱苇故行宫，旧院间廊曲曲通。

横匾御书巢野鸽，交床破褥绣盘龙。

一从翠辇归天上，时见珠钿出地中。

阅尽兴亡谁健在，天宁隋塔拄晴空。

徐际恒

（1873-1933）四川万县人。民初国会议员。有《艮斋诗草》。

送向仲璜之山西

我行赣西水之角，君发晋北山之巅。

山巅水角日以远，欲别未别相黯然。

天涯万里共作客，年年北马兼南船。

无端风云匝地起，海氛日恶波掀天。

神州莽莽蔽防尽，珠崖既割输缗钱。

君不见东瀛卅年变法史，藩士一起恢国权。

又不见年少罗马有三杰，兴邦多难担铁肩。

而况神明华胄古民族，专美岂让时世贤？

士雅闻鸡蹴越石，阿谁揽辔先着鞭！

高步瀛

（1873-1940）字阆仙，河北霸县人，曾任北京师范大学教授，著有《唐宋诗词举要》等。

丁丑杂诗 （五首录二）

（一）

七十二湾春水生，打潮来去负鸳盟。
渡头桃叶风波恶，不愿郎今棹桨迎。

（二）

断无消息问飞鸿，久锢深闺似闭笼。
泪尽桃花春去也，看他杏子嫁东风。

华君钟彦偕曾浩然先生元日过访

昔年佺偬滞京华，今见椒盘十颂花。
雪霁野塘鸿有迹，春归故垒燕无家。
渐看斗柄天心转，莫叹渊隅暮景斜。
更喜南丰耆硕在，相偕蓬户一停车。

建为馈桔一笼赋诗以谢

香橘经冬色渐红，故人持赠满筠笼。
枯棋不减商山兴，嘉树犹思楚客风。
差幸剥余存硕果，肯教霜后委秋蓬。
黄柑堪奢金源乞，每食无忘上将功。

1938 年 2 月

傅增湘

（1872-1949）字润沅，号沅叔，四川泸州江安县人。清光绪二十四年进士。1927年任故宫博物院图书馆馆长，1930年在清华大学任教，1931年被聘为清华研究院名誉导师。诗作有《双鉴楼藏书杂咏》，后人辑有《藏园老人遗墨》。

题黄山苦竹溪

增竹溪边路，溪光蘸碧沙。
笋舆停野店，瓦盏试新茶。
观瀑因思雨，闻香不见花。
结庐傍黄海，胜景妪能奢。

题宋大字本《南史》残卷 （五首录三）

其一

眉山七史号精良，大版官印十八行。
南史更传同种本，转惭中土未能详。

其二

瀛洲东渡不知年，故国来归亦旧缘。
断璧零玑何足惜，千金如获一珠船。

其五

自庆航头获异珍，海东双鲤剖书频。
亦知弓玉终难返，一纸流传为写真。

咏昭君墓

麟阁云台盖世勋，论功一例逊昭君。
若从边塞争芳烈，顺义夫人亦不群。

吴　虞

（1872-1949）字又陵，四川新繁人。早年留学日本，南社社员。曾执教于北京大学、四川大学。五四运动前后曾在《新青年》发表文章批判封建礼教，被誉为"只手打孔家店的英雄"。著有《秋水诗集》《朝华词》等。

甲午即事

征调何堪遍四方，华夷祸结恨茫茫。
夜观星宿悲刘向，久典机枢笑孔光。
列阵士惟闻化鹤，补牢人尽叹亡羊。
书生亦抱安危感，听彻荒鸡泪数行。

张　澜

（1872-1955）四川南充人。辛亥革命后，参加护国讨袁诸役，曾任四川省省长、成都大学校长。中国民主同盟主席，中央人民政府副主席。有《张澜诗选》。

闻《天津协定》又成感赋 (录二)

（一）

华北鲸吞谋久蓄，亚东狮吼睡初醒。
寇来便合迎头击，直捣黄龙拚痛饮。

（二）

雄才救国经尝胆，童子勿殇愿执戈。
民族复兴堪自信，终须还我旧山河。

1935 年 7 月

居乡杂感 (二十首录三)

（一）

贫苦偏生四五雏，饥啼难止痛空厨。
举家屡欲逃荒走，又恐无依死道途。

（二）

借贷西邻空回首，蹒行一妇语堪哀。
女无敝袄儿无裤，又是天寒十月来。

（三）

家物唯存老瓦盆，从今何以养儿孙？
为愁冻馁难宵寐，又听催科晓到门。

章 华

（1872-1953）字缦仙，号啸苏，长沙人。光绪二十一年（1895）进士。为20世纪20年代北平聊园词社成员。有《淡月平山馆词》。

氐州第一·春雁

羁泊当归，归路万里，年年倦羽难定。塞草新痕，吴枫旧梦，商略灯昏雨暝。天远冥飞，似带到、烟江梅信。野水无人，高楼有客，画栏孤凭。　　记取芦汀诗思冷。又撩乱、纸鸢风劲。浅墨斜书，空青作字，一片春愁影。蓦相逢，南燕侣，乡关事，呢喃不尽。莫话潇湘，怕哀弦、催人酒醒。

邵 章

（1872-1953）字伯絅，号倬庵，浙江杭州人。书法家。光绪二十九年（1903）进士，后留学日本，毕业于法政大学速成科。历任翰林院编修，杭州府中学堂、浙江两级师范学堂、湖北法政学堂及东北三省法政学堂监督，法律馆咨议官，奉天提学使。民国后，历任北京法政专门学校校长，约法会议议员，司法官惩戒委员会委员，北洋政府平政院评事、庭长、代理院长。1925年任善后会议代表、临时参政院参政。1929年被班禅额尔德尼聘为秘书长。1951年7月被聘任为中央文史研究馆馆员。著有《倬庵诗稿》《倬庵文稿》《云淙琴趣》《秋馆论诗册》。

己未即事（三十首录一）

黄阁风云气已舒，苍生霖雨愿非虚。
漫将受禅疑知诰，可有雄图似本初？
词客人怀雕玉集，市儿家挟瘦金书。
南山早办精庐在，何日芒鞋更负锄。

1919 年

糜民叹

神武贵不杀，战非事得已。
弭兵古所嘉，佳兵天亦忌。
慨自金火烈，戎衅敢轻启。
况因植义殊，推刃及同气。
壮者既被征，半未勤讲肄。
老孱更足怜，分当沟壑弃。
良懦若马牛，屠刲类犬豕。
箝口不敢言，诉天惟以意。
闵此沙虫劫，今古鲜能拟。
愿覆吉祥云，广拯修罗地。

题云淙词人自刻小像

草间偷活此余生，坐视残棋欲敛枰。
留得须眉词砚在，凤林别调当嘤鸣。

戊寅（1938 年）秋九

【注】

元名儒《草堂诗馀》，半为南宋遗民兴亡之感，见于咏言，庐陵凤林书院刻本也。

即事 二首

（一）

摸金搜粟汉官仪，罗掘供亿匪所思。
既苦贼梳兵又篦，箪壶何地速王师。

（二）

法网高张竭泽鱼，孑黎亿万失安居。
童谣殷地无人问，枉费登闻一纸书。

乙酉（1945年）冬日作

章　钰

（1864-1934）字式之，号茗簃，江苏长洲人。光绪二十九年（1903）进士。为20世纪20年代北平聊园词社成员。有《四当斋集》。

瑶华·水仙，用草窗韵

蘅皋艳迹，芝馆灵因，悔西池轻别。清泉白石，差称得、姑射肤冰肌雪。花中君子，一般是、亭亭芳洁。好画他微步凌波，与伴秃株霜杰。　　甘心纸阁芦帘，任翻遍骚经，名等梅阙。东风不管，翻避了、多少狂蜂痴蝶。国香零落，只清净、托根堪说。尚有情凭吊灵均，梦到湘烟湘月。

向迪琮

（1889-1969）字仲坚，有《柳溪长短句》。为20世纪20年代北平漫社、聊园词社成员。

三姝媚·甲子暮春重游汤山和梦窗

溪山行历惯。荡吟情微波，旧痕何限。泪与春深。费酒杯分付，醉红同浣。辇道无人，谁共倚，扶云娇蔓？隔叶呼朋，唯有殷勤，画梁双燕。　　幽梦霓裳惊断。送故国阴晴，昼长宵短。伫久华清，罢兰汤空忆，翠楼欢宴。过耳东风，听不尽、玉箫凄变。向晚宫门欲闭，苍苔露满。

1924 年

朱启钤

　　（1872-1964）字桂辛，号蠖园，贵州开阳人。古建筑学家、爱国人士。光绪二十八年（1902年）起，历任京师大学堂译学馆工程提调及监督、京师巡警厅厅丞、东三省蒙务局监督、津浦铁路北段工程总办、北洋政府交通部总长、代理国务总理、内务部总长、兼京都市政督办。1917年任中兴煤矿公司、中兴轮船公司等企业董事长。1918年发起北戴河海滨公益会，任会长。越年任南北议和北方总代表。后筹办中国营造学社，1930年正式成立，任社长。解放前，曾将驶至香港的九条货船召回支援建设，向故宫博物院捐献五十六件珍贵文物，将大量珍贵图书分捐北京图书馆、清华大学、古代建筑修整所和贵州图书馆。曾任第二、三、四届全国政协委员，古代建筑修整所顾问。1953年5月聘任为中央文史研究馆馆员。著有《哲匠录》《蠖园文存》《女红传徵略》《存素堂丝绣录》等。

蛰人（邢端）仁兄太史六十，以"名山旧游"为题目征诗，率题一章，以介繁祉，倩老友祝竺楼写奉，敬乞雅正

昔余治驰道，挥斥造险幽。
尝升岱宗顶，目送齐烟浮。
颇思驷云螭，一举凌沧洲。
域中五灵岳，谓可袖底收。
少小傍衡麓，意中朱鸟俦。

嵩高日峻极，咫尺汴洛州。

北镇蟠厚地，凛凛云朔秋。

最后营潼函，金天豁远眸。

莲花状削成，玉女明星头。

身所未尽历，意匠通行舟。

遂令壮游士，蹑景迅置邮。

独念桑与梓，远隔天南陬。

夫君吾邦彦，心逐郑莫流。

宿昔供玉堂，英声策骅骝。

辞荣早投绂，结想栖林丘。

鹓鸼有逸老，同好常相求。

笠履满烟雨，薜蹬穷爬蒐。

相校十年长，隘陋殊自羞。

奋飞既不能，耄学逾沟督。

苟关乡邦事，片纸在必搜。

得君证所闻，快如鹰脱韝。

山川君能悦，石室君常紬。

相期拾遗献，非徒去卧游。

洪允祥

（1873-1933）字樵舲，浙江慈溪人。早年留学日本，参加同盟会。1910年任《天铎报》主笔，后任北京大学、大厦大学教席及浙江四中等校文史教员。

北　征

剑气霜花引北征，燕郊衰草不胜情。
客中亲旧犹诗酒，眼底河山尽甲兵。
日落九边秋莽荡，月明双阙夜峥嵘。
荆高往侠今何在，梦听萧萧易水声。

吴佩孚

（1874-1939）北洋直系军阀。字子玉，山东蓬莱人。清末秀才。曾任两湖巡阅使，直鲁豫三省巡阅副使等职。日寇侵华，不与敌伪同流合污。

切　莫

人生切莫逞英雄，万事无知一理通。
虎豹还须防獬豸，蛟龙最怕遭蜈蚣。
小人行险终得险，君子固穷未必穷。
百尺楼船沉海底，只因使尽一帆风。

入　蜀

曾统貔貅百万兵，时衰蜀道苦长征。
疏狂竟误英雄业，患难偏增伉俪情。
楚帐悲歌骓不逝，巫云凄咽雁孤鸣。
匈奴未灭家何在，望断秋风白帝城。

1927 年 5 月

林思进

（1873-1953）字山腴，四川华阳人。宣统时为内阁中书。有《清寂堂集》。

满江红·李博父同年生日悲愤，意在祈死，寄此广之

海立波翻，谁酿此、人生祸孽？看方罫、九州余几，国今犹活。楚怨不胜骚屈泪，蜀人正葬苌弘血。更悲凉、皇鉴搽初生，词呜咽。　一尊寿，君宜答。片帆举，吾能说。望江陵千里，归舟如瞥。试诵通天台下表，莫惊汉苑昆明劫。劝问龙、乞水洗残年，长生诀。

满江红·稻遭蟊害，数十年未有，悯赋以示当官者

气郁阴多，甚五月、重棉未卸，悯小旱、一春愆泽，舞雩方罢。谁道土龙玄寺立，已惊蟊螣青苗咋。总天时、人事足伤心，疲农活。　蓑笠破，泥沾胯。茶蓼朽，浆如泻。问年年终亩，何时多稼？官里早传征购帖，民间但论妻儿价。任号呼、泥佛总无闻，吁长夜。

沁园春·闲居读史

化国为家，人人自奋，耰锄皆兵。但江东全弃，兰成先恨，成都虽好，马援东行。易饱蹲鸱，难收板楯，漫喜青骡蜀道平。津桥远，奈千山万壑，尽是鹃声。　　空仓白帝频惊，要转粟关中还送丁。奈驱将苦战，犬鸡无异，悲传野哭，蝼蚁贪生。暮水山青，沙场骨白，仆射何曾如父兄？中原望，看郡图有几，剑阁愁铭。

鹧鸪天

一饱真须万万钱。更无饘粥度饥年。纵饶城市封桩满，其奈农家罄室悬。　　珠贱米，货流泉，催科法令正森然。复除漫说中兴事，删却兰台史数篇。

周行原

（1874-1939）字颂抚。号庵泉，安徽合肥人。光绪十九年举人，官度支部郎中。有《庵泉诗存》。

壬申春瞻明归自上海过访山居以诗见赠次韵答之

蛰居养拙世应忘，为子轮周别后肠。
蓦有长鲸拂瀛海，翩然一鹤过肥乡。
落花亦似人罹劫，吟草犹能夜吐光。
对榻琚谈总禅味，春残风雨不凄凉。

1932 年

送从舅郝聘珍归怀宁

雨晦风潇每共之，商量旧学一灯知。
外家草木宁驱使，故国琼瑰少赠遗。
年暮况经春暮别，病余莫重劫余悲。
皖公山色征鞍上，天饷劳人写入诗。

丁丑冬瞻明避地来山庄赋赠

神州烽莽寇披猖，岁暮天寒倍断肠。
患难相依山谷里，交亲俨作弟兄行。
图参谶纬后何世，字问楞伽潜有香。
重到刘郎桃不见，旧题剥雨尚留墙。

1937 年

戊寅秋日山居即事

斯世非吾世，山中愧寄生。
马同衰病况，雁有乱离声。
村枣红垂绉，池莲粉坠轻。
寻幽强排遣，烟景写难成。

1938 年

易　孺

（1874-1941）字季复，号大厂，又号韦斋，广东鹤山人。早年就读于广雅书院，中年游学日本。历任北京高等师范学校、上海音乐学院教授。有《宜雅斋词》《和玉田词》《双清池馆诗词稿》。

霜花腴·九日浦江园

怨潮暮咽，对莽苍迢迢，剩写心枯。衰草烟冥，碧天云皱，秋花未引清娱。乱蓬已疏。奈泪深、先沐茱萸。怕残蝉、做足销凝，梦凄声晚渺寒芜。　仙客醉枫山路，竞分笺刻烛，记在西湖。佳节都过，闲情依旧，而今慧迹全孤。据愁槁梧，恼暗茸、羞帽微乌。更沧溟、雁远帆迟，几人知寓书？

圣塘引

人间何世，又取湖山幽赏。两过圆荷，逸香在、帘波无恙。绿杨午梦深双燕，打水惊孤桨。谁是桐花，定名桃叶，隔浦依稀菱唱。　为问石林词笔，几叠烟思霞想。又摊鼻南邻，苦吟料、骊醒珠朗。雨肥梅后琴丝润，雅抱希微尚。争凝望。黛愁山暝，桥痕犹涨。

相见欢

相逢漫说销魂。几黄昏。依旧江地愁畔，酒边人。　　软红里。繁笙起。总思君。一样衾前冻了，旧啼痕。

满江红·分呈不匮词翁、忍寒教授

一叶舆图，惨换了、几分颜色。谁忍问、二陵风雨、六朝城阙。雨粟哭从仓颉后，散花妙近维摩侧。咽不成、屪指念奴娇，声声歇。　　尘根断，无生灭。山河在，离言说。剩仓皇辞庙，报君以血。蜀道鹃魂环佩雨，胡沙马背琵琶月。莽乾坤、今日竟如何？同倾缺。

忆旧游·沪上徐园，为邹四作

记梳香滑围，逭署斜泠，闲度今年。几日新凉嫩。又轻飔尘外，忙趁秋烟。一声最惊幽啸，塘北舞翩跹。正淡妥词怀，清苏兵气，都在芳园。　　良缘，念多误，叹节近重阳，人远长安。渐紧霜腴蕊，怕零金重拾，如鬓初残。曲廊易供沉想，瑶梦话无端。问畅好林坰，寻伊酒约风雨寒。

林志烜

（1874-1946）字仲枢，号籀庵，福建闽侯人。清光绪甲辰科（1904）翰林，曾游学日本，后任北洋政府财政部佥事。居京时，曾与方兆鳌等二十余人组织"毂社"和"宣南画社"。

三月三日三井旧宅观樱花

老年岂复与花期，偶尔看花亦恨迟。
一路幽光留夜色，万梢宿霭锁朝曦。
东风未肯怜狂蕙，急雨终妨损旧枝。
林下水滨成独往，十年涕泪换春嬉。

夜与策六谈论沦陷时沪居事，检旧作示之

湿襟已尽围城泪，万树无烟昼掩关。
一息存亡药石外，七年方寸虎狼间。
书藏坏壁防缇骑，梦悸飞狐下屋山。
一夕降书疑信半，家人已自庆生还。

呈策六

久断知闻忽见君，中庭握手傍黄昏。
秋风散作重来热，林鸟还惊未定魂。
少日钓游今健在，过江人物不堪论。
深居此念凭谁觉，一丈清输百尺浑。

罗复堪

（1872-1955）本名惇援，号敷庵，广东顺德人。早年入万木草堂师从康有为，肄业于京师大学堂译学馆。清光绪三十二年（1906年）先后在吉林省、北洋政府教育部、财政部等机关工作。曾任北平艺术专门学校教师，北京大学文学院教师。1952年11月被聘任为中央文史研究馆馆员。著有《三山簃诗存》《唐牒楼金石题跋》《晚晦堂帖见》《书法论略》《褐蒙老人随笔》《三山簃诗学浅说》《论书示门人六十首》等。

论书示门人 (六十首录五)

（一）

平腕竖锋教执笔，虚拳实指要同操。

不为笔役法始得，心精力到在吾曹。

（二）

带燥方润浓遂枯，用墨于此识径途。

笔畅神融无不适，过庭妙语不欺吾。

（三）

殷墟书契最称古，汉简遗文至足珍。
纵不能通宜博览，莫叫闭塞等盲人。

（四）

章草如今恐失传，中参隶法溯源泉。
月仪急就无多字，变化从心在笔先。

（五）

兰亭真笔辩才收，刻意文皇百计求。
自入昭陵难可见，神龙定武迹仍留。

陈嘉庚

（1874-1961）著名爱国华侨领袖。1921年创办厦门大学。新中国成立后，任全国政协副主席、归国华侨联合会主席。

述　志

领导南侨捐抗敌，会场鼓劲必骂贼。
报章频传海内外，敌人恨我最努力。
和平傀儡甫萌芽，首予劝诫勿昧惑。
卖国求荣甘遗臭，电提参政攻叛逆。
强敌南侵星岛陷，一家四散畏虏逼。
爪哇避匿已两年，潜踪难保长秘密。
何时不幸被俘虏，抵死无颜谄事敌。
回检平生公与私，尚无罪迹污清白。
冥冥吉凶如有定，付之天命惧奚益？

夏仁虎

（1874-1963）字蔚如，号啸庵，别号枝巢，江苏南京人。光绪二十八年举人，清政府记名御史。1912年起任北洋政府盐务署秘书，财政部参事。后任镇威将军公署政务处处长。1918年被选为安福国会众议院议员。1926年任财政部次长，代理部务。1927年任北洋政府国务院秘书长，曾兼关税自主委员会委员。1928年后，任中山公园董事长，组织或参加寒山社、稊园、蜇园等诗社。抗日战争期间先后任北京大学、北京师范大学教授。1951年7月被聘任为中央文史研究馆馆员。著有《枝巢编年诗》《枝巢文稿》等。

书愤 （八首录三）

（一）

牛山涕泪日萧萧，六百商於一掷枭。
岂有丸泥封地险，自披督亢付天骄。
尘清早撤当关豹，月黑愁闻集泮鸮。
瞥眼残春如梦过，更能风雨几番消。

（二）

陆夷狮象水刳犀，坐倚长城靖四陲。
少府输钱倾宝藏，司农挽粟达天池。
锦城丝管花卿醉，灞上旌旗汉主知。
将略却输延广伟，横磨十万待翁嬉。

（三）

户户生儿字莫愁，家家有子号忘忧。

大哀自古唯心死，筑室知难与道谋。

倚树猢狲怜聚散，忘机鸥鸟任沉浮。

东风揭屋浑家睡，烂醉钧天梦醒不？

秋感 （四首录一）

连天烽火照京畿，北苑垂杨惨碧丝。

大道人稀伥鬼泣，平原草尽海青饥。

萧萧暗雨新燐火，猎猎西风上将旗。

天遣花卿解歌舞，不应宋玉有微词。

临江仙

倚阑人似游丝懒，绿阴池馆苔深。回文消息更沉沉。长门自惯，不是惜黄金。　春去春来成一梦，怜渠饶舌春禽。旧时欢笑此时心。落花风里，兜恨入罗襟。

左　霈

（1875-1936）字雨荃，正黄旗汉军广州驻防，清光绪二十年广东乡试举人，光绪二十九年进士，殿试一甲第二名榜眼，授翰林院编修。1918年至1928年，任清华学校历史、国文教师。

菩萨蛮

一溪绿水芙蓉绕，隔岸点点摇红小。折向玉瓶间，船窗仔细看。　　天生真国色，不受春风惜。秋雨更秋霜，风姿胜海棠。

钱振锽

（1875-1944）字梦鲸，号谪星，更号名山，别署藏之、海上羞客，江苏武进人。光绪二十九年进士，任刑部主事。有《谪星诗文集》《名山九集》《名山文约》《名山诗集》等。

独　自

独自昂头人海中，西山晴翠接高穹。
朅来宦味如秋燕，莫负冰心语夏虫。
谁为江河忧日下，休将身世恸途穷。
还乡须觅中山酒，长醉溪头荻苇风。

有　谢

半世孤栖一布衾，怪君交浅太言深。
哀鸿本是同遭难，死鹿原知不择音。
大患有身怜汝苦，得情勿喜谅予心。
申江鱼腹何堪问，欲慰蛾眉口又喑。

北 来

北来貔虎势嵯峨，太息中原血肉多。
洛下不闻花信至，衡阳无复雁书过。
牛毛禁令幽人履，鬼火阴房正气歌。
天道张弓原未误，十洲烟焰接星河。

蝶恋花·雪杏

好是溪南红杏树。二月春晴，照眼花无数。
不道昨宵风又雨。朝来飞雪漫天舞。　　如此荒
寒溪上路。零落燕支，有恨凭谁诉？若使名花都
解语。人间尽是伤心处。

许宝蘅

（1875—1961）字季湘，公诚，号巢云，晚年号耋斋，浙江仁和（今杭州）人。清光绪二十八年（1902年）举人。历任内阁中书、军机章京等职。入民国后历任北京临时大总统府秘书、国务院秘书、大总统秘书、铨叙局局长、内务部次长、国务院参议等职。1927年1月，任国务院秘书长。同年兼任北京故宫博物院图书馆副馆长。出版《掌故丛书》。后曾到辽宁省任职。1939年退职。长住北平。1956年10月被聘为中央文史研究馆馆员。工书法。晚年点校《国语》等古籍多种。有《许宝蘅先生文稿》。

书台湾 (四首录二)

（一）

海中孤岛古无名，二百年来服圣清。
尉侯车书通内地，冠裳文物启边城。
荷兰退避皇威奢，荆棘删除善气生。
太息苍黎安治世，但知耕稼未知兵。

（二）

横海伏波自古豪，丹忱耿耿欲鞭鳌。
东方未必同张客，南越依然奉汉高。
赖有黑旗环鹿耳，已看白骨付鸿毛。
书生竟上珠崖策，换得君房史笔褒。

乙未　　1895 年

舟滞新沟有感 （二首录一）

不为稻粱谋，何须事远游。

艰难怨行路，羁泊怯登楼。

有酒不如水，看山始觉秋。

南来数行燕，斜日下荒洲。

阻浅五日，又值风雨，书此拨闷 （二首录一）

载酒频年作浪游，东西南北任淹留。

从来欲住偏难住，到此言愁始是愁。

风片雨丝秋半夜，天关地户客孤舟。

茫茫眼底情何限，潦倒新停白玉钩。

送抱珊用留别韵 （二首录一）

异地相逢狎鹭鸥，联吟争欲笑曹刘。

春朝难制思亲泪，旅邸翻添送客愁。

诗压归装抵琼佩，云回飞鸟入孤舟。

波涛壮阔多珍重，莫为生涯叹锈钩。

沈钧儒

（1875-1963）号衡山，浙江嘉兴人。光绪进士。同盟会会员，南社社员。曾留学日本法政大学。历任上海法科大学教务长、最高人民法院院长、全国人大常委会副委员长、全国政协副主席。有《寥寥集》。

嘉兴 二首

（一）

绕城官柳拂长街，桥外晴漪净似揩。

寄语里人须早起，南湖烟景晓来佳。

（二）

桐乡李子满篮兜。王店荷花贴水浮。

行过双山一凝望，蒋侯第宅最宜秋。

1921 年 9 月

【注】

蒋侯，指蒋谨旃，作者表兄。

自　由

天地一桎梏，万物皆戈矛。

俯仰虽苟安，藐焉非所求。

吾欲乘风驾螭踏九州。

吾欲披发请缨复大仇。

不饮黄龙誓不休！呜呼！

此境只向梦中求，只有梦魂能自由！

1936 年

闻克百灵庙刘团先入城

战报入眼起惊呼，我军昨复百灵庙。

反攻杀敌数载无，人人振奋称神妙。

从此闻謦识猛士，应知传檄定边徼。

引领绥东连察北，凭轩聊欲发长啸！

1936 年

杂诗（十一首录一）

朝来揽镜对空明，坐致痴肥百感并。

愿民一心奉世界，昔人祈死我祈生！

【注】

羁押中，不许阅报，安得不痴？饱食终日，安得不肥。

商衍鎏

（1875-1963）字藻亭，号又章、冕臣，晚号康乐老人，广东番禺人。清光绪三十年（1904年）甲辰科中一甲第三名探花，授翰林院编修，入进士馆。历任侍讲衔撰文、国史馆协修、实录馆总校官、帮提调等职。后任北京副总统府顾问、江苏督军署内秘书、大总统府咨议、江西省财政特派员。新中国成立后，历任江苏省政协委员、广东省政协常委、广东省文史研究馆副馆长。1960年7月被聘任为中央文史研究馆副馆长。著有《清代科举考试述录》《太平天国科举考试纪略》《商衍鎏诗书画集》等。

感愤 二首

（一）

塞云边雨东风恶，鼙鼓关山虏骑烟。
北道和戎求魏绛，西通绝域望张骞。
惊看砧肉供刀俎，忍撤樊篱逼冀燕。
莫恃匡时新有策，长蛇封豕欲难填。

（二）

纤儿撞坏好家居，杀父忘仇愧伍胥。
卧榻他人凭鼾睡，祁连滥帅进趑趄。
一朝弃甲三军泪，千里降旗万户歔。
已陷辽阳休反顾，歌楼曼衍幻龙鱼。

中秋月色阴暗敌机惨炸南京

突变乾坤色，狼嚎虎啸哀。

星摇河汉动，雷震晓山摧。

火宅人间世，金陵劫里灰。

清光愁为减，秋月黯楼台。

闻德安捷

闻道德安捷，欢声万户同。

舳舻章贡合，锁钥鄂湘通。

会有收京望，欣看底定功。

鹰扬初奏绩，刷羽健秋风。

戊寅除夕

白首乡心万里天，中原未定又残年。

收京几断江湖梦，苦战频惊岁月迁。

杯酒颓龄聊自醉，灯花今夜为谁妍。

千家爆竹三更雨，抚剑悲歌只惘然。

1938 年

姚 华

（1876-1930）字重光，号茫父，贵州贵阳人。清光绪二十三年中举，光绪三十年进士。戊戌变法时东渡日本学法政，归国后任职邮传部。辛亥革命后当选为参议院议员，其后在清华大学、民国大学、朝阳大学执教，并曾任北京女师和京华美专校长，有《弗堂类稿》《弗堂诗》《弗堂词》《五言飞鸟集》等。

五月初三日清华园道中

芳原初过雨，麦气漾晨烟。
野水随萍绿，村曦出树圆。
名山思蜡屐，令节忆龙船。
买夏能充隐，新荷已渐残。

1911 年

廿四日清华园道中

雨后清溪曲曲通，斜阳散彩乍空濛。
初添秧水新生鲫，已过村桥断饮虹。
野老几回槐里梦，葛衣一晌柳枝风。
心情懒尽成尘俗，觉近名山便不同。

1911 年

秋草 (六首录二)

(一)

寒烟送雨出谯门，终古何人此敛魂。

莽莽平原随弥迤，荒荒尘梦易黄昏。

只寻去马霜前迹，恐误归鸦劫后村。

寄语樵苏休纵火，东风不忘旧绍痕。

(二)

承明金马已闲门，落日燕南正断魂。

山鬼踏歌天欲裂，城狐坐啸月初昏。

咸阳猎火连三月，紫阁盘飧又一村。

付与西风收拾去，不教沙际认余痕。

1912 年

王启湘

（生卒年不详）湖南善化人，又名王时润，1923年曾在清华学校教授国文。著有《周秦名家三子校诠》等。

金缕曲·咏史 （用梁饮冰韵）

风雨鸡声里。怅双剑、壁间闲置，焉能忍此。行酒青衣几不免，为问天胡此醉。忍竟使、斯民憔悴。痛饮黄龙成幻梦，访岳韩当日鏖兵地。遗老尽，英风死。　　古今季世应无异。只堪悲、燕巢危幕，沉沉如睡。禽黑长埋任侠绝，举世皆为杨子。算见惯、司空闲事。时事如斯堪痛哭，每悲歌辄洒唐衢泪。谁为唤，刘琨起。

1930 年

临江仙·寄怀陈大慎登江宁

堤上垂杨堤畔草，青青直接长亭。杨花飞去化浮萍。愿随东逝水，流到石头城。　　昨夜月明明月下，一樽浊酒孤擎。无人解与话平生。元龙应忆我，传与此时情。

1906 年

胡先春

（1876-1956）号元初，别号炳炎，安徽六安人。清附贡，湖北候补知府，署黄州府、武昌府知府，曾任北洋政府交通部佥事科科长。后参加北京稊园诗社、蛰园诗社。抗战胜利后任职于北平电信局。1951年12月被聘任为中央文史研究馆馆员。著有《柳榭诗词稿》。

菩萨蛮·题叶遐庵自画竹石长卷

潇潇一幅风和雨，岐王宝轴俄飞去。聊以写高怀，珊珂影满阶。　　远追与可墨，那得坡仙笔。绝忆岁寒堂，人琴俱已亡。

惜馀春慢·送春

玉蕊飘残，酴醾开罢，二十四番风了。匆匆点染，冉冉将归，况更杜鹃频搅。疑是不惯尘寰，窥镜红深，暗痕都杳。纵重逢有约，年年来去，尽催人老。　　还自念，旧梦依稀，韶光婉晚，应惹东君微笑。攀条莫挽，祖帐空张，独自黯然魂悄。翻恨无情似伊，离曲惊闻，长瓶容倒。忍残宵酒醒，静听钟声报晓。

虞美人·本意

鸿钧孰为持纲纽，万物皆刍狗。拔山扛鼎气何雄，垓下夜阑忽听楚歌同。　承恩敢负君王意，伏剑甘如荠。千秋悲愤与谁论，弱草感音应是美人魂。

石湖仙·盼雪

龙荒天远。正群雁翻飞，云暗烟断。费泪送斜阳，数哀鸿、平沙影满。丰年何兆，待暗祝、冷风吹转。休怨。想灞桥、粉絮齐卷。　南楼胜游似昨，挈朋尊、寻梅汊沔。老去而今，况更单栖孤馆。白社联吟，红牙低按。幸从清彦。门许款。那嫌访戴来晚。

清平乐·题稀园主人（关赓麟）《梅花香里两诗人》图卷

巡檐索笑。花与人常好。还记催妆歌窈窕。词笔何郎未老。　画图历劫犹新。绮窗光景长春。共道神仙眷属，人疑明月前身。

诸季迟

（1876-1955）浙江杭县人。清宣统元年（1909年）己酉科拔贡。曾任《长沙日报》经理、湖南官纸印刷局总经理、浙江印制局局长、浙江桐乡县知事、陇海铁路督办驻京总公所秘书（后改总务处处长、秘书长、总务科长）、清史馆协修兼文牍、京奉铁路局秘书、国务院秘书、临时参政院秘书等职。1956年6月被聘任为中央文史研究馆馆员。

挽旅尘同年 （四首录二）

（一）

东海之滨几漫游，奚囊剩贮百年愁。
莲峰三五青无恙，魂倘能招定小留。

（二）

病里圆通悟静禅，空花先得了尘缘。
嗟予日诵憨山偈，茧蝶生涯尚自缠。

赋白牡丹用盐韵

瑶台名字重题签，曾侍开无装世淹。
百面春风天淡荡，一轮满月佛庄严。
环肥燕瘦多相嫉，魏紫姚黄久见嫌。
输与闲人重看杀，玉楼十二尽钩帘。

方兆鳌

（1876-1960）字策六。福建闽侯人。早年毕业于日本早稻田大学。曾在北洋政府中任职，后任北京中国大学教授。1925年在京与林志烜等二十余人组织"毂社"。解放后任国务院参事、中央文史研究馆馆员。有《晚读轩诗存》《蓼居集》等。

秋风（二首录一）

万籁渺何许，吹襟飒未收。
偈儱当劫后，萧瑟到心头。
影到花前幕，声沉竹外楼。
遥天归一鹤，惭愧稻粱谋。

闻张自忠将军入祀忠烈祠

是是非非总不差，英雄本色玉无瑕。
燕京转战三千里，襄沔悲歌数万家。
手挽江流西上遏，魂飞官道北旋赊。
男儿死已丹青在，留与都人荐血花。

仲枢示和兼婿诗次韵

下酒曾闻读汉书，祁公韵事我何如。
收身漫比投林鸟，琢句争如食墨鱼。
愧乏余光照邻壁，但期夏日迓巾车。
门阑喜气当前在，欲广骚经赋卜居。

【注】

仲枢，即林志烜，兼指诗人陈兼与。

雨霖铃·江亭晚眺，用耆卿韵

参差凄切。渐林光暗，鸟语都歇。颓垣隐起无数，才凝伫处，城笳催发。掉首黄尘寂寞，但秋气愁咽。漫对著、埋碧香堆，徙倚斜晖向空阔。　　亭杨绾恨经千别。入寥天、乍值闲时节。黄昏目断平楚，烟霭外、渐生疏月。数点寒鸦，拾向秋芜，画景添没。忍更把、盈鬓惊尘，写与花神说。

梁启勋

（1879-1965）字仲策，广东新会人，梁启超之弟。1914年任北京中国银行监理官，又任币制局参事。1931年执教于青岛大学。1933年在交通大学、北京铁道管理学院任训育主任。1938年任职于中国联合准备银行。北平解放前夕，为北平地下党组织做过有益的工作。1951年7月被聘任为中央文史研究馆馆员。著有《词学》《稼轩词疏证》《中国韵文概论》《曼殊室随笔》《海波词》等。

汉宫春·春阴郊行过颐和园

云重天垂，怪巍楼不见，春入平湖。湖边麦畦涨绿，犹带霜腴。惺忪柳眼，倩东风重染花须。青石上，泉流暗壁，依稀人境清殊。　堪笑昔年仙侣，但高吟楚些，谁解吴歈。兴亡古今几许，岂曰天乎。山川满目，叹人间千载须臾。空怅望，园林寂寞，遥闻水鸟相呼。

菩萨蛮·庚午重阳前二日青岛海滨晚步 三首

（一）

海波浮动群山立。窥人白鸟翻飞急。帆影乱斜阳。平沙衬晚黄。　兽云吞落日。波底摇金碧。何处是天涯。潮东汐又西。

（二）

层云错认山模样。云移乍识群山相。倒影入沧湄。波摇山亦移。　孤鸿远天末。暮霭横空阔。新月挂檐牙。红楼第几家。

（三）

参差楼阁凌云起。疏星摇曳空蒙里。灯火出帘栊。帘垂灯影红。　行人回懒步。谁解余心素。海气动轻寒。归来兴已阑。

水龙吟·庚午重阳前四日谒南海先生墓

可怜无限江山，未应短尽英雄气。悠悠万古，沉沉长夜，人间何世。独立苍茫，呼天不语，碧空无际。念当年杖履，森森万木，更谁识，凄凉意。　历乱冈陵堆起。对西风、远山如睡。秋容渐老，萧萧落木，平林如醉。我亦飘零，百年何许，人生如寄。整朦胧泪眼，荒丘细认，待何时至。

1930 年

陈叔通

（1876-1966）名敬第，浙江仁和人。光绪进士，授翰林编修。早年留学日本。参加过维新运动。辛亥革命后，任第一届国会众议院议员。新中国成立后，任全国工商联合会主任，全国政治协商会议副主席，全国人民代表大会常务委员会副委员长。有《百梅书屋诗存》。

题八大山人折枝梅

思肖画兰不画土，此恨绵绵谁与吐。
雪个山人身世同，老梅写似折钗股。
数点已见天地心，月下风前仍媚妩。
三百年后又何如，独立苍茫今视古。

1938 年

【注】

八大山人，即朱耷，号雪个。

杜工部草堂

一掬忧时泪，西来谒杜祠。
不堪风雨叹，终与日星垂。
丧乱谈天宝，飘零老拾遗。
两贤心迹似，异代有同悲。

嘲　袁

环瞩金陵似拱辰，紫花印忽电传频。
孔璋先遁曹瞒死，蚁梦俄空未九旬。

日寇乞降喜而不寐枕上作

围城偷活鬓如霜，八载何曾苦备尝。
未见整师下江汉，已传降表出扶桑。
明知后事纷难说，纵带惭颜喜欲狂。
似此兴亡亦儿戏，要须努力救疮伤。

言　志

七十三前不计年，我犹未冠志腾骞。
溯从解放更生日，始见辉煌革命天。
大好前程能到眼，未来事业共加肩。
乐观便是延龄诀，翻笑秦皇妄学仙。

经亨颐

（1877-1938）字子渊，号石禅，浙江上虞人。教育家、书画家。早年加入同盟会，后入南社。留学日本，归国后曾任浙江第一师范校长、省教育会会长、中山大学副校长、北京师范大学教授。著有《颐渊诗集》。

菊

天地苍茫厄万华，孤芳耿耿照尘沙。
此花从未随风坠，独殿荒原斗万葩。

竹·树人补菊

西风飒飒竹生寒，衰草萋萋菊又残。
莫道秋光无艳色，虚心傲骨耐人看。

太华松 (录一)

胜游已到金天宫，翘首丛阴看古松。
太息摘星犹未及，再登树顶驾苍龙。

香凝出国赠画

伊人葭水渺孤篷，秋色苍茫一望中。
红树青山云乍散，萧然寒意扩长松。

梅

大庾探梅风事初，风尘感慨又何如。
匿葩破绽馨将泄，老干纵横影自疏。
从此突分天地界，却难细认白红须。
山间岭上无人问，一点冰心万古虚。

陈宗蕃

（1877-1953）字莼衷，福建闽侯人。清光绪三十年（1904年）甲辰科会试进士，授刑部主事。1905年春赴日本留学，回国任邮传部主事。北洋政府时期历任审计院审计官、决算委员会坐办，国务院统计局参事、法律编纂会编纂、中国银行总管理处总文书。后历任北京大学、中华大学等校民法讲师，财政学校商科讲师，税务专门学校国文讲师及中华懋业银行副总经理、总秘书，北京银行公会秘书。1951年12月被聘任为中央文史研究馆馆员。著有《燕都丛考》《淑园文存》《亲属法通论》《文学之抽象观》《北平赋》《淑园诗存》等。

叔玉自沪以移居诗见寄次韵奉和 （二首录一）

掉阖纵横斗楚秦，干戈满地不成春。
浮家久羡鸱夷策，买宅还谋季雅邻。
敲钵赌诗能却俗，拔钗沽酒漫愁贫。
相看黄浦滩边月，羡有林园足奉亲。

1928 年

次释戡戊辰中秋原韵

大地风云尚未收，伤心王粲怕登楼。
寒灯历落长街月，高树萧疏古殿秋。
黯黯红尘衣易集，茫茫碧海药难求。
六朝金粉都销歇，肯信湖山唤莫愁？

1928 年

登伯牙台有感

天风吹我上琴台，回首前尘百事哀。
世晚宁嫌知己少，曲高谁为赏音来？
高山流水浑无迹，白雪阳春总费猜。
寄语不如归去好，屠沽燕市尚怜才。

1929-1931 年

落叶 (四首录一)

去秋黄君默园以《落叶》四章见示，偶成和作，赓起者十有余人，陈君淮生录之，哀然成册，今转瞬又一年矣。狂飙再吹，河山变色，愁怀无俚，续成四篇，非能尽咏物之情，聊以寄感时之意云尔。

转绿回黄未有期，天阍上诉正难知。
谁怜蒲柳先零质，早失松筠独立姿。
断烂岂容朝报例，飞扬独让管灰迟。
东皇纵借扶持力，桑盖宁能比昔时？

1929-1931 年

读 史

十万横磨气自雄，那知惟口实兴戎。
毛锥长剑功俱尽，岁币儿皇事亦穷。
河洛人犹争汉统，燕云地早失尧封。
五朝大老称长乐，早识中原运已终。

1929-1931 年

李兆年

（1877-1965）字濬卿，福建建瓯人。清光绪二十九年（1903年）癸卯朝考一等。历任广东翁源县、浙江新登县知县，京师初级审判厅、京师地方审判厅推事，俸满，保荐知府。民国成立后，多次担任参议院议员。1956年12月被聘任为中央文史研究馆馆员。著有《补蹉跎斋诗文钞》《医学述训》等。

咏插秧船

古昔称秧马，而今更有船。

插来千顷捷，驶去一帆便。

轻戳波纹细，平铺绣罽妍。

渐看抽秀影，绿野入吟边。

长江大桥告成感赋

长江寥廓远相望，古称天堑限南北。

临江每叹利涉难，奋飞岂有凌云翼。

囊沙投鞭皆谰言，忠信涉波理难必。

惟有舟楫便往还，容与中流意良得。

只恐打头石尤风，狂涛汹涌催箭激。

掀天簸地白昼昏，舵师失色客战栗。

焉得大桥便行旅，车马履坦无差忒。

此愿难偿数千年，焉知大功告成在今日。

不见灵鳌为柱鼋为梁，石板凌空跨江驰道直。

绵延虹带坦以平，参差雁尺疏而密。

东南古号财赋区，为困转输苦瘀塞。

斯桥告成堑堙平，懋迁有无互注挹。

此与路政相辅行，一桥兴辍关货食。

因忆我闽昔日洛阳桥，浩渺施工苦无术。

蔡侯神檄达龙宫，巧制谜语附托醉卒浮波出。

果然廿一日酉时潮不兴，以次程工事乃毕。

至今啧啧万安桥，碑文纪载至纤悉。

（洛阳桥一名万安桥，有碑文。）

如何雄镇天南此大桥，竟无灵异堪载笔。

信之元后亶聪明，宵旰忧勤党与国。

不假鬼斧与神工，凭藉群策与群力。

发挥神智在人为，填海移山匪奇特。

如此觥觥千祀不祧功，比之大禹无恧色。

党国谦冲不自言，世人崇德报功信今传后宁敢佚。

　然则雍容揄扬润色鸿业，翳惟我艺林之天职。

陈云诰

（1877-1963）号紫伦，又号蛰庐，河北易县人。书法家。清朝翰林，任翰林院编修。中华人民共和国成立后，任北京市政协委员，与郑诵先等人创建中国书法研究社，任社长。1955年7月被聘任为中央文史研究馆馆员。

苏东坡是北宋丙子年生，迄今已九百年矣，赋诗一首祝其生日

才名动九重，忠谠冠朝士。

文如万斛泉，博辩无涯涘。

前身紫府仙，小谪人间世。

辽邈九百年，何人能拟似。

释褐当承平，儒生致身始。

材大用本难，不用亦已矣。

如何谗高张，百计挤之死。

海南茅数椽，修门天万里。

偃自桄榔林，食芋而饮水。

自非旷达怀，忧伤谁遣此。

高吟泣鬼神，随遇泯愠喜。

吾服公亮节，文藻亦未已。

旧京五词客，与公同丙子。

萧条虽异代，风流接千祀。

折柬公生朝，高山共仰止。

当年赤壁矶，是日设酒醴。

一曲鹤南飞，江上笛声起。

我诗不可歌，空复羡李委。

1936 年

颂三八妇女节

重男轻女古无稽，谁破千秋习俗迷。

民智岂能分性别，人权所赋自天齐。

英雄巾帼群心折，闺阁文章万首低。

举世腾欢三八节，竿头百尺更攀跻。

徐特立

（1877-1968）原名懋恂，又名立华，字师陶，湖南长沙人。辛亥革命后，被选为湖南省临时参议会副议长。1919年赴法勤工俭学，1927年参加共产党并参加南昌起义。1928年赴莫斯科中山大学学习，1930年任中央工农民主政府教育部副部长、代部长，后参加红军长征。到延安后，任陕甘宁边区政府教育厅长、中共中央宣传部副部长兼自然科学院院长。新中国成立后，任中共中央宣传部副部长、政务院文化教育委员会委员、全国人大常委、中共中央委员。有《徐特立文集》等。

赠柳亚子

士至危时方见义，国无净土怎为家。
巍然南社风流在，珍重文章报国华。

言　志

丈夫落魄纵无聊，壮志依然抑九霄。
非同泽柳新稊弱，偶受春风即折腰。

赴柳店子视续老范亭 二首

（一）

百年多难国，而今难更深。
谁与共袍泽，硕果忆同盟。
卧榻闻鼙鼓，昂头听捷音。
咸榆凭驿使，寄语告知心。

（二）

布尔塞同盟，先后相继承。
真正中山徒，落落数晨星。
尔我虽年迈，姜桂老愈辛。
仰天射十日，踏海斗长鲸。

傅岳棻

（1878-1951）字治芗，湖北武昌人。光绪二十八年举人。历充山西抚署文案、山西大学堂教务长及代理总监督、学部总务司司长、教育部次长等职，曾任河北大学等院校教授。晚年居北京。

弢庵太傅招饮钓鱼台赐园

岠台剩有历朝春，汤沐恩留予老臣。
松桧差同风节劲，园亭顿与景光新。
试衔杯酌知清圣，待补莲根种净因。
处处徘徊须指点，若论故实亦轮囷。

望海潮·钓鱼台招饮

尘封珠榜，苔铺玉碱，前朝旧是遗宫。宸泽如春，臣心似水，湖庄拜赐恩浓。殊遇紫芝翁。量平泉花木，无此葱茏。社集耆英，曾陪杖履醉东风。　　荣观转眼成空。剩鸦藏古柳，鹤恋乔松。物是人非，春移世换，题诗无复纱笼。台峙钓鱼崇。忆濠梁乐事，人倚垂虹。不禁披图感唱，马监奉诚同。

王桐龄

（1878-1953）号峄山，河北任丘人，历史学家。清末秀才，1912年毕业于日本东京第一高等学校，回国后任北京政府教育部参事，后应聘北京高等师范学校任教，并先后在北京法政大学、燕京大学、北京大学、清华大学等校任课，创办志成中学。著有《中国民族史》《中国历史党争史》《儒墨之异同》等。

别燕京大学无名湖

无名湖畔雨如丝，正是羁人告别时。
满载旧书归旧隐，任他花发草离离。

1929 年

过古人墓

千里堤旁西淀滨，连天衰草一孤坟。
坟中埋有相思骨，三十年前结发人。

1930 年

鹧鸪天·游扬州郊外

遍野离离长稻苗，绿杨村外柳千条。湖心也有清凉客，稳坐船头弄玉箫。　　山隐隐，水迢迢，明月光中落暮潮。荒坟到处累累是，何处扬州廿四桥。

1930 年

南柯子·自汉口北上留别武昌诸友

驻马荒祠畔，停车古渡头。数声呜咽按凉州。平生千古恨，此日一时愁。　　转瞬八千里，销魂酒一瓯。荻花枫叶楚江秋。身如黄鹤去，心似白云留。

1930 年

南柯子·游圆明园故址

殿址埋荒草，墙根浸绿苔。伤心满目是蒿莱。瓦砾乱成堆。　　几度銮舆过，曾经帝后来。翠华一去不曾回。空余野花开。

1930 年

【注】

南柯子，词牌另一体。

江 庸

（1878-1960）字翊云，号趋庭，福建长汀人。清末奖授举人。历任京师政法学堂教务长、政法专校校长、京师高等审判厅厅长、大理院院长、北洋政府司法总长、朝阳大学校长、重庆国民参政会主席、上海文史馆副馆长。有《刑法理由书》《澹荡阁诗集》等。

上巳日集天宁寺晚饮小秀野草堂

数里城西路，无花只见尘。
昔年曾此聚，斜日少游人。
风厉春难冶，松高塔与邻。
禅堂容小坐，所怅是芳辰。

1910 年

清音阁

天外雨初过，峨嵋胜画螺。
近泉苔愈好，蔽壑树稍多。
虹影溪双镜，牛心水一涡。
钟声何处寺，一壑露岩阿。

1938 年

【注】

清音阁，在四川峨眉山上。

白　梅

生来从未近雕栏，翠袖宁禁晓夜寒。

占得溪山幽绝处，不妨人作野梅看。

1938 年

感事 （二首录一）

往愬还防彼怒逢，刃经屡折岂仍锋。

不辞攘臂为冯妇，只恐将头赠马童。

眼坠雾中花变色，爪留雪上雁无踪。

叶公毕竟乖真赏，性到能驯定伪龙。

无　题

如何敌国可同舟，铸错应收铁九州。

信在龙蛇生大泽，未防鹦鹉在前头。

春光尽泄宁非柳，天性无机只是鸥。

矢口不言温室树，莫嗤巧宦孔光流。

于振宗

（1878-1956）字馥岑，曾用名复生，河北枣强人。清光绪庚子、辛丑并科举人。光绪三十年（1904年）赴日本留学，获明治大学法学士学位。入民国后，先后在天津行政公署、天津实业厅、督办公署、河北高等法院、石景山钢铁厂、华北钢铁公司任职。1952年11月被聘为中央文史研究馆馆员。著有《直隶河防辑要》《直隶疆域屯防详考》《逸馨室文集》《旅东吟草》等。

寄锡三弟（二首录一）

西风萧索雨余天，万里沧溟望渺然。
闾井兵尘思旧痛，天涯哀乐感中年。
重瀛作客羞王粲，群季多才忆惠连。
寄语及时须努力，前修莫倦祖生鞭。

1904 年

湘南明日归国赋诗赠之

歧路宁为儿女态，此行我却祝班生。
娲皇应使天无缝，精卫终嫌海不平。
愿舞雕戈挥日返，漫随瓦釜共雷鸣。
明知江口风波恶，上濑船须努力撑。

1904 年

暑假回国过大沽口遥望炮台旧址

台址荒凉枕海隈，津沽门户为人开。
江山有约除环�，天地无情剩劫灰。
折戟沉沙寻碎铁，惊涛吞岸骇奔雷。
斜阳黯黯秋芦老，怕听西风画角哀。

1905 年

次韵张泽如元旦书怀 (二首录一)

题襟落帽感天涯，满眼风尘两鬓华。
新酿预沽人日酒，老梅仍算岁寒花。
阳春有脚年年恨，孤客如僧处处家。
西望徒穷千里目，乡关远被海涛遮。

1909 年

夜泊大连

竟夕征轮泊大连，满堤渔火雨如烟。
河山草草攞尘劫，钟鼓迟迟盼曙天。
借去荆州空有券，完璧归赵复何年。
江南欲续兰成赋，话到新亭倍黯然。

1909 年

吴昌绶

（1867-？）字伯宛，一字印丞，浙江仁和人。光绪二十三年（1897年）举人，官内阁中书。入民国。有《松邻遗词》。为20世纪20年代北京漫社成员。

风流子·留别苏庵主人，用清真韵

秋林同滞羽，忧时甚、四顾又安归？正海天杯底，荡开苍莽，江城笛里，吹出参差。君莫问、死生犹露电，出处几云泥。枯树婆娑，庾郎愁赋，众芳芜秽，楚客兴悲。　　年年风尘苦，虚名累相约，还我初衣。来共小窗尊酒，重话心期。便万户侯封，只身何补？一声河满，双泪应垂。多少临岐别思，除是君知。

南浦·重九和沚老

归计尽蹉跎，渐秋深、怕问东篱消息。暝色起江城，霜风紧、朔管数声吹入，载花双楫。昔游剩与船娘说。何处登高，空怅望云外，遥青一发。　　诗人老去相逢，尚陆沉黄绶，鬓斑盈雪，醉别不成欢，依稀似、枫荻浔阳萧瑟。予怀缈缈，几时同谱蘋洲笛？珍重寒香知未晚，莫负赏心风月。

浣溪沙·壬子春在居庸南口作

浩荡年光迅电波，纷纭轨辙驶岩阿。劳人相望互成歌。　　二月霜棱寒约束。半春花梦病销磨。愁心较比乱山多。

1912 年

属苦嬴为作画扇侑以 二绝

（一）

绕郭家山望渺漫，烦君为我写林峦。
苦思偕隐无多志，青鬓归来二等官。

（二）

寒村曾入阮公诗，丙舍松楸寄梦思。
自笑本非肥遁客，十年尘土悔衣缁。

刘孟纯

（1878-1961）又名子达、乐常，号孟醇，福建闽侯人。初任闽侯及侯官县议会议长，后历任河北怀柔、良乡、固安等县知县，安徽省公署秘书厅科员，天津县政府秘书，贵州省民政厅秘书，重庆市财政局文书主任、科员、秘书，国民政府粮食部仓库工程管理处职员。1946年卸职。1952年6月被聘任为中央文史研究馆馆员。

惜馀春慢·送春

树上啼莺，梁间巢燕，应识京华残客。丁香乍谢，绛杏都飘，茵溷莫分俱惜。长忆年年翠樽，曾此留连，对花分席。叹风流人散，寻芳题倦，有谁知得。　　纷万感，看尽名葩，争教风雨，葬了吴宫倾国。欢游似水，乐事如烟，那管翠喧红寂。终古浓翠易消，何事杜郎，伤春无极。奈连天芳草，斜阳千里，暮笳吹急。

解语花·盆莲和秭园韵

穿深海子，望断蘋仙，亭立孤听雨。系思芳渚。田田渺，不见戏鱼栖鹭。灵根采植入盆底，出窥天宇。摇晚风、斜傍红蕉，两美依依语。　　闻倚清声蹈舞。恰初晴天气，相约联步。不愁泥阻。摩昏眼、狂蝶暖蜂休妒。花如隔雾。拾坠瓣、雪霞登俎。倩藕心、谁凿玲珑，披旧传钱谱。

水调歌头·题叶遐庵《困极庵图》

黄鸟止幽谷，春到喜迁乔。先来多少同调，一片友声招。回首弄威风伯，日夕禾林摧折，甚处觅安巢。啼语动真宰，遣恨几时消。　　署行窝，揭诗义，信文豪。多少弟子挥洒，神妙到秋毫。人叹玄黄龙战，我盼农穰鱼兆，饮至足春醪。终践华胥梦，比户乐陶陶。

紫萸香慢·展《重阳日琼岛登高》依姚江村韵

忆前旬，浓阴如晦，待留此日晴明。正参差人影，听歌吹，闹都城。旧侣双虹清话，挹琼华寒翠，稍遣羁情。奈思乡念远，不尽避灾人，唤壮士，挽河洗冰。　　心清。醉饮常醒。甘淡淡，厌平平。趁秋边兴发，狂歌自赏，休管时评。冷香一丛黄菊，咒青女莫侵陵。愿交亲，久餐长健，年年高会，灿若琴上繁星。今雨漫零。

【注】

是午与同学叶乃荣在茶社清话。

黄炎培

（1878-1965）字任之，上海川沙人。清末举人。早年入同盟会。民主建国会创始人之一。曾任中央人民政府委员、政务院副总理兼轻工业部部长、全国人大常委会副委员长、全国政协副主席、民主建国会主任委员。有《延安归来》《黄炎培诗集》等。

义军行 (五首录一)

男儿身许国，国破焉用家？
入塞复出塞，履险勇有加。
不抗彼何心，万邦腾笑嗟。
誓将血和肉，遍涂沙场沙。

1932 年

追悼"一二·八"淞沪抗日阵亡将士 (二首录一)

由来神勇仗精诚，到处天阴杀贼声。
贤圣百年皆有死，英雄千古半无名。
谁翻世界和平局，应博春秋义战评。
留取精忠好模范，嘉名十九锡初生。

1932 年

国民参政会开幕

经邦策士书千上，报国忠魂骨一堆。

稍见民情开喷室，谁量物力到篠台。

隔垣有意迎邻耳，立帜何心逞辩才。

杖逐曾惟一夸父，天遗处处邓林材。

1938 年 7 月 17 日

送从军青年

国运翻新信可为，同仇义在百何知。

长缨请自三台始，危厦新看众木支。

空巷鼓笛身是胆，双江茶火彩为旗。

七年蓄艾宁求得，受命元戎自此辞。

1944 年

阴　冻

莫道阴霾冻不开，无心终见一阳回。

闭门忍听千家哭，袖手何曾万念灰。

枉欲投鞭平黑水，宁愁拾蔓到黄台。

邻翁走告军符急，夜半搜床里正来。

1946 年 11 月

吴玉章

（1878-1966）原名永珊，号树人，四川荣县人。早年留学日本。同盟会员，参加辛亥革命。1925年加入中国共产党，参加南昌起义，任革命委员会秘书长。1928至1937年被派往苏联、法国、西欧工作。回国后任延安鲁迅艺术学院院长、延安大学校长、陕甘宁边区政府文化委员会主任、中共四川省委书记、华北大学校长。1949年后任人民大学校长、中国教育工会主任、中国文字改革委员会主任、中共中央委员。

留学日本时自题像片诗

中原王气久消磨，四面军声逼楚歌。
仗剑纵横驱虏骑，不教荆棘没铜驼。

感时抚事作于东京客次

莽莽神州久陆沉，鲸吞虎视梦魂惊。
伤心亿万神明胄，忍作中流自在行。

和印泉老兄"七七"抗战三年纪念感赋原韵 (录一)

全民抗战过三秋，老将雄心报国仇。
直捣黄龙君莫懈，福星高照古神州。

1940 年

和瑾玎祝予七十岁

风云际会拂征尘，七十依然愿献身。
乐道八方传捷信，羞闻国贼哭秦庭。
吾华局势全非昔，世界潮流也更新。
且喜同仇都健在，犹堪一战立功勋。

1948 年

何香凝

（1878-1972）女。原名谏，广东南海人。廖仲恺夫人。曾任国民党中执委、妇女部长。新中国成立后曾任全国人大常务会副委员长，全国政协副主席。有《何香凝诗画集》。

辛亥前二年送仲恺去天津

国仇未报心难死，忍作寻常泣别声？
劝君莫惜头颅贵，留得中华史上名。

无　题

故国经年别，求学走他邦。
驱逐鞑虏贼，还我好边疆。

悼仲恺

辗转兰床独抱衾，起来重读柏舟吟。

月明霜冷人何处？影薄灯残夜自深。

入梦相逢知不易，返魂无术恨难禁。

哀思唯奋酬君愿，报国何时尽此心。

题画梅花

先开早具冲天志，后放犹存傲雪心。

独向天涯寻画本，不知人世几升沉。

1929 年

漆运钧

（1878-1974）字铸城，号松斋，贵州贵筑人。日本早稻田大学政治经济科毕业。宣统二年（1910年）法政科举人。次年廷试列二等，授七品京官，任田赋司行走。民国后，先后在北洋政府农林部、农商部、实业部工作。曾兼任北京各大学讲师。1951年12月被聘任为中央文史研究馆馆员。著有《四书集字说文钞》《十三经集字》《春秋左氏传人表》《松斋诗稿》等。

感　事

我思玄塞念朱方，暖暖风尘蔽冀扬。
淮水长河今混浊，燕山钟阜旧青苍。
兴亡几姓随流水，转徙千家各异方。
堪羡姬周年八百，开基忠厚有辉光。

东川旅寓

三年作客东川住，每苦深秋雾气濛。
古墓道旁思蔓子，天梯云际忆蚕丛。
诸山重复遮天日，二水纵横战雨风。
欲检诗书向燕路，林坰旷荡豁双瞳。

建寅之月见重庆蚕豆花开

蚕豆花开方正月，巴山气暖客心惊。
佐餐微物非腥□，照眼群芳有竞争。
但愿今秋多稼穑，那知明日是阴晴。
幽燕风雨违离久，北望松楸泪暗倾。

重阳日作

巴山六度重阳节，风雨潇潇念旧京。
万里松楸萦梦寐，一家骨肉问归程。
未闻槃敦寻盟誓，正苦华夷构战争。
且住深山勤诵习，摩挲篇简待承平。

悼念亡友即先烈李大钊同志

东瀛游学早知名，更读雄文喜且惊。
歌颂庶民终胜利，阐扬真理启后盲。
沉沦郎署终无赖，破碎山河始识荆。
豺虎噬人天瞶瞶，弥天风雨哭先生。

朱希祖

（1879-1944）字逖先、遏先，浙江海盐人。1905年留学日本早稻田大学。1913年北京教育部国语读音统一会通过由朱希祖起草，马幼渔、许寿裳、鲁迅、钱稻孙、陈睿共同具名的"注音字母方案"，该方案一直使用到1958年。后受聘为北京大学国文系和史学系主任。1919年11月，朱希祖与马幼渔以及胡适、周作人、刘复、钱玄同六人联名上书教育部，提出《请颁行新式标点符号议案（修正案）》。教育部于次年二月通过该议案，自此全国正式启用新式标点。1921年，与茅盾、郑振铎、叶圣陶、周作人等12人发起成立"文学研究会"。1929年1月发起成立"中国史学会"，并当选为主席。1932年后，历任中山大学文史研究所所长，史学系教授，南京中央大学史学系主任。

自　嘲

不与人物接，不为山海游。
终生伏几案，天地一书囚。

1943年4月1日

咏　松

不与栋梁争效用，宁同桃李斗芳菲？
深山自有千秋意，肯学虬龙孟浪飞。

述　怀

老去躬耕遇不辰，只宜得禄养天真。
聊充龙鸟官师数，不碍云山淡荡人。

1941 年 9 月 7 日

伤刘半农

叹逝嗟生孰遣驱，萧条黉舍感吾徒。
王孙音律惊销歇，曼倩文章失步趋。
绝国方言劳握椠，中堂谶语竟捐躯。
不堪回首京华事，落月空梁入照无？

1934 年 7 月 18 日

哀中央研究院院长蔡孑民四绝句 _{（录一）}

识拔惟才隽，翩翩李奕流。
深谋贻国学，传统足千秋。

1940 年 3 月 17 日

唐 进

（1879-1952）字长风，湖南长沙人。早年留学日本，授东京法政大学学士。又赴法国深造，获巴黎大学法学士、岗城大学工业化学硕士学位，并游历西欧各国。回国后，先后在北洋政府农商部、天津商品出口检验局、北洋政府司法部工作。1922年起历任北京中俄大学校长，北平、武汉、中国、民国、朝阳、南方、平民、华北各大学教授、讲师。1951年7月被聘为中央文史研究馆馆员。著有《桃坞嗣响集》《法文文法学》《法文语言学》等。

光绪戊戌感赋 （二首录一）

轲剑良椎神鬼惊，短衣高举宝刀横。
风尘漂泊男儿志，雷电奔驰侠士程。
一卷独藏怜我辈，万方多难哭狂生。
城狐社鼠滔滔是，恨杀胸无范蠡兵。

1898 年

赠伶隐汪笑侬

天籁初传刺史真，笑翁才调本无伦。
党人碑下一声哭，赢得神州日月新。

民九平汉道中

野树碧如油，群山态欲秋。

荒村留古意，落日照离愁。

气肃悲归雁，风寒凛壮游。

平原人立久，天地两悠悠。

1920 年

游潭柘寺

钟声山外远，野色雨中清。

过客有今古，溪光时晦明。

炊烟田爨早，禅定岫云生。

惜此幽幽意，频忘故国情。

平居感赋 (二首录一)

未遂家园乐，茫茫岁月深。

回思悲故我，搔首问焦琴。

壮业时萦梦，桑田未戒心。

逍遥忘陋巷，雄剑与高吟。

林志钧

（1878-1961）字宰平，号北云，福州人。日本早稻田大学毕业。曾任北京国立法政专门学校教务长，清华大学教授。新中国成立后任国务院参事。有《北云集》《帖考》等。

七月十四日月下独坐怀何梅生

老去一身轻，疏钟远寺声。
初凉亲独夜，微抱惜新晴。
花意闻蛩静，云痕得月明。
此时君睡未？通梦有深更。

1929 年

北海月夜得句

月中人静远闻笙，撩起闲情是此声。
向日早眠今不睡，水边独坐过三更。

1930 年

沪上寄榻处小廊晚坐

雨草晴逾碧，风箄动以妍。

移情随处是，观物底曾迁？

书卷凭欹眼，谈言只耸肩。

流光容易过，蟋蟀替鸣蝉。

1937 年

感　事

藜羹豆粥费经营，不惜萧条送此生。

屋角编书黄卷在，梦中杀贼宝刀横。

温山软水伤心地，劈海回天宰世情。

积闷翻身期作健，抗尘皓首竟何成。

1944 年

闻日本乞降

长夜知必旦，忍死期见之。

空拳时复张，腾飞羡健儿。

行止贵自信，志立气则随。

所期今竟遂，奋跃忘吾衰。

愧乏用世才，系此故国思。

金瓯幸无缺，黄裔恢天维。

生睹复台澎，兹乐足伸眉。

虎殪伥亦仆，义战胜固宜。

水深火热余，满目犹疮痍。

树义乃克济，树援难久持。

莫谓常谈耳，至理初无奇。

1945 年

于右任

（1879-1964）名伯循，号骚心，陕西三原人。光绪二十九年举人。赴日本，入同盟会，创办《神州日报》《民呼日报》《民吁日报》《民立报》，宣传革命。曾任北平清宫善后委员会委员、南京临时政府交通部次长、国民政府监察院院长。有《右任诗存》《于右任诗词集》。

归里过汾河

我亦横汾感逝波，故园消息近如何？
夕阳西下无来雁，匹马南归竟渡河。
道远车悲虞坂峻，云开雨傍太行过。
山川满目今犹昔，后土祠前祷且歌。

1918 年

中秋夜登城楼

夜静云开月已斜，城楼倚杖听残笳。
关河历乱无归路，儿女团圆有几家？
浊酒因风酬故鬼，战场如雪放荞花。
可怜垂老逢佳节，泪满戎衣惜鬓华。

1921 年陕西三原

京奉道中读《唐风集》

襟上暗沾前日泪，客中闲唱旧时歌。

云埋辽海春风冷，雪拥榆关战垒多。

莽莽万山愁不语，栖栖一代老难过。

夜深重理唐风集，兵满民间可奈何？

1925 年

【注】

《唐风集》三卷，为晚唐杜荀鹤自编诗集，凡三百余首。

安得猛士兮

大风起兮云漫漫，安得猛士兮守西南，使我片马完复完！昆仑风起兮云变色，安得猛士兮守西北，声撼胡儿消反侧！东风起兮又朔风，安得猛士兮守满蒙，金戈铁马一英雄！

1910 年

哭孝陵

虎口余生也自惊，天留铁汉卜中兴。

短衣破帽三千里，亡命南来哭孝陵。

李广濂

（1879-1968）字芷洲，河北深县人。宣统元年（1909）己酉科优贡。日本东京弘文学院理化专修科毕业。回国后在山东省优级师范学校任教。民国后，当选为顺直省议会议员、第一届国会参议院议员。1917年参加护法运动，南下广州出席护法国会，驻粤五年。后来京寓居，教授生徒，嗣任保定莲池学院学监兼讲师。1951年12月被聘任为中央文史研究馆馆员。著有《芷洲诗抄》《静颐斋文稿》《古泉拓本》等。

次韵和伯威

风帆摇落大江秋，商女焉知亡国忧。
弹得琵琶歌彩凤，烧残蜡炬看牵牛。
衣冠痛惜混夷夏，礼乐谁还忆孔周。
唐室中兴起灵武，乾坤正气几时收？

时事五首用杜公《诸将》诗元韵

（一）

乾坤绵绣旧江山，悍将无端北叩关。
毁裂旂常骄朔漠，摧残约法暴民间。
零陵建纛声威壮，巫峡鏖兵草泽殷。
赫赫南藩俱淬厉，闻风兴起带愁颜。

（二）

义师血战克名城，气薄长沙树汉旌。
从古人和能破敌，际今理曲莫观兵。
北军弃甲君山碧，南纪联盟湘水清。
刘项鸿沟一江隔，雌雄未定那能平。

（三）

岳阳开府息烟烽，劲旅当关百二重。
坐失戎机待和议，朵颐权位竞藩封。
漫夸兵马多精锐，久耗粮糈缺正供。
谁料渔阳来突骑，三春避舍太伤农。

（四）

护法师兴正义标，京都魑魅几时销。
招徕国会明尊攘，总领军符慰寂寥。
象郡人才多似鲫，羊城气暖不衣貂。
俨同西蜀偏安局，参预枢机例早朝。

（五）

外交失败讯飞来，万姓惊呼救国哀。
只为扶桑多陷阱，欲吞碣石好楼台。
愧吾平素无长策，遇事折冲空举杯。
凭势要盟应拒绝，如何补救仗高材。

徐树铮

（1880-1925）字又铮，号铁珊，江苏萧县人。日本士官学校毕业。北洋皖系将领，曾任段祺瑞政府秘书长、参谋长。有《碧梦庵词》。

寿楼春·甲子春题棣山公画册

临江城闻箛。正东风燕子，身是天涯。肯负侵宵清吹，泛瓯流霞。云未敛，轻阴遮。怅故园、春寒迟花。趁素女凝弦，金槽按板，飞恨寄龙沙。　　宫商换，星蟾斜。倚钗鸾瘦笛，蕃马哀琶。细认秋檐织绢，雨洗墙蜗。争怨抑，追芳华，度暗愁，江南无家。笑阑角铜丸，风流漫夸腰鼓挝。

1924 年

忆旧游·题西山纪游图，为翁克斋作

正疏帘挂午，曲沼通凉，倦客江南。梦远龙沙雪，带霜蹄十万，酒褪春衫。故人旧同游处，青绿满生缣。问莺老西湖，云迷渭水，幽恨能添。　　停骖。送斜照，认碎玉泉流，潭柘精蓝。对影空凝睇，料禅香诗鬓，轻付尘淹。蓟门几重烟树，飞雨暗花龛。怕细语天风，惊回怨鹤秋睡酣。

偶怀 （三首录二）

（一）

去国学为将，志节郁恢恢。
刖足抱荆璞，死骨成金台。
岁晚壮心警，枕畔斜月来。
寒衾那得恋，破晓铜龙哀。

（二）

家书两行泪，云山几万重。
绮窗短梦袭，逸池尘镜封。
倦禽眄庭木，黄叶沉暮钟。
归期迫短景，逾嫌归思浓。

剪发多星星者，是日照相，即题其背

镜里分明又少年，且当图画上凌烟。
绮怀消歇留吟癖，壮岁峥嵘落酒边。
自昔处囊成脱颖，为谁盈镊感华颠。
封侯骨相知相似，老大头颅重惘然。

曾广源

（1880-1940）字浩然，湖北江陵县人，清末举人。曾任东北大学、河北女师学院等校教授。著有《戴东原转语释补》《等韵阐微》等。

古音感怀

古韵书成才老功，四声切响豁然通。
顾江以下争分部，呼等之间欲发聋。
正运天官宫羽辨，细推物理古今同。
问玄若得侯芭在，未必扬云道不东。

陈独秀

（1879-1942）原名乾生，字仲甫，号实庵，安徽怀宁人。
参加辛亥革命，后主编《新青年》。1916年任北大文学院院长。
五四运动领导人之一。中国共产党创始人之一。1929年被开除出
党。1942年病故。有《陈独秀诗存》。

存殁六绝句

伯先京口夸醇酒，孟侠龙眠有老亲。
仗剑远游五岭外，碎身直蹈虎狼秦。

何郎弱冠称神勇，章子当年有令名。
白骨可曾归闽海，文章今已动英京。

卞公说法通新旧，汪叟剧谈骋古今。
入世莫尊小乘佛，论才恻惜老成心。

老赞一腔都是血，熊侯垂死爱谭兵。
蜀西未辟蚕丛路，淮上哀吟草木声。

谷士生前为诤友，彤侯别后老诗魂。

冢中傲骨成枯骨，衣上啼痕杂酒痕。

曼殊善画工虚写，循叔眈玄有异闻。

南国投荒期皓首，东风吹泪落孤坟。

【注】

六首依次写的是赵伯先、吴樾（孟侠）、何梅士、章士钊、孙少侯（夬公）、汪仲伊、郑赞丞、熊子政、章谷士、江丹侯、苏曼殊、葛温仲（循叔）。

陈祖基

（1880-1953）字少胡、啸湖，云南宣威人。书法家、诗人。清宣统元年（1909年）己酉科拔贡，朝考二等第一名，分发广东补用知县。辛亥革命后主办云南《民报》，被选为云南共和党支部理事，为第一届国会众议院议员、第一次恢复国会众议院议员。1917年随孙中山南下护法，为护法国会众议院议员，第二次恢复国会时再任众议院议员。后从事教育工作。1951年12月被聘任为中央文史研究馆馆员。著有《车茵集》《庐山游草》《秋江集》《残梦集》《豫章集》《景袁堂文存》《景文堂词》。

梅子黄时雨

云物萧疏，认丹凤蓟门，人我皆隐。又换却桥边，酒家帘影。金缕红牙消不得，七分尚抱文园病。怀光景。水碧披垣，还卧秋艇。　　牵引。征歌浓兴。怕丝哀俚曲，徒恼清听。算绪乱方回，年时俄顷。飘尽满天梅子雨，悄登临、似苏州近。萍风紧。被郊绿芜烟暝。

金缕曲·题秫园主人《梅花香里两诗人》图卷

凤哕桐花暇。问谁窥、贤媛刺绣，郎君行马。喜诵宫沟红叶句，响答春音庑下。缘注定、香吟风雅。一代簪裾题却扇，见鬘边、眉影新妆罢。频索笑，香盈把。　　丹青好手追曹霸。算疑年，洞天回首，珊瑚伴价。仙梦罗浮疏影动，伴以芸签邺架。看雪照、文鸳图画。应识城南韦曲侣，是当年、狎主诗盟者。天五尺，双星挂。

解语花·盆莲

阶玉井，翠羽明珰，晴隔菰蒲雨。乍疑东渚高花外，怪没水禽鸥鹭。蕉窗绿处，消永夕，红香为宇。文宴开，一笑相逢，狎坐成眉语。　　便欲临风起舞。问词人何往，桥落瓜步。朔南道阻。箫声起，又恐小红遥妒。餐霞饮露，留韵事，鄱阳华俎。丹凤城图，缩秋波，写盎盆花谱。

王 耒

　　（1880-1956）字耕木，浙江杭县人。清举人，毕业于日本法政大学。历任清政府刑部主事、法部主事、京师地方审判厅厅长、云南法政学堂监督、云南高等审判厅厅丞。民国成立后，历任北洋政府国务院法制局局长、国务院秘书长、平政院评事等职。1926年2月任国务院首席参议。自1928年民国政府南迁后，即不与闻政治。曾参加稊园诗社、蛰园诗社聚会吟咏。1956年11月被聘任为中央文史研究馆馆员。著有《洮尔河防导计划书》《耻无耻室诗词稿》等。

深夜读书

老仍宿好笃诗书，自笑前生合蠹鱼。
垂死废材难补益，健忘熟字易生疏。
亦知身后名何用，总觉人间乐不如。
惟是有关兴废处，一回把卷一欷歔。

喜闻北平停战言和

谁将巨手挽狂澜，顿使干戈化敦槃。
一统车书开策画，千年文物避摧残。
水通困辙鱼鳞活，风定巢林鸟梦安。
闻说跨驴人倒堕，太平倘许杖藜观。

自　笑

自笑谋身计太疏，老犹壁立似相如。
典裘不抵曾沽酒，买药频拈未卖书。
门少客来从叶掩，雪无人扫倩风除。
卅年旅食长安市，今日真成不易居。

一剪梅·岁暮感赋并柬倬厂

自笑平生拙似鸠。才欠名谋，智欠身谋。残年赢得敝貂裘。历尽床头，钱尽叉头。　　依旧飘飘水上鸥。笛引边愁，诗引羁愁。孤怀说与卖瓜侯。人在幽州，家在杭州。

八声甘州·袁督师祠墓

自专征节钺领元戎。杀气撼辽东。誓身湔国耻，间关百战，不为侯封。只道功高主眷，获罪却因功。三字莫须有，埋没精忠。　　死重泰山何憾，恸鸥夷裹革，遂沼吴宫。问谁知心苦，血渍土花红。算如今、武侯祠宇，也岁时、伏腊走村翁。嗟千古、共冤魂语，多少英雄。

黄桂荼

（生卒年不详）字松庵，祖籍江苏海门，教育家、画家。1919-1923年在清华学校任国文教师。著有《黄松庵山水册》等。

哭唐君孟伦 (录四首)

（一）

与子论交日，知君抱达才。
一朝伤化蝶，谁共倒吟杯。
别泪如泉涌，诗魂入梦来。
最怜风云里，几树鸟声哀。

（二）

白发悲明镜，高堂有老亲。
清风余两袖，菽水仗何人。
灶跨惟孤子，车牵剩少君。
年年三月暮，啼断杜鹃魂。

（三）

清华佳草木，十载沐春风。

撒手真成佛，铸颜欲范铜。

凄凉风雨夜，想象画图中。

恸哭青衫湿，余霞散碧空。

（四）

复社文多愤，新亭泪惯垂。

一生惟谨慎，此去究何之。

孝友型乡里，坚贞是我师。

盖棺逢一面，愁听子规啼。

1922 年

柳诒徵

（1880-1956）字翼谋，号劬堂，江苏丹徒人，国学家，尤精目录学。17岁考中秀才，曾任教北京明德大学，1925年先后执教于清华大学、北京女子大学和东北大学，新中国成立后执教于复旦大学。有《劬堂诗稿》。

莫愁湖上

梅炎水国迓新晴，又向湖楼发古情。
笑口且缘红藕启，尘容倘使白鸥轻。
眼中历历仍城郭，天下滔滔自甲兵。
道是莫愁愁更甚，人豪太息负棋枰。

1925 年

张文襄祠

南皮草屋自荒凉，丞相祠堂壮武昌。
岂独雄风被江汉，直将儒术殿炎黄。
六州蒿目天方醉，十载伤心海有桑。
独上层楼询奥略，晴川鼙鼓接三湘。

登泰山作

岱宗如孔孟，骤观止寻常。

遵道入深处，高奇固难量。

混元涵两仪，严正貌百王。

梯天何坦荡，云日相蔽藏。

廓然一闿豁，大宇青堂堂。

他山盛峰石，谲诡腾辉光。

到此感自失，一拳陋寸长。

我来值盛夏，冒寒陟上方。

真相窥乾坤，岂独小吾疆。

伸眉逼帝座，跳足摇星芒。

嗤彼杜陵叟，绝顶徒相望。

关赓麟

（1880-1962）字颖人，笔名稊园，广东南海人。清光绪二十八年（1902年）中举人，后派赴日本，入弘文学院师范科，回国后入京师大学堂仕学馆习法政。光绪三十年（1904年）赐进士，任兵部主事。三十一年（1905年）随戴鸿慈等出使欧美九国考察。次年起先后在邮传部、铁路总局、路政司、电政司、承政厅任职。宣统元年（1909年）任京汉铁路局会办。民国成立后，任京汉铁路局局长。1916年任北洋政府交通部路政司司长。1922年任北京交通大学校长。1927年任交通部汉粤川铁路督办、平汉铁路局局长。1956年6月被聘任为中央文史研究馆馆员。曾主持稊园诗社，著有《稊园诗集》。

儒 冠

石星巢丈见过，为言每值乱世，必读书人先受祸，感其言，赋此诗。

儒冠饿死寻常有，何况遭逢世网艰。
能识字人为鬼妒，不如意事见天悭。
岂闻腐竖知通变，谁遣痴顽与厚颜。
去去石生休复道，知君无意马蹄间。

一　饱

一饱真能解百忧，得闲归第复何求。
孱躯健在医相贺，诗腕如神客不愁。
拥被酣眠常日晏，写书罪过亦风流。
床头罋瓮犹无恙，淡饭粗茶即四休。

归　家

脱然颇信吾无累，待质惟愁暂见羁。
署保故人轻百口，迎门稚子展双眉。
顿知潘岳闲居乐，免作佺期枉系诗。
却看飞虫濒着网，檐前负手立多时。

摸鱼儿·菱角坑待雨

照残阳、城楼一角，东西沟水如许。采菱此地断讴声，身在藕花深处。花解语，道闲杀风裳，水佩谁为主？东华尘土。趁佳日郊游，池亭呼茗，携手觅新句。　　高柳外，无复旧时鸥鹭。漫空惟是飞絮，谁家庭院浑无定，剩有愔愔帘户。天又雨，算四面、绿阴催暝留难住。听歌人去，指乔木苍然，沉沉天醉，依旧晚晴否？

壶中天慢·戊辰中秋玄武湖泛舟

夜凉一舸，有红灯夹映，湖波澄碧。第几洲边宜待月？病柳鞚烟邀客。宿鸟惊飞，游鱼静跃，点点菱花白。西风衣薄，玉蟾犹滞消息。　　谁道半夜窥人，嫦娥羞态，不似前时色？莫是清光留太液，偏恋高寒宫阙。千里阴晴，万家离合，月也分南北。浮云开未？隔船刚过箫笛。

1928 年

陈　垣

（1880-1971）广东新会人，字援庵。著名历史学家。曾任北大、北师大、辅仁大学、燕京大学教授和辅仁大学校长，清宫善后委员会委员，故宫博物院图书馆馆长，北师大校长，中国科学院历史研究所第二所所长，中国科学院哲学社会科学部委员。著有《二十四史朔闰表》《中西回史日历》《中国佛教史概论》等。

题友人《锄耕图》

（一）

仲尼立论轻农圃，儒者由来爱作官。
可是丈人勤四体，未教二子废铅丹。

（二）

两世论交话有因，湘潭烟树记前闻。
寒宗也是农家子，书室而今号励耘。

邢赞亭

（1880-1972）又名之襄，号詹亭，河北南宫人。日本东京帝国大学法律系毕业，历任直隶优级师范学堂监督、北洋政府司法部参事、安徽督办军务善后事宜公署秘书长、天津市政府秘书长、保定莲池书院副院长、北平最高法院顾问等职。1951年7月被聘为中央文史研究馆馆员，1960年7月被聘为中央文史研究馆副馆长。1952年任北京市文史研究馆首任馆长。历任北京市政协第一至四届常委，全国政协第三、四届委员，中国人民救济总会北京分会副主席，北京市人民政府政法委员会委员。著有《求己斋诗集》。

书　事

万里兴师又鼓鼙，焉知末路色凄迷。
将勤远略炎州外，更结同盟大海西。
欲使越鸡孵鹄卵，真求尺鲤自牛蹄。
昨传剑阁峥嵘处，无数旌旆上扫霓。

即　事

府外连朝丧鼓钲，艨艟挠遍海天清。
征夫半作他乡鬼，劫火真成不夜城。
妇女征为军士饕，丘墟授与野人耕。
龙城痛饮期非远，顿使胸中块垒平。

【注】

时美舰已近东京湾，五六两句皆当时东京实况。

余因通共嫌疑被逮，复忧以诗见慰，次韵奉谢 二首

（一）

群小操威柄，搜寻数十家。
深宵侵第宅，卷地走风沙。
责免公庭簿，迎来使者车。
羁囚虽一夜，暴戾足哀嗟。

（二）

嚣嚣锄异己，谤亦到吾儒。
不谓山林客，同怀陷阱虞。
良朋冠獬豸，密网扫蜘蛛。
一犯奚须校，恐难来者诬。

易 象

　　（1881-1920）字克犹，号梅臣、梅园。湖南长沙县人。同盟会会员，中华革命党党员，南社社员。辛亥革命烈士。1907年起，先后在吉林、北京、上海、湖南等地从事反清抗袁革命活动。其中1912年与仇鳌在北京创办进步报纸《亚东新闻》，任主笔。1915年在上海创办《上海晚报》。1916年成立乙卯学会并与李大钊的中华学会合并（后改名神州学会），他同林伯渠一道参与其事。随后又在湖南发动衡阳、零陵起义，反对张勋复辟。1920年为湖南军阀赵恒惕所杀害。

杂感（其一）

巢覆无完卵，偷生良独难。
忍心辞故国，挟弹据征鞍。
壮士去不返，滨江今夜寒。
未须过易水，惆怅白衣冠。

送吴森阁之汴梁

轩冕夹驰道，无求心自闲。
褰裳涉辽水，长啸入榆关。
秋草忽萧瑟，白云时往还。
何当一尊酒，重唱念家山。

仙姑殿晚眺

孤寺耸霄汉，我来烟径迷。

林深虬干瘦，山静鹊巢低。

修竹妨明月，清泉滑马蹄。

未遑通姓氏，贪听野禽啼。

一宫观海偶成

叠叠重峦障不开，百川都赴眼前来。

天吞海日衔金镜，月卷花光浸玉杯。

姊妹弄潮冲短舨，鱼龙跋浪吼长雷。

邻鸡便自无消息，更掣青萍舞一回。

日京送荦斋归长沙 (录一)

如此江山清可怜，露华风笛绿杨烟。

韶光信好去如水，骚意无多辗作绵。

若个求仙得三岛，当时遣子已千年。

扶余近又骄如许，都付龙冈夕照边。

鲁 迅

（1881-1936）原名周树人，字豫才，浙江绍兴人。早年留学日本，参加光复会，民国初年任教育部部员、佥事，后执教于北京大学、北京女子师范大学、厦门大学、中山大学。中国现代文学的奠基人，五四新文化运动的伟大旗手。1930年后先后发起成立中国自由运动大同盟、中国左翼作家联盟和中国民权保障同盟等进步组织。一生为中国的文化事业做出了巨大的贡献。他的作品被译成英、日、俄、法、西、德等五十多种文字。有《鲁迅全集》二十卷。

自题小像

灵台无计逃神矢，风雨如磐暗故园。
寄意寒星荃不察，我以我血荐轩辕。

惯于长夜

惯于长夜过春时，挈妇将雏鬓有丝。
梦里依稀慈母泪，城头变幻大王旗。
忍看朋辈成新鬼，怒向刀丛觅小诗。
吟罢低眉无写处，月光如水照缁衣。

1931 年 2 月

自　嘲

运交华盖欲何求，未敢翻身已碰头。
破帽遮颜过闹市，漏船载酒泛中流。
横眉冷对千夫指，俯首甘为孺子牛。
躲进小楼成一统，管他冬夏与春秋。

1932 年 10 月 12 日

无　题

万家墨面没蒿莱，敢有歌吟动地哀。
心事浩茫连广宇，于无声处听惊雷。

1934 年 5 月 30 日

亥年残秋偶作

曾经秋肃临天下，敢遣春温上笔端。
尘海苍茫沉百感，金风萧瑟走千官。
老归大泽菰蒲尽，梦坠空云齿发寒。
竦听荒鸡偏阒寂，起看星斗正阑干。

1935 年 12 月 5 日

曹云祥

（1881-1937）字庆五，浙江嘉兴人，教育家。上海圣约翰大学毕业，后入美国耶鲁大学，获硕士学位，是世界最早的MBA学位获得者之一。曾任北洋政府外交部参事，1922年出任清华学校校长，在职期间实现了改办大学和建立国学研究院两大措施。1930年起为中国工商管理协会总干事，继任理事长，大力宣传科学管理，被誉为"中国的泰罗"。辑译有《科学管理之实施》《新时代之大同教》。

为《实学》题词 四首

（一）

顾黄人去几经年，一代先河任孰肩。
难得英贤攻考据，置身重到汉周前。

（二）

谁宗许郑薄程朱，异派同源趣不殊。
须识文章该性道，骊龙原自有元珠。

（三）

大地搏搏万学张，精神物质岂相妨。
殊途会有同归日，却借卮言作引喤。

（四）

风雨萧萧晦不明，九州几复听鸡鸣。
江郎幸有如花笔，大道原期与共行。

1926 年

吴承仕

（1884-1939）字检斋。安徽歙县人。著名的朴学家，曾任北京师范大学、中国大学教授。著有《经典释文序录疏证》等。

冬日侵晨出行

昧爽起行役，祁寒不可任。
云低下帷幕，风利胜砭针。
沟壑多非命，台司有伏阴。
即今天地闭，胁息一微吟。

马君武

　　（1881-1940）原名道凝，一名同，字厚山，广西桂林人。同盟会会员，南社社员。早年留学日本和德国，在德国取得工科博士学位。曾任南京临时政府实业部次长，广西省省长，孙中山总统府秘书长，北京工业大学和广西大学校长等职。有《马君武诗稿》。

寄南社同人

唐宋元明都不管，自成模范铸诗才。
须从旧锦翻新样，勿以今魂托古胎。
辛苦挥戈挽落日，殷勤蓄电造惊雷。
远闻南社多才俊，满饮葡萄祝酒杯。

归桂林途中

苍茫今古观天演，剧烈争存遍地球。
匹马远乡怀旧雨，孤灯深夜读离忧。
迷漫朝野真长夜，破碎山河又暮秋。
游罢南溟思故里，有亲白发欲盈头。

自　由

西来黄帝胜蚩尤，莫向森林问自由。
圣地百年沦异族，夕阳独自吊神州。
为奴岂是先民志，纪事终遗后史羞。
太息英雄浪淘尽，大江呜咽水东流。

去国辞 （录一）

黑龙王气黯然销，莽莽神州革命潮。
甘以清流蒙党祸，耻于亡国作文豪。
鸟鱼惊恐闻钧乐，恩怨模糊问佩刀。
行矣高丘更无女，频年吴市倦吹箫。

雁荡纪游 （录一）

夜入灵岩寺，山头月上时。
庄严僧拜石，静默叟听诗。
门外南天柱，楼前大将旗。
象形皆妙俏，造化亦神奇。

杨沧白

（1881-1942）名庶堪，字品璋，号山父，四川巴县人。曾任四川省省长，大元帅府秘书长、广东省省长、北京政府司法总长。

闻第八路军平型关捷

西晋捷初成，红军旧有名。
平型关外路，唯见敌尸横。
万里输粮卒，三千入瓮兵。
朔方能有此，始足备长征。

1937 年 9 月

闻黄河大决，骇然有赋

河决先惊洛汴墟，朔民百万苦为鱼。
残黎尽作无家别，强虏微闻上树居。
焦土只今成泽国，滔天何处觅安闾？
不仁泛滥殊河伯，江汉忧危此暂舒。

1938 年 6 月

万　骨

万骨成灰泪眼枯，江山唯剩血模糊。
马嵬驿传纷迁蜀，虾虏军输半入吴。
惨淡金陵王气尽，漂零海上客星孤。
纤几寝语生妖谶，早岁频矜作秀夫。

1937 年 12 月上海

苏　武

五字河梁万里悲，茂陵松柏老归迟。
相思到死长无极，此是惊心动魄辞。

李　陵

孤军亡虏剩诗名，旗鼓犹堪敌子卿。
凄绝兰台再辱语，英雄长有泪如倾。

马　衡

（1881-1955）字叔平，别署无咎，浙江人。金石考古、书法篆刻家。1901年毕业于上海南洋公学，1917年任北京大学附设国史编纂处征集员，1918年任北京大学国文系讲师，1923年任北大史学系教授，同时在清华大学、北京师范大学兼课。1929年任故宫博物院古物馆副馆长，1949年后任故宫博物院院长。著有《甲骨》《中国金石学概要》等，诗词作品有《马衡诗钞》等。

怀钱玄同

忆昔论交东板桥，而今离索感无聊。
氏为疑古惊流俗，堂号群言久寂寥。
卖饼生涯应不恶，填膺悲愤料难消。
西窗梦境分明记，莫信髯苏儋耳谣。

1938 年

次韵答兼士

间关能脱险，丧乱善全身。
宾客传家问，丹青慰老亲。
犹闻侦骑密，未许寄书频。
记取海棠发，同看北国春。

1943 年

挽张荩忱（自忠）将军

将军自昔镇名城，学语儿童识姓名。
劲敌在前知大勇，天骄随处慑先声。
立功当世功消谤，战死疆场死亦生。
顽寇未歼真将折，剩留青史见衰荣。

1944

对酒书怀

愁听鹃啼年复年，镜中白发已盈颠。
人从避地三巴老，心为还乡一梦牵。
棋劫自来终可解，豆萁何事苦相煎。
欲浇垒块须凭酒，瞩目疮痍意惘然。

1946 年

徐石雪

（1880-1957）名宗浩，字养吾，号石雪，后以号行，自号石雪居士，祖籍江苏武进，生于北京。书画家、收藏家。1920年被聘为北京中国画学研究会评议， 1926年任副会长。曾任东方绘画协会顾问、北京古物陈列所顾问、北京中国书法研究社副主席。1952年11月被聘为中央文史馆馆长。著有《文湖州竹派谱》《墨竹论述辑要》《万竹庐墨竹诗存》《画竹人传》《石雪斋诗文稿》《松雪斋书画考》《赵文敏年谱》等。

雨　夜

香烬金猊欲化灰，揽衣深夜起徘徊。
无端新种南窗竹，又送潇潇细雨来。

题临华秋岳《栗鼠》直帧

蔓草寒藤秋气凉，穴居野处自徜徉。
山中橡栗年年熟，耻向朱门乞稻粱。

独　立

一雨洗天地，山村万象清。

松风吹骨健，溪水沐头轻。

饶有林峦趣，浑忘世俗情。

横塘闲独立，高树乱蝉鸣。

春　晓

数声幽鸟梦初阑，金鸭香消兽炭残。

屋矮尚堆春后雪，帘疏不隔晓来寒。

十年事向诗中记，五岳归从画里看。

何事萧斋爽人意，梅花细嚼入脾肝。

寄谭君梅先生

记得髫龄问字时，虚怀常作古人期。

算来父执惟公在，话到人情益自悲。

书剑凋零经丧乱，弟兄道路感流离。

中原从古承平少，日暮高吟杜老诗。

邵力子

（1881-1967）原名凤寿，字仲辉，浙江绍兴人。清末举人，同盟会员，南社社员。早年曾任上海大学校长。1921年加入中国共产党，协助孙中山改组国民党和创办黄埔军校。1926年退出中共。后任国民革命军总司令部秘书长，中国公学校长，驻苏大使，甘肃省政府主席和陕西省政府主席，国民党中央宣传部长，国民参政会秘书长，1949年国共和谈代表。新中国成立后任政务院委员，全国政协常委，民革中央委员。

满江红·挽张自忠将军

湏洞烽烟，听鼙鼓、声声未歇。惆怅忆、将军百战，死绥壮烈。叱咤恍闻戈指日，光明共见心如月。叹中原父老望旌旗，同悲切。　　寇患亟，仇待雪。殁犹视，恨未灭！问谁能、忍恝金瓯残缺。黄土萋萋宿草泪，沙场汩汩军人血。是丈夫、皆应继风徽，收京阙。

1940 年 5 月

日月潭

欣游日月潭，却遇连朝雨。
惟愿兵气销，祥光照环宇。

1948 年 6 月

钟一峰

（1881-1968）原名钟启，字一峰，以字行，北京人，满族。清光绪三十四年（1908年）京师大学堂毕业，奖举人。此后即从事教育工作，始任中学教员，继在多所大学任国文系、教育系讲师、教授。1952年6月被聘任为中央文史研究馆馆员。著有《钟一峰文学之一斑》《笔顺须知》《太极拳源流考》《钟一峰诗词百首》《书法偶谈》《青年之修养问题》等。

送友人赴汴

邈邈千余里，干戈复远征。
黄沙仍蔽日，浊浪欲浮城。
酒薄须三盏，身孤只短檠。
人情忌皮相，慎莫失侯生。

1923 年

壬午除夕

明日立春，余年六十三矣。

岁尽冬除万念沉，忽惊爆竹动园林。
光阴驰逸同逝水，书剑纵横违素心。
老态每随病态转，诗情翻逐酒情深。
明朝杖履出城去，郊外依稀春可寻。

1943 年

偶　成

地近郊坰四五家，芳邻互助治桑麻。
生儿岂必李亚子，娶妇何须阴丽华。
天上盈亏同是月，镜中开谢本无花。
细推物理多成幻，一落纠缠永叹嗟。

1948 年

题长者居

爱博何分鸟与鱼，幕天应不厌穷居。
颓垣仅蔽三星户，陋巷难容五马车。
万古高风元亮节，千行热泪贾生书。
心胸对此真倾倒，伫望田园复野蔬。

王葆真

（1880-1977）河北深泽人。1948年当选民革中央常务委员，1949年2月被国民党逮捕，并判处死刑，后由李济深等营救，始免于难。上海解放时始出狱。解放后，任政务院政法委员会委员。

狱中诗

精神早破死生关，黑狱何能锁卓山？
心似月华明皎皎，清光流照满人间。

恐负残年未肯衰，牺牲当愿站前排。
深惭七十无功德，空向人间一度来！

李仪祉

（1882-1938）原名李协，字宜之，陕西蒲城县人，水利学家，教育家。清末秀才，两次留学德国。曾任陕西水利局局长、教育厅厅长、西北大学校长，北京大学、中山大学教授，中国水利学会会长，黄河水利委员会委员长兼总工程师。主持过许多重大水利工程。1935-1936年间任清华大学名誉教授并曾讲学。1956年台湾出版了《李仪祉全集》。

纪北京围城

天天刮大风，到处灰尘咪。
不能不出门，两餐须料理。
街沟秽气充，触鼻呕欲死。
又惊市虎来，扬尘可五里。
市尘尽掩门，俨如正初里。
外方初来人，何从觅食止。
幸我有常餐，得免饥饿死。
包子馒头面，六七十铜子。
食饱疾步归，呼仆取盆水。
眼目口鼻舌，尽情都一洗。
怡然立镜前，这才又像你。
执卷卧床头，沙沙风震纸。
一觉到天明，明朝又复尔。

1926 年

蒋百里

（1882-1938）名方震，字百里，号澹宁，笔名飞生、余一，浙江海宁人。留日创办《浙江潮》，留德归国任京都禁卫军管带，武昌起义后曾任浙江都督府总参议、袁世凯总统府军事参议、保定陆军军官学校校长，入川助蔡锷讨袁护国，与胡适组织新月社，曾任吴佩孚部总参谋长、南京政府军委会高级顾问，抗战初起时即断言将为日本必败、中国必胜的持久战。

无　端

无端急景凋年夜，到处低徊遇古人。
瓶里赤心甘必大，墓前青草史来芬。
雄狮伤后威犹在，白马归来画入神。
如此人才如此事，回天一梦到新正。

【注】

甘心大法国已故元帅，史来芬德国已故军事学家。

赠张禾草

犹有书生气，空拳张国威。
高歌天未白，长啸日应回。
旧学深沧海，新潮动怒雷。
老来逢我子，心愿未应灰。

1938 年

冯玉祥

（1882-1948）字焕章，安徽巢县人。近代爱国将领。曾反对袁世凯称帝。张勋复辟时冯率兵入京讨伐。第二次直奉战争中，发动北京政变，通电主和。后组织国民革命军，任总司令兼一军军长。又任国民军联军总司令、国民党第二集团军总司令，1928年联合阎锡山、李宗仁发动反蒋介石的中原战争。九一八事变后，主张抗日。在张家口与共产党合作组织抗日同盟军，任总司令，多次击败日军。1937年后曾任第六战区总司令。后被迫辞职出国考察。1948年回国参加新政协筹备工作，轮船失火遇难。有《冯玉祥诗选》。

剿　共

去剿共，去剿"匪"，投降日本先对内。不抵抗，不准备，不怕人骂卖国贼。日为主，民为敌，早已抱定大主意！国家可给敌，不可给奴隶。

1933 年 4 月 17 日

不抵抗

平津将不保，军队向后跑。
察省已危急，原因是卖了。
国贼尚自负，其心未白操。
吾人有何说，殉国不追悼。

1933 年 5 月 17 日

梅花 (十首录二)

（一）

梅花骨清高，凛然冰霜操。
矢志杀国仇，千载姓名标。

（二）

梅花战风雪，严冬正盛开。
抗日皆英雄，畏敌是奴才。

1937 年 2 月 5 日

老人谈话

傍晚行村外，古庙门半开。
入内细观看，三官泥塑胎。
见有一老人，面瘦骨如柴。
满脸尽皱纹，含泪三徘徊。
衣服难蔽体，足穿露趾鞋。
两手粗且黑，言时痰壅塞。
我问这老人，在此何所赖？
他言逃难者，庙里作香卖。
问他有何人？是从何处来？
家中人九口，汜水匪旱灾。

老夫妇两个，五儿一孙孩。
长子有媳妇，均住庙内斋。
问他生意好？未答声先唉。
生活这样贵，作香亦支差。
此种小营业，年摊五十块。
糠秕填肚内，春日仗野菜。
人生到此境，不如早活埋！
我问生意坏，何不种粮麦？
老人闻我言，眼泪流两腮。
种地更不易，一亩二十块。
肥料须六元，种子还在外。
若种十亩地，大洋须二百。
利息是三分，又须六十块。
地亩尚未种，租价送老财。
来年收与否，不敢说成败。
老夫逃难者，怎敢去安排？
问他不种地，造香生意坏。
此后应何如，始能不受害？
老者吸口气，两肩又一抬。
我辈受压迫，生活是悲哀。
无衣与无食，谁也不来睬。
私有不打破。如何脱此灾！
问答方到此，叫饿两小孩。
一子并一孙，褴褛颜不开。
本想再问话，落泪口发呆。
对之一磨首，两袖拭面回。

余绍宋

（1882-1949）字越园，号寒柯，浙江龙游人。清末留学日本法政大学，回国后任外务部主事。民国后历任参议院秘书，司法部金事，北京政法学校、北师大教授。有《寒柯堂诗》。

论诗绝句（二十二首录二）

（一）

诗随时会始为真，岂必斤斤貌古人。
但在精神不在体，体新未必即诗新。

（二）

茫茫终古无穷极，今日为新往即陈。
诗体推迁无止境，莫教来世笑吾人。

编宋明亡国史讲稿既成，系之以诗

两朝奇祸肇东胡，太息当年竟失图。
党狱一兴终误国，夷谋千载不殊途。
划江难定偏安局，抗节徒多正气儒。
痛史编成余涕泪，后人敢诮古人愚。

1938 年

许寿裳

（1883-1948）字季黻，号上遂，浙江绍兴人。先后执教于北京译学馆、北平大学女子文理学院、四川华西大学，台湾大学兼中国文学系主任。1948年被害于台湾。

成诗一首，叠翼谋原韵

春光澹妥好登高，胜地良朋得所遭。
喜有繁花飞玉屑，愧无佳句报珠韬。
双峰莲炬朝天阙，一径松风走海涛。
收拾山河齐努力，白头宜学少年豪。

1932 年 4 月 23 日

偕洗凡、觉辰、静山、苏甘、绩
禹及瑛儿游长城登八达岭[①] 二首

（一）

商风撼地迫深秋，胜侣招邀共出游。
历历白榆寒景早，疏疏丹果小村幽。
北门锁钥尊瞻瞩，南口峰峦落咽喉。
凿险控奇功不朽，铸金遗像在高丘[②]。

（二）

长城雄踞万山巅，俯视居庸井底蜷。

要隘一关通绝塞，丽谯千仞出诸天。

高飙欲卷游人去，冷露谁怜战骨鲜。

豪兴未阑腰脚健，云冈蜡屐占春先③。

1934 年秋

【注】

①洗凡、觉辰、静山、苏甘、绩禹，即董洗凡、林觉辰、戴静山、徐苏甘、周绩禹，其时均在北平大学女子理学院工作。

②詹天佑铜像。

③同伴预约明春为云冈之游。

无 题

血洒中原事可哀，黄龙杯酒正相催。

全忠自是睢阳志，百战宁多武穆才。

塞上长城空感慨，巴江高冢供徘徊。

秋深一夜滩声急，疑听将军破阵来。

1944 年 10 月 6 日

八月十日晚闻日本向盟国乞降，翌日得瓅儿安抵华府信，喜而有作二首 (录一)

居然喜讯联翩至，黩武倭夷竟乞降。
难得八年摧劲虏，从今一德建新邦。
陷区妻子狂歌舞，盟国经纶足骏庞。
归路反愁何所见，创痍满地下长江。

1945 年 8 月 14 日

蔡可权

（1882-1953）号公湛，江西新建人。清秀才，光绪三十三年（1907年）任民政部营缮司主事。后历任北洋政府交通部秘书、参事，津浦铁路局课长，北京公路局秘书等职。曾参加北京稊园诗社。1951年12月被聘任为中央文史研究馆馆员。著有《墨子浅说》《道德经玄赞》《或存草》等。

万砥成丈论事有诗索余同咏

自把哀筝寄远忉，清音袅袅怨兰皋。
巫云不作三峰雨，愿海空飞万顷涛。
剩有余情追屈贾，偶寻轶事到苏陶。
百年感怆蓬山客，缥缈蓬山依旧高。

1900 年

留别南昌诸旧好

乡国群贤好自为，水怀山气朗襟期。
本心试认三春草，世事何殊一局棋。
胸有町畦非志士，眼空恩怨是男儿。
行行暂与诸君别，无限莺声入梦思。

1910-1914 年

次韵寄酬冰芝日本兼柬欧阳仙贻

如水乡心暗自惊，长江九派水纵横。
坐看蔓草伤零露，遍数莲华念众生。
啼鴂一春情独往，断鸿千里梦难成。
吾侪入世犹匏系，留得西山学耦耕。

1910-1914 年

用师曾《题珏庵词》韵却寄

滔滔江汉汇群流，淘尽奇情不可搜。
大道与谁争一息，名山各自有千秋。
忍闻神土成孤注，横览中原忆旧游。
乱后故人心尚尔，高吟天外狎沙鸥。

1915-1916 年

疏影·用彦通韵和师曾

流云漾碧。又乱红点点，轻缀双屐。十日江南，回首车尘，诗心半在兰泽。无言独上扁舟去，但暗怪，春迟乡国。有燕雏、睨睕归来，愁破远山南北。　　犹记西窗夜话，那时正树底，寒飐风力。别梦无痕，花事参差，付与闲人经历。澄湖月落摇长笛，吹不断，晓风词笔。看弄晴、又到清明，起拂柳丝烟阔。

邓振声

（1882-1957）字瑾珊，号沌庵，湖南岳阳人。光绪举人，官内阁中书。后为湖南省政府顾问。新中国成立后任省文史馆馆员。有《沌庵咏史诗存》。

范　蠡

薪胆君臣亦枉然，沼吴还是仗婵娟。
英雄儿女同千古，富贵功名了一船。
鸟喙肯容文种去，鸱夷空为伍胥怜。
大夫何限弓藏恨，只在烟蓑雨笠边。

屈　平

万古文章两楚人，漆园而后又灵均。
三年谪宦还忧国，一赋怀沙竟杀身。
鱼腹不埋香草恨，蛾眉虚负故宫春。
洛阳才子真多事，哭罢朝中复水滨。

曹 参

狗功未必逊人功，清静犹存太古风。

百战声威三木外，九年燮理一杯中。

和歌相国欢群吏，饶舌儿郎怒乃翁。

难怪韩彭菹醢后，汉家尚有未藏弓。

陈 平

社中宰肉气何豪，炎汉乾坤总一刀。

三国驰驱先楚魏，两朝燮理继萧曹。

二千红粉能解困，四万黄金敌已挠。

独惜子孙簪绂绝，阴谋奇祸竟难逃。

苏少禾

（1882-？）常州人，晚清秀才，清华学校国文部教员。

善雪 二首

（一）

梅花正放雪飘扬，灵怪诗人喜若狂。
万寿山峰同玉削，清华台榭尽银装。
吾家坡老开吟社，天上飞琼入舞场。
恰是新年好气象，快呼赵叟共倾觞。

（二）

天公玉戏为吾曹，乘兴骑驴过小桥。
诗思权将风雪寄，仙乡未觉海山遥。
三千世界花齐放，四十年华醉几遭。
一笛一樽歌一曲，饱看飞絮谢琼霄。

1922 年

宋庚荫

（1882-1960）号筱牧，河南郑县人。清末举人，曾任前清法部举叙司主事。入民国，先后在司法部、大理院工作。曾参加稊园诗社。1951年12月被聘任为中央文史研究馆馆员。著有《樾园文存》《双桐馆杂钞》《双桐馆击钵吟》等。

贺胡诗垠内弟新婚

菊花天气缔良缘，乍过重阳景倍鲜。
棹返江南添画本，人归白下报诗笺。
金樽香溢芙蓉幕，银烛光联玳瑁筵。
他日熊罴占好梦，还陪汤饼附群贤。

寿嘉应杨君

天为耆儒进大龄，古梅岭畔耀双星。
心传魏晋通音韵，手录春秋阐古经。
有子勋名侪定远，等身著述拟沧溟。
齐眉更喜孙曾起，福庆蒸蒸溢户庭。

寿何星联先生

丹桂飘香八月天，欣逢周甲启琼筵。

湘中耆旧推前辈，冀北弦歌忆昔年。

夏雨春风征惠泽，仁浆义粟溥廉泉。

箕裘克绍儿孙起，一笑伸眉乐逌然。

贺大梁刘梦园曾騄重游泮水

髫龄泮水溯前游，花甲庚申此一周。

靖节高风怀栗里，灵光巍望冠中州。

重来坡老情弥挚，再到刘郎兴倍遒。

规矩亲承家学远，如君福命几生修。

张宗祥

（1882-1965）字阆声、号冷僧。浙江海宁人。光绪举人。曾任大理院推事兼清华学堂教员、京师图书馆主任，浙江省图书馆馆长，西泠印社社长。有《铁如意馆诗抄》《铁如意馆题画诗》等。

重 庆

城势连山起，江声夹市流。
楼台云外涌，灯火雾中浮。
人物他乡集，兵戈故国愁。
古来争战地，入蜀此咽喉。

1939 年

哭许季茀

中原无地留君住，讲学南荒发似银。
书卷如今能诲盗，文章自古不医贫。
管宁清节应无忝，裴度扶持恨少神。
此去九泉逢鲁迅，愿祈偕梦慰劳人。

1948 年

【注】

许季茀，即许寿裳，浙江绍兴人，早年与作者、鲁迅同在两浙师范学堂任教。1948年在台湾遭暗杀。

晓沧弟言文澜书迁贵阳

七阁文澜一阁存，中原文献忍重沦。
咸同历劫余灰迹，癸亥标年记墨痕。
笔札百人载寒暑，鲁鱼十辈校黄昏。
牛车万卷今西去，梦绕牟珠夜夜魂。

叶恭绰

（1881-1968）字裕甫，号遐庵，广东番禺人。历任国民政府交通总长、财政部长，新中国成立后为中央文史研究馆副馆长。著有《遐庵诗》《遐庵词》，编有《全清词钞》《广箧中词》等。

不　堪

不堪焦土痛咸阳，迢递兵烽百感伤。
菊花似惭秋有节，葵枯谁与日争光。
心忧不远疑求复，大道无名倘断常。
布谷芟荆吾事了，未须人海说身藏。

三月十二日追悼

回肠远绕钟山道，蒿目愁看禹域图。
拼守残生归寂寞，却怜短梦未模糊。
心灰花落春空在，泪尽尘凝海欲枯。
独抱孤怀向青史，不须歧路泣杨朱。

后画中九友歌

　　湘潭布衣白石仙，艺得于天人不传，落笔便欲垂千年。新安的派心通玄，驱使水石凌云烟，老来万选同青钱。映庵长须将自妍，胶山绢海纷游畋，已吐糟粕忘蹄筌。名公之孙今郑虔，闭关封笔时高眠，望门求者空流涎。更有嵩隐冯超然，俾夜作画耘砚田，画佛涌现心头莲。王孙萃锦甘寒毡，子固大绿相后先，上与马夏同周旋。越园避兵穷益坚，有如空谷馨兰荃，妙技静似珠藏渊。三生好梦迷大千，息影高踞青城巅，不数襄阳虹月船。昙殊风致疑松圆，日亲纸墨宵管弦，世人欲杀谁相怜。

【注】

　　画中九友依次指齐白石、黄宾虹、夏剑丞、吴湖帆、冯超然、溥心畬、余越园、张大千、邓诵先。

吊郝梦龄军长

　　风雨并州吊国殇，伤君无命作南塘。
　　龙骧早奋行间气，麝炷终升死后香。
　　尺土伫闻堙巨浪，长城何计复边墙？
　　云山北向愁无极，盼有灵旗卫晋阳。

1937 年 10 月中旬

程　潜

（1882-1968）字颂云，湖南醴陵人。清末秀才，1904年赴日本就读陆军士官学校，入同盟会。回国后参加辛亥革命。曾任陆军总长、国民革命军第六军军长、第一战区司令长官、河南及湖南省政府主席。1949年8月率部在长沙起义。新中国成立后历任中央人民政府委员，全国人大常委会副委员长，国防委员会副主席，民革中央副主席。有《程潜诗集》。

梁父吟

步出历城门，泱泱壮表裹。
黄河漾东流，岱宗峙南鄙。
北望通幽野，西行旷千里。
土产积如山，文物汇成海。
邑有饭牛人，市多弹铗子。
夷吾恢远略，田单雪其耻。
歌咏随风来，缅怀谁足跂。
笑傲梁父颠，慷慨从中起。

1916 年冬

从游南海神庙

扬帆发黄浦，舍舟登波罗。

暖暖盛林木，青青秀黍禾。

芳春已欲尽，览物偶来过。

草深径就芜，候至鸟竞歌。

杂花尚烂熳，古庙犹嵯峨。

探幽客新集，访胜迹渐讹。

外臣像面像，番市旧临河。

康衢久未泰，抚景悲蹉跎。

1923 年

登庐山

名山依江湖，朝夕烟雾吐。

挂席八来过，真面一未睹。

晨兴发幽情，梦寐夙所许。

登陟宁辞劳，风雪犹我阻。

皓皓层巘明，皑皑群峰竖。

兹游乐静观，灵境谁为主？

1926 年 12 月 4 日

战城南

　　战晋南，争湘北。尸横旷野鸟争食。鸟争食，鹊争啼。男儿当战死，腐肉委地充汝饥。车声辚辚，马鸣萧萧。将军号令肃，士卒意气豪。鼓鼙急，生以出，死以入。出生入死国与立。愿为干城战必捷。嘉我干城，干城诚可嘉。东夷未平，誓不还家。

1939 年

驻军马坝

指途向鄂渚，假道经湘川。
疾驰蔚岭关，雨雪何纷纷。
猿狐啸我后，豺狼横我前。
衢路长荆棘，城郭生烽烟。
企予望衡峤，何时抵汉滨？
顿辔修我矛，秣马励其军。
天时未可失，人事毋乃烦。
自古逢屯蹇，厉志在贞坚。
任重道弥远，岁暮时复春。
张幕蔽风日，枕戈思昔贤。

程俊英

（生卒年不详）女，曾于北京女子师范大学任教。

寄耀翔

南去征鸿寄远音，关河尺楮故人心。
客愁黯黯楚天碧，别恨悠悠燕水深。
病骨入秋寒菊枕，骚魂和月落枫林。
西风有梦思吾子，蟋蟀声中耐苦吟。

【注】

1927年秋，夫君张耀翔因事赴鄂，时余在北京女师大任教，病中作诗寄之。

曹蕴键

（1882-1970）原籍山东定陶，寄居菏泽。清光绪三十二年（1906年）丙午科优贡，翌年朝考一等，以知县分发河南。曾任鄢陵知县。民国成立后，历任湖北蕲水、黄冈县知事，山东昌邑、即墨、潍县、阳信等县知县。1928年归隐乡里，纂修山东钜野县志。七七事变后蛰居北京，抗战胜利后在农林部华北棉产改进处工作。1952年6月被聘任为中央文史研究馆馆员。除《钜野县志》外，尚有《二十四史人物咏史绝句》四千余首。

咏织布鸟

织布鸟名善筑巢，树枝悬挂似荷包。
栖身不怕鹰鹯逐，通体能将草叶交。
忙比莺梭穿柳线，快同燕剪截茨茅。
些须微物天然巧，远胜鸠居笨拙嘲。

咏缝叶鸟

有鸟能将树叶缝，安身巢结似锥笼。
异蚕自缚丝成茧，如蛹蛰藏草作绒。
用物隐躯防外患，因材施巧夺天工。
微禽犹尽本能力，何况人多进化功。

章士钊

（1881-1973）字行严，号孤桐，湖南长沙人。近代民主革命家。清末任上海《苏报》主笔。后与黄兴等组建兴华会，并参加组建同盟会。南北议和达成后，任北京大学校长，参与"二次革命"和"护法"两役。其后历任北京农学院院长、北洋政府司法总长兼教育总长、东北大学文学院院长、上海法政学院院长。新中国成立后任全国政协常委并被聘任为中央文史研究馆馆长。有《柳文指要》《长沙章氏丛稿》等。

元日赋呈伯兄太炎先生

堂堂伯子素王才，抑塞何妨斫地哀。
谋国先知到周召，论文余事薄欧梅。
世甘声作高呼应，吾亦名从弟畜来。
浙水东西南岳北，人天尔我两悠哉。

题《涉江词》（二首）

（一）

锦水行吟春复春，词流又见步清真。
重看四面阑干句，谁后滕王阁上人？

（二）

剑器公孙付夕曛，随园往事不须云。
东吴文学汪夫子，词律先传沈祖棻。

京师崇效寺牡丹移植稷园唱和诗 （四首录二）

（一）

京雒佳游只等闲，名花古刹付荒寒。
谁知四十余年后，初见能行到牡丹。

（二）

要与春风殿岁华，却先桃李便移家。
空同旧句吾能赏，过尽群芳见此花。

马寅初

（1882-1982）浙江嵊县人，教育家，经济学家。1910年毕业于美国耶鲁大学经济系，1914年获哥伦比亚大学研究院经济学博士学位。1916年后，历任北京大学经济系主任、教务长，中山大学、交通大学、浙江大学教授，新中国成立后任浙江大学和北京大学校长，中国科学院哲学社会科学部委员，中央人民政府委员，政务院财政经济委员会主任，全国政协常委。著有《经济学概论》《新人口论》等。

二十四年长夏为怀集县图书馆题

集东西文为渊薮，览当世事以融通。
尽录其长舍其短，初若为异终为同。

1935 年

刘放园

（1883-1958）原名道铿，字放园，后以字行。福建福州人。法学家。清末秀才，优贡，朝考一等第一名，授法部七品京官。旋留学日本早稻田大学，回国后于1907年任法部主事。民国成立后，历任众议院秘书长、内务部参事兼民治司司长。曾任教于北京法政学校。1918年至1928年任《晨报》社长、总编辑等职。后任东吴大学法学院教授。1953年5月被聘任为中央文史研究馆馆员。著有《放园吟草》。

松社杂诗（四首录一）

倡条冶叶遍洋场，紫蝶黄蜂各自忙。
谁识晚烟秋色里，有人叉手立昏黄。

1922 年

黄浦滩公园夜坐

昼间避热苦无方，入夜来寻半晌凉。
江静千灯成倒影，林深一月吐幽光。
微嫌露重侵罗袂，渐觉潮生没石塘。
游客虽多他族少，此间亦有小沧桑。

1931 年

辛未三月重游旧京金仲荪嘱题霜晓庵裁曲图（四首录二）

（一）

四海悲呻正苦兵，书生何术致升平。

荒山泪与春闺梦，并作人间吁祷声。

（二）

声歌本与政相关，休作寻常小技看。

千古兴亡归法曲，词坛敢薄孔都官。

1931 年

倭寇扰沪次韵答叔通

年来戢翼似冬禽，倦倚危巢事苦吟。

窃国党徒频自哄，乘机暴寇遂相侵。

吾侪孤愤成何用，举世盲行患已深。

剩与闭门陈正字，岁阑怀往复伤今。

1931 年

梁 希

（1883-1958）字叔五，笔名凡僧，浙江吴兴人。林学家。早年留学日本、德国，同盟会会员，曾任浙江大学、中央大学农学院教授。入新中国，任林业部长、全国人大代表、全国政协常委、全国科学技术协会副主席、中国科学院生物学部委员、九三学社副主席。

贺重庆《新华日报》二周年 (录一)

大地何人得避秦？中原烽燧炽倭尘。
早从战略分泥淖，渐见人心解问津。
砥柱指标倚椽笔，诛心火炬烛奸人。
莫嫌纸恶字难辨，炮火煅成不坏身。

抗战时期

祝《新华日报》创刊五周年

忽闻高唱入云霄，滚滚洪流江海潮。
马列文章群众化，莺鸣凤调友声娇。
火星有报来三峡，花月无愁笑六朝。
辛苦五年毛颖力，年年神往绿江遥。

1943 年重庆

邢 端

（1883-1959）字冕之，号蛰人，别号新亭野史，方志掌故学家、书法家。贵州贵阳人。清光绪二十七年（1901）举人，光绪三十年（1904）进士。后留学日本大阪高等工业学堂预科及东京法政大学。回国后，历任翰林院检讨、北洋政府工商部佥事、图书馆主任、农商部技监。1917年起历任农商部矿政司司长、工商司司长、普通文官惩戒会委员、善后会议代表、井陉矿务局总办。1951年被聘任为中央文史研究馆馆员。著有《蛰庐丛稿》。

岱北纪游杂诗

梦醒居然见鹊山，群峰如案水如环。
多情更爱明湖柳，牵住游人不放还。

历尽姚庄向古阡，路人解道叔牙贤。
乱流绝涧穿云去，瞥见霜红欲到天。

1934 年

读 史

降幡一片竟飞扬，太息西风菜叶黄。
在昔貂珰尊四李，于今马粪贵诸王。
沧溟衔木愁精卫，阿阁营巢羡凤凰。
脍就长鲸宜痛饮，会须濯足向扶桑。

收京喜赋 (二首)

(一)

南冠八载坐幽囚，露布欣传遍九州。
日丧偕亡闻鬼哭，河清可俟仗人谋。
度辽并雪前朝耻，覆楚终歼九世仇。
犹有台澎遗老在，喜心翻倒涕难收。

(二)

儒冠自笑误平生，垂老翻思效请缨。
劫火竟焚出日处，会师同筑受降城。
天骄颉利终成虏，孤注澶渊已受盟。
画地何人持玉斧，可能左股割蓬瀛。

1945 年

题萧谦中画卷

自题"卢沟桥事变后作"。

卢沟桥畔沙如雪，卢沟桥下水呜咽。

胡尘匝地炮冲天，十万健儿争喋血。

元戎殿军大将死，书生掩袂空头白。

破碎山河待整顿，要使金瓯永无缺。

蟠胸忠愤郁毫端，不辨模糊泪与墨。

同是兰成作赋心，写出江南烟水阔。

八年苦战喜收京，太息斯人黄壤隔。

家祭何人告乃翁，惆怅龙眠好山色。

1945 年

陈匪石

（1883-1959）字小树，号倦鹤，南京人。早年入南社，历任北京中国大学、华北大学、中央大学教授。著有《宋词举》《陈匪石先生遗稿》。

寒　泉

未春黍谷阳犹伏，满地商飚气渐凝。

君子之交原似水，至人所履薄于冰。

源来山腹清无那，扪至心头冷可能。

莫道不波同古井，潜鳞跃起意飞腾。

倚　栏

举目山河乍倚栏，断霞天外尚微丹。

虫声唧唧催秋老，木叶萧萧助晚寒。

身世由来忘仕隐，中原有分涤腥膻。

风前漫洒伤高泪，竹翠松青取次看。

山中即事呈镜上人 (录一)

茶余还晏坐，寂照一天星。
月上虚窗白，灯垂古殿青。
拈花参玉佛，涤砚写金经。
回首人间世，东山尚雨零。

临江仙

卷地霜风侵客梦，几回验鬓添愁。帘纹如水屋如舟。好音鱼浪阔，残篆兽烟浮。　　梦里浑忘筋力减，狂呼击楫中流。高天丸月冷于秋。山河新旧恨，一笛正当楼。

阎锡山

（1883-1960）国民党山西军阀。字百川，山西五台人。1911年任山西都督，建立晋军。1930年与冯玉祥联合国民党内其他地方军阀同蒋介石在山东、河南交战，称为"中原大战"。同年阎、冯联合汪精卫和西山会议派等在北平召开中国国民党中央党部扩大会议，成立国民政府，阎任主席，汪、冯和李宗仁任委员。其后任山西省政府主席、二战区司令长官、行政院长等。后病死于台湾。

克难坡感怀

一角山城万里心，朝宗九曲孟门深。
俯仰天地无终极，愿把洪炉铸古今。

马 浮

（1883-1967）字一浮、一佛，号湛翁，别署蠲叟、蠲戏老人，浙江绍兴人。早年留学美国、日本。精研儒佛及哲学、文学，工书法。1912年曾任民国政府秘书长，抗战中任浙江大学教授，后主持四川乐山复性书院，晚年任浙江文史馆馆长、中央文史研究馆副馆长，全国政协特邀委员。有《避寇集》《蠲戏斋诗编年集》《芳杜词剩》及学术、翻译著作多种。

村舍偶成

绕舍唯深竹，安门仅短篱。
居人先鸟起，寒日到林迟。
客至常携酒，书来每附诗。
老夫容坦卧，四海惜流离。

1937 年

听 鹂

久客年年白发生，因人问俗鸟占晴。
轻云挟雨知山态，虚阁来风识水声。
诗味都从兵后减，乡心常伴月边明。
林花夜落催春涨，隔树黄鹂聒旦鸣。

1940 年

忆桐庐故居

故里空村遍草莱，富春江上首重回。
杂花满径无人扫，野竹编门傍水开。
一杖深山看瀑去，扁舟月夜载诗来。
此情已是成消失，唯有寒云恋钓台。

1942 年

浪淘沙·为缪彦威题《杜牧之年谱》

醉语见天真，龙性难驯。吴歌楚舞转相亲。
独把一麾江海去，刻意伤春。　　易尽百年身，
吹梦成尘。昭陵松柏久为薪。惆怅乐游原上句，
分付何人。

1938 年 12 月 12 日广西宜山

沈尹默

（1883-1971）原名君默，浙江吴兴人。早年留学日本，曾任北京大学教授、北平大学校长，新中国成立后任中央文史研究馆副馆长。工书法，尤长行草。有《沈尹默诗词集》《秋明集》《书法论丛》。

岁暮感怀寄江海故人

出门竟安往？牢落且登台。
叔世迫阳景，寒天忧废才。
长安无米乞，江海少书来。
何日春花发，相期共酒杯。

1906 年

小　草

小草守本根，而不殉世情。
庭野无二致，古今同一荣。
每被秋霜杀，还共春阳生。
践踏随所遭，俯仰岂不平！
寻常乃如此，松柏有高名。

1942 年

小重山

红是相思绿是愁。徘徊花树下、未能休。几番客里罢春游。梅雨后，凉意在帘钩。　　老去减风流。纵教逢旧燕、也应羞。江山如此一凝眸。山隐隐，江水自悠悠。

菩萨蛮

菊匀红粉清于绮，灯前会得霜中意。长记采芙蓉，所思千万重。　　海天云蔽日，绕树乌飞绝。寒梦雨凄凄，高阁闻曙鸡。

满庭芳

梅子繁时，柳绵飘后，江南春事堪嗟。画屏桃李，犹自用年华。未怪衔泥社燕，参差度、雨细风斜。陌头树，儿童底事，飞弹打栖鸦。　　些些尘梦短，沧桑岸谷，猿鹤虫沙。念五湖泛宅，远海浮槎，休问人间何世，纫兰佩，芳意交加。仙源好，溯红未远，洞口觅余花。

谢觉哉

（1884-1971）又名焕南，湖南宁乡人。1921年加入新民学会，1925年加入共产党。曾任中央工农民主政府秘书长。参加长征。后任中央党校副校长，陕甘宁边区政府秘书长，华北人民政府司法部长。新中国成立后任内务部部长、最高法院院长、全国政协副主席。

脱险抵黄浦

百日难已过，百日后如何！
黄浦翻寒浪，洪湖惜逝波。
热血漫天洒，愁云遍地峨。
此心犹耿耿，未惜鬓毛皤。

1932 年 9 月

宿吴旗镇荞麦地

露天麦地覆棉裳，铁杖为桩系马缰。
睡稳恰如春夜梦，天明始觉满身霜。

1935 年 11 月

与钱老论新旧诗体 (二首)

(一)

新诗应比旧诗好，新代旧又代不了。

旧诗古奥识得稀，新诗散漫难上口。

新旧只缘时世殊，文白都宜词理妙。

有韵能歌兼有意，我曾承教于鲁叟。

(二)

可以旧瓶装新酒，亦可旧酒入新瓶。

当年白陆何曾旧，今日韩黄亦必新。

不改温柔敦厚旨，无妨土语俗词陈。

里巷皆歌儿女唱，本来风雅在宜人。

1944 年

余嘉锡

（1884-1955）湖南常德人。曾任辅仁大学教授、文学院院长。新中国成立后任中央语言研究所专门委员，著有《四库提要辨证》等。

庚戌都门客感 （二首）

（一）

万斛闲愁拨不开，苍茫世事剧堪哀。
人心邪正难看镜，鬼物猖狂且布灰。
钓取巨鳌谁作饵？市来死马亦登台。
请君莫洒新亭泪，试向垆头买绿醅。

（二）

旅馆灯摇一穗红，相看不寐客愁中。
长安米贵炊须数，故国书迟梦未通。
破碎山河悲逐鹿，飘零身世逐征鸿。
沾泥我愿为飞絮，莫使乘风类转蓬。

李木庵

（1884-1959）湖南桂阳人。曾任国民革命军十七军政治部主任，陕甘宁边区参议会参议，新中国成立后任司法部党组书记，湖南省政协副主席。曾为怀安诗社社长。有《西北吟》《窑台诗话》等。

建设篇

金陵气象更崎嶒，官阁杰楼耸层霄。

府院部衙更炫奇，椒粉云石画以雕。

博士精心工设计，匠人悦色相召邀。

施工逾年费百万，重责包商轻报销。

固知庶政重建设，独乐何如众乐饶？

已多民舍委尘土，况复尽室付流漂。

至今计吏重掊克，谁更血汗惜民劳？

吁嗟强邻眈虎视，国防不备饰市朝。

君不见，关东失地五千里，关内群盗纷如毛。

又不见，江河日下东西海，流尽民脂与民膏。

1935 年

怀安诗社

延水清漪嘉岭嵬，发祥景远喜重回。
周兴百里由来渐，汉启一亭何用猜。
革命策源成圣地，抚时吟兴动窑台。
怀安社壁题诗遍，留作千秋信史材。

南征曲·三五九旅南征

志士南征胆气豪，肩荷长枪腰佩刀。
四山日色辉旌旐，风激长林马萧萧。
展图奋程八千里，日指潇湘七泽水。
为复汉家旧江山，不杀倭奴势不已。
男儿卫国显荣光，旧战场与新战场。
我师一过倭儿降，功成凯旋民主邦。

1944 年 6 月延安

吟大后方

满门朱紫半官商，声息潜通紫闼长。
国库财归蒋孔宋，中原灾遍旱蝗汤。
朝廷虽小颜犹大，歌舞方酣夜未央。
一阵降幡迎日下，衡阳鼙鼓似渔阳。

1944 年

谢无量

（1884-1964）名蒙，又名沉，字仲清，号希范，别署啬庵，四川乐至人。曾任《苏报》编务，南社社员，孙中山秘书、参议，四川国学院院长，广州大学教授，东南大学系主任，四川大学教授，新中国成立后任人民大学教授，中国公学文学院院长，四川省博物馆及中央文史研究馆副馆长。有《中国大文学史》《中国妇女文学史》《诗经研究》《楚辞新论》《谢无量自写诗卷》。

青城山居杂题 （录一）

雾里藏身忽露文，豹嗥如犬月中闻。
皮毛留得真何益，总负当年隐白云。

1940 年

江油水竹居

群山赴郭一江明，双塔当阶万竹迎。
惟恐平生奇气尽，又来此地听滩声。

1940 年

次韵答湛翁

钓尽西江未觉多，荒陂秋水带残荷。
旧栽斑竹仍生笋，自写黄庭不为鹅。
鼓枻便从渔父去，观濠敢望惠施过。
此间亦有捞虾渚，暂乞烟溪养碧萝。

1942 年

题屈原像

行忧坐叹国无人，被发狂吟泽畔身。
要识风骚真力量，楚声三户足亡秦。

1942 年

感 怀

猛雨催花日日残，河山垂泪发春寒。
少年忧世成狂疾，老至无能始达观。
何限猿虫随劫尽，等闲鹏鷃得天宽。
千秋扰攘凭谁问，袖手沧桑仔细看。

1946 年

钱来苏

（1884-1968）原名钱拯，以字行，笔名太微，祖籍浙江杭县，生于奉天奉化（今吉林省梨树县）。北洋高等师范学堂毕业，清光绪三十年（1904年）赴日本，毕业于早稻田大学。曾加入中国同盟会。参加辽阳立山屯起义以及反袁运动。后任保定陆军军官学校教官。抗日战争爆发后，在山西任第二战区司令长官部少将参事。1943年3月赴延安，任陕甘宁边区政府参议，并参加怀安诗社。1951年12月被聘任为中央文史研究馆馆员。著有《孤愤草》《初喜集》等。

夜不入寐，偶成此辞

晚来始觉客愁添，鼓歇三更未入眠。
夜静河声喧枕上，月移林影过窗前。
恩仇两负长余恨，家国双悬不解缘。
惆怅鸡鸣谁起舞，梦魂还自绕幽燕。

涉　世

春风吹水皱微澜，此意于卿底事干。
只为情多翻忤俗，却因性冷不宜官。
孔丘去国车尘蹙，苏季还家客路单。
厉揭如今知涉处，石门厌听磬声寒。

忆 旧

豪情不计发余星，西出阳关细雨零。
孤店清烟萦驿柳，离人新曲唱旗亭。
车轻雪夜驱长白，酒醉春宵倚小青。
最是旧游寥落甚，十年花月不曾经。

北 望

北望燕云动客愁，烽烟遮断海山头。
云间雁唳家何在，陌上花开我独留。
九曲狂澜天际落，三关兵气日边浮。
樽前漫洒新亭泪，昨夜官军下鄂州。

1940 年

马叙伦

（1885-1970）字彝初，号石翁，晚号石屋老人，古文学家，教育家，同盟会员、南社社员。历任清华大学、北京大学教授，教育部次长，新中国成立后任教育部长、高教部部部长、全国政协副主席，诗作有《马叙伦诗词选》。

北大同学纪念五四运动十七周年晚会 （二首）

（一）

自叹蹉跎近老身，放言犹动少年人。

贾生初出先忧汉，鲁子终身不帝秦。

（二）

寒云密密覆新晴，不饮还如困宿醒。

旧曲偶弹魂欲断，更来风雨断弦声。

1936 年

追怀孙中山先生

先生毕竟是人豪，天下为公字字敲。
思想每随时代进，坚贞不为大风挠。
奔走卅年余薄产，缠绵一病返天曹。
使公今日犹操国，郭李勋名未足高。

在沈阳闻北平解放

宫阙嵯峨六百年，风流文物欲凌前。
已残封建凭收拾，无上人民创地天。
风景未殊人事异，山河无恙物华鲜。
沙滩一角危楼在，指点当时旧讲筵。

1949 年 2 月 1 日

张曙时

（1884-1971）江苏睢宁人。1909年加入中国同盟会，并参加辛亥革命，1935年入川，是四川抗日民族统一战线工作的主要奠基人。曾任中共中央法律委员会委员。

悼续范亭同志

革命正需君，天胡夺斯人？
弱冠倒帝制，壮志救贫民。
爱国洒鲜血，讨阎起义军。
吕梁开府业，嘉岭论知音。
战斗持真理，方针宗马恩。
新诗句改组，古道礼延宾。
谁识英雄貌？群怜老病身。
忧民忧世运，忆友忆凋零。
几日山村路，频惊旅客魂。
秋高念旧雨，伤别白头心。

1947 年 9 月

太原解放

三十余年号土皇，人民谁不恨阎王。
义师四起名城破，从此山西非战场。

1949 年

孙墨佛

（1883-1987）号眉园，曾用名孙巍，笔名半翁，山东莱阳人。辛亥革命老人，著名书法家。清光绪三十四年（1908年）加入中国同盟会，宣统三年（1911年）入青岛特别高等学堂。1916年山东讨袁军兴，任北方护国联军总司令部秘书主任。1918年赴粤，参加孙中山领导的护法运动。1927年后历任河南省民权县县长、山东省禹城县县长。1930年后到北京寓居，从事著述编纂工作。1952年6月被聘任为中央文史研究馆馆员。著有《黄粱诗草》。

秋　感

客到中秋气不平，开樽对酌话澄清。
挥毫墨舞长蛇阵，检韵笔歌大蟹行。
廿载飘零家万里，半生醉梦月三更。
蹉跎岁月如流水，匣里干将日夜鸣。

书　怀

落拓生涯画不成，一回醉梦一回惊。
浑金璞玉真无价，明月清风更有情。
书画琴棋留意赏，渔樵耕读耐心评。
年华老大犹强健，奠酒焚香祝太平。

放　歌

乾坤偌大一牢笼，阅尽沧桑笑不同。
匣里雌雄鸣易水，壁间蟋蟀唱豳风。
骨山血海涵空碧，日白天青满地红。
漫说民间豪杰少，真人半在屠沽中。

益门夏景

铙歌剑舞奈何天，布谷声声叫种田。
杨柳摇风飘白蛱，芰荷出水化青钱。
琴弦不润朝朝雨，麦浪无涯处处烟。
坐看周原飞燕子，万峰滴翠荡胸间。

过汨罗江

江风习习月弯弯，楚尾吴头去复还。
一页离骚沉汨水，半帆夕照转衡山。
楚臣洒泪思芳草，鲁叟行吟破醉颜。
检韵推敲无好句，放心远上白云间。

宋哲元

　　（1885-1940）山东乐陵人。曾任冯玉祥部师长、陕西省政府主席、二十九军军长。七七事变时率部奋起抗战。后任第一集团军总司令。

杀敌救国歌 (四首录一)

中国要自强，齐心到战场。

杀尽日本军，铲除狗豺狼。

自从"九·一八"，寻衅在沈阳。

占了东三省，热河也遭殃。

强占我平津，又往上海闯。

进扰我南口，察北也披猖。

得寸又进尺，要把中国亡。

同胞须奋起，人人都抵抗。

寿鉨

（1885-1950）字石工，号珏庵，山阴人。曾任教于国立北平艺术专门学校。北平聊园词社成员。著名篆刻家。有《珏庵词》。

扫花游·花朝夜集送大壮

露蟾迟客，乱夜色深怀，飐灯帘峭。燕风渐袅。卷筝弦半涩，当筵歌老。俊侣长安，影梦迷离未晓。唤吴棹、送沧江故人，花外春到。　　歧路余缥缈。但倚被鸳边，镜蛾双照。五湖草草。换年芳旧国，翠温红窈。弄笛西洲，艳入江梅古调。倦游早，向城根、绀尘催扫。

六幺令·津游抒怊怅之怀，倚小山调

石华吹唾，裙衱摇荒碧。沉沉旧香轻换，影事无端的。繁轸当歌未懒，剩遣秦筝急。天涯春涩，莺荒蝶老，自趁新妆掩芳息。　　兰期谁信误了，寂寂江南客。蓉梦尚暖欢丛，孤醒成今夕。归去宵凉似水，泻怨铜街色。鸳帏鸾席，能拼消瘦，不管东风荡愁籍。

吕 凤

女，字桐花，江苏阳湖人，赵椿年室。北平聊园词社成员。有《清声阁诗馀》。

贺新凉·月当头

霜锁闲庭院。朗层霄、溶溶冰镜。素辉圆满，望到当头能几见？偏是北风吹乱。赚频岁、天涯人倦。一样良宵寒气重，想嫦娥、心事终难遣。守寂寞，瑶台畔。　　还丹分付蟾蜍炼。试新妆、娟娟千里，深情流远。悟彻盈亏欢意浅，不独华年轻换。尽耐尽、严更无怨。照到人间棋局变，恐神仙，也觉眉慵展。清梦阁，几肠转？

杨树达

（1885-1956）字遇夫，号积微，湖南长沙人，语言文字学家。1921年后任教于中国大学、北京高等师范学校、北京师范大学，1926年任清华大学国文系教授，湖南大学教授兼文法学院院长、中央研究院院士、湖南师范学院教授、湖南文史馆馆长，1955年选聘为中国科学院哲学社会科学部委员。著有《中国语法纲要》《高等国文法》《词诠》《中国修辞学》《汉书管窥》等。

偕内子北海公园小坐

兴来搁笔且携筇，喜有莱妻好与同。
白塔孤擎斜照里，碧荷微舞浅漪中。
分凉阁上看琼岛，太液池头诵放翁。
行乐乘时吾愿足，不劳名字启山公。

1935 年

赠李麋寿

廿载京华未识颜，喜闻清论此荒山。
著书已让千毫秃，揽镜曾无一发斑。
别有孤怀谁与共，翛然老圃意俱闲。
年年海淀西头路，梦里重经泪眼潸。

1941 年

王疏庵和余诗语及梁任公师枨触
旧事百感萦怀依韵奉答

干戈遍地此身存，旧事樽前忍再论。

病骨未柔人已老，炊烟欲断道宁尊。

坐看腥虏污中土，惯听哀音赋北门。

梁木泰山同一哭，当年流涕写招魂。

1943 年 1 月 6 日湖南辰溪

六十自述 (录二)

（一）

恩勤教诲记庭闱，投老忧伤未报辉。

差幸壮男能自食，却愁乳燕不成飞。

平生述作尘封字，晚岁河山泪湿衣。

辛苦营巢嗟一炬，欲谋归去问何归。

（二）

平生贪诵剑南稿，不道衰迟境与同。

却喜健儿能杀贼，故探圣典记攘戎。

百年积辱隳前约，上海衡心策反攻。

身及弧张看日落，未须家祭告阿翁。

1944 年

林伯渠

（1885-1960）名祖涵，湖南临澧人。曾入同盟会，参加辛亥革命。1921年加入共产党。后参加南昌起义和长征。曾任陕甘宁边区政府主席，中共中央第七届政治局委员，新中国成立后任中央人民政府秘书长，全国人大常委会副委员长。有《林伯渠同志诗集》。

游爱晚亭

到处霜林压酒痕，十分景色赛天苏。
千山遍洒杜鹃血，一缕难招帝子魂。
欲把神州回锦绣，频将泪雨洗乾坤。
兰成亦有关河感，愁看江南老树村。

游龙潭山 （二首录一）

览胜绝顶南天门，脚踏行云万马奔。
无限兴亡无限感，兀揩倦眼对乾坤。

和朱总司令出太行韵

关心楚尾又吴头，立马太行宿雨收。
泾渭分明缘底事，元戎总未计恩仇。

1940 年

早发高家哨

骏马坚冰踏洛河，纷纷瑞雪舞婆娑。
载途公草驴争用，觅食饥禽陇见多。
天亮难知厄重耳，法轮无语笑荆轲。
群山皆冷心犹热，反著羊裘当薜萝。

1941 年

答横槊将军

将军百炼挽时艰，东海归来鬓未斑。
浩瀚胸怀扬子水，光辉旗帜井冈山。
阵前壁垒严民主，马上刀环却敌顽。
战后余情犹健爽，佳篇赐我一开颜。

1944 年 4 月 3 日

刘契园

（1885-1962）湖北嘉鱼人。清宣统元年（1909年）毕业于日本早稻田大学法律科。回国后先后任职于黑龙江省财政局、法政学堂，民政部，湖北省军政府内务司、财政司，财政部、农商部、中国大学、湖北省长公署、全国赈务督办公署、中东铁路管理局。1951年7月被聘任为中央文史研究馆馆员。有《契园存稿》。

春江花月夜 (诗社雅集诗题，用唐张若虚原韵)

春暖风和江练平，钟声入耳暝色生。
皓月高悬不知夜，水面似镜何澄明。
蟾光万里映江甸，花间如雾落如霰。
仰看回雁春来飞，俯察游鱼夜还见。
清夜叩船思出尘，一篙撑破波间轮。
吹箫仙客渺难遇，微觉江清月近人。
怀人感春哪能已？江花玉貌偏相似。
记曾解珮在滨江，终忆桃花泛春水。
汉江春梦事悠悠，风流徒惹花边愁。
两三星火是何处？卷帘玩月人登楼。
月随人影双徘徊，相逢夜景疑琼台。
满江春色与明月，不待招邀都自来。
数声渔笛夜深闻，令人常忆云中君。
风播余音共花远，回飚吹水成縠文。
芳春良夜忻伴花，江上月照几人家。
家人团聚夜月话，夜坐花前星汉斜。
安得御风拂云雾，穷探月窟步天路。
仙人岁月无冬春，愿学吴刚伐桂树。

韩敏修

（1885-1964）河北广宗人。清宣统元年（1909年）己酉科
拔贡。民国时期，先后在直隶威县、无极、盐山县署、直隶巡按
使公署，省长公署，河北省民政厅、河北省立工学院工作，曾任
河北满城县长。七七事变后寓居北京。1952年6月被聘任为中央
文史研究馆馆员。著有《广宗县志》《虚谷诗集》等。

参观官厅水库赋此纪之 三首

（一）

桑干塞外来，湍悍比瓠子。

蜿蜒薄西山，燕京实密迩。

春冬流微细，驱车不濡轨。

夏秋雨潦降，波涛惊怒起。

澎湃万马腾，瞬息逾千里。

昏垫嗟民居，城垣或倾圮。

累朝重宣防，长堤穴溃蚁。

巨万糜金钱，保障未可恃。

决口漫溢灾，频年书国史。

咎征诿天功，人力安能弭。

（二）

沮阳地形峻，天寿山崔嵬。
穹岫相对峙，涧壑中豁开。
重险比巫峡，激湍响奔雷。
洋妫支派别，汇流傍山隈。
昔贤图方略，相度费心裁。
冀将狂澜挽，筑坝土石培。
嘉名锡玲珑，杰构亦壮哉。
怀襄浩漫漫，万丈一夕摧。
修复沙石陷，贤宰志意灰。
功大难创始，远愧晋台骀。

（三）

生平慕胜迹，不辞道路难。
蓄水使入库，海内称壮观。
结伴试寓目，俦侣笑语欢。
车出居庸塞，石径讶纡盘。
西行经上谷，城郭半凋残。
新村望栉比，居室喜苟完。
乱山四围合，大厦出林峦。
入耳闻邪许，畚锸满沙滩。
大计期永逸，何惜民力殚。
卢沟桥下水，百世庆安澜。

钟刚中

（1885-1968）字子年，广西南宁人。清光绪三十年（1904年）甲辰科进士，授吏部主事。曾任湖北通山知县，直隶成安、宁晋县知事，后归隐，参加北京稊园诗社、蛰园诗社。1951年12月被聘任为中央文史研究馆馆员。

浣溪沙·题稊园主人《梅花香里两诗人》图意

画里重温暖酒香。玉梅风调恰成双。两家诗好费评章。　　旧梦并肩人似月，感时疏鬓镜添霜。门前争怪是沧桑。

花心动·赋牵牛花

凉讯星河，乍娟娟离魂，被秋扶起。泫碧露华，破暝晨光，水样研罗新试。玉蕤长结双星约，奈楼畔、穿针人去。几多恨，秋棠说与，断肠无语。　　翠袖中宵自倚。算天上人间，只花憔悴。一晌并头，琐细红心，拼与漏声催碎。放歌叩角情都倦，镇赢得、寒丛飘泪。冒愁蔓相思，替谁写寄。

黄右昌

（1885-1970）号娄江子，湖南临澧人，法学家。1915年起历任北京大学法律系教授兼系主任，北大法科研究所主任，1955年被聘任为中央文史研究馆馆员。诗作收录于《湘西两黄诗》，著有《竹窗诗》。

秋感示北大诸子

一寸一金谁守土，同仇同泽岂无衣。
长城秋草辽阳月，冉冉周年泪共挥。

1932 年

梅花 （录二）

（一）

不斗繁华不斗奇，天然云为迥然姿。
除开白雪非知己，倾倒黄封有几枝。
生长山林原自在，同沾雨露本无私。
逋翁去后髯翁邈，千载遥遥我赋诗。

（二）

影落涧溪卧浅沙，添来整整复斜斜。

品惟寒士真高士，天与山涯傍水涯。

偶折一枝逢驿使，遥瞻九澧指侬家。

瑶章翻作鼓吹急，直把梅花当国花。

1934 年

许学源

（1885-1972）字大洪，笔名闲月，号觉园，湖北随县人，教育家，书法家。1912年后任北京《中央新闻》报编辑记者、《忠言报》社长，1918年后在清华大学任教。1963年任中央美术学院教授。著有诗集《采风录》。

反对洪宪筹备

辇得黄金浪筑台，后庭花向眼前开。
郭隗岂作燕王计，乐毅徒夸魏国来。
故垒秋风梁上燕，新亭血泪掌中杯。
而今多少攀龙客，谁识王孙杜老哀。

1911 年

哭蔡松坡

迭见群星坠楚分，故乡鹤唳不堪闻。
霸图未揭身先死，我为临风一痛君。

1916 年

海天宽处题壁

不学蒙庄不学禅，胸中无事即神仙。

死生有定能忘我，成败何常但听天。

饮食箪瓢颜子巷，云烟图画米家船。

怜他世上争名客，长向台城痛纸鸢。

1926 年

省亲旋里京汉道中作

灵均促别故乡天，小住京城五六年。

行李半挑燕市月，归帆一角楚江船。

铁肩道义心头血，铜柱河山梦里烟。

三径菊松能耐老，先生何日乐陶然。

邵飘萍

（1886-1926）原名新成、镜清，后改振清，浙江东阳人。民国著名记者与报人，曾任《汉民日报》主编，创办《京报》以及北京新闻编译社、北京大学新闻研究会，被奉系军阀以"宣传赤化"罪名杀害于北京天桥。

弃妇吟 二首

1922 年 6 月时徐世昌辞大总统职返津。

（一）

昔日恩情安在哉？花冠不整下堂来。
临行还顾镜中语，且照新人笑脸开。

（二）

姬姜憔悴了残年，水竹村人独自怜。
常在君边遭厌弃，后来莫谩再如前。

李济深

（1885-1959）字任潮，广西梧州人。曾任师长、军长、国民革命军总司令部参谋长。黄埔军校副校长，1933年曾与十九路军蔡廷锴在福建组建反蒋抗日的中华共和国人民革命政府。1948年发起成立中国国民党革命委员会并任主席。新中国成立后任中央人民政府副主席、全国人大常委会副委员长、全国政协副主席。

登庐山 二首

（一）

万方多难上庐山，为报隆情一往还。
纵使上清无限好，难忘忧患满人间。

（二）

庐山高处最清凉，却恐消磨半热肠。
自是人间庸俗骨，从来不惯住仙乡。

江干口占

踯躅江干有所思，浪花点点溅征衣。
可怜家国无穷恨，绿水青山总不知。

诔张自忠将军

原野尘飞，烽火湘楚。

大军四临，聚歼丑虏。

沙虫委化，狼豕奔突。

公怒益张，轻骑追逐。

劲弩千钧，伤于腐鼠。

马革尸还，万流同哭。

金石褒忠，缥湘纪武。

烈烈威灵，永垂千古。

　　　　　　　　　　　约 1940 年 5 月

康同璧

（1886-1969）妇女活动家，诗人。字文佩，号华鬘，广东南海人。康有为次女。1903年赴美，先后入哈佛大学与哥伦比亚大学，毕业后回国，1920年赴挪威参加万国女子参政会（世界妇女大会）。曾任万国妇女会副会长、山东道德会会长、中国妇女大会会长。新中国成立后任全国政协委员，北京市人民代表。1951年7月被聘任为中央文史研究馆馆员。晚年整理出版康有为《万木草堂遗稿》，编撰《康南海先生年谱续编》。有《华鬘集》《华鬘词集》。

戊戌政变，圣主遭幽，大人被捕，全家诏逮，时居花埭别墅，仓皇夜走，避匿扁舟，舣棹中流，越日乃下港焉　二首

（一）

苍昊何为者？无端大劫侵。

毒翻天地黯，愁绝鬼神吟。

万世君臣业，一朝豺虎沉。

伤心念老父，哽咽泪沾襟。

（二）

无限金仙泪，凄凉日夜流。
惨伤尽室捕，凄绝望门投。
国有流嫠恨，家遭覆卵忧。
茫茫天地大，何所著扁舟？

1898 年

望秦中忧时有感

巨野悲风涌大波，蚩尤旗焰起干戈。
岂知虎豹当关后，竟奈龙蛇遇厄何。
北望长安魂惨淡，东回大陆意蹉跎。
登临抚剑空怀抱，目极西秦涕泪多。

1900 年

写　怀

鸿毛自视一身轻，万物于我奈有情。
漠漠浮生原是梦，茫茫世界果何营。
读书何必泥前论，发愿从来救众生。
公理家传当大发，千秋热血始能平。

1902 年

渡太平洋有感

飘零处处叹离群，回首扶桑黯暮云。

拍拍浪翻天地暗，蒙蒙日落海潮曛。

龙遭水逆悲难渡，雁遇风搏不易闻。

对此谁能遣惆怅，聊将热泪解纷纭。

1903 年

熊瑾玎

（1886-1973）又名佑吾，长沙人。1927年加入共产党。抗战中任《新华日报》总经理，新中国成立后任中国红十字总会副会长。有《熊瑾玎诗草》。

赴湘鄂西舟泊汉水

为欲酬吾愿，行经汉水滨。
波清殊险恶，意志却坚贞。
骨肉离之远，情根割去深。
要从艰苦里，改造旧乾坤。

1931 年 9 月

菊　感

极目篱边菊，依然耐性强。
秋霜原可傲，积雪又何妨？
叶败仍含翠，花残不改黄。
况余根蒂好，还得吐芬芳。

1941 年 1 月 18 日重庆

览　物

地冻天寒日，何当览物华？
严霜摧嫩叶，急雨堕新芽。
月殿浮云暗，峰峦瘴气遮。
平生不下泪，于此泪偏赊。

1941 年 1 月 18 日重庆

刘胡兰同志流血一周年

朴实农家女，雄豪胜过男。
立场能站定，奋斗不辞艰。
头断铡刀下，芳留宇宙间。
阎獠刽子手，血债必追还。

1948 年

秉　志

（1886-1965）原名翟秉志，满族，河南开封人，动物学家，教育家。1928年与同仁创建北平静生生物调查所，任所长。1955年当选为中国科学院生物学地学部委员。著作有《秉志文存》三卷。

代方汉文赠同学诸友

回首同游三十年，一朝欢聚楚江边。
饱经世变成今日，愁看祲氛布满天。
故事听来如幻梦，清樽传去若流川。
劝君善保千金体，共待明时着祖鞭。

1942 年

方君汉文邀饮，席间有感时事赋七律一首，因步韵和之，藉祝抗战胜利

江南春尽惠风和，绿蚁盈樽拟翠螺。
卅载重逢愁鹤发，一生几度唱骊歌。
寇氛满眼凭凌甚，敌忾同心胜气多。
堪笑侏儒扛九鼎，其如决胝断肠何。

1945 年

张子高

（1886-1976）原名准，字子高，湖北枝江县人，化学家，教育家。1929年任清华大学化学系教授，1939年任燕京大学客座教授，1942年任北平中国大学教授，1945年至1976年任清华大学教授、系主任、副校长。著有《中国化学史稿》，诗作收于《岁寒集》。

依韵答贺孔才、许用康

人生树立贵宏抱，结交意气要苍老。
真赏岂宜轻示人，只为二公殊等伦。
何妨更发枕中秘，昔者曾暴敝帚珍。
独恨北来瞬四秋，一日欢笑十日愁。
不有朋友通气类，江山信美恐难留。
诗来使我纾郁积，窗前明月净秋夕。
待挽银河洗甲兵，更呼高朋醉一石。

1943 年

丁文江

（1887-1936）字在君，生于江苏泰兴，地质学家。1904年前往英国剑桥大学等校攻读动物学和地质学，获双学士学位。1911年回国在滇、黔等省调查地质矿产，1913年赴北京担任工商部矿政司地质科科长，1916年发起组建农商部地质调查所并任首任所长，1924年被聘为清华大学筹备顾问，1931年任北京大学地质学教授。1936年赴湖南考察，不幸煤气中毒而逝世。诗作收录于《丁文江文集·第七卷》。

黔民谣

黔民苦！黔民苦！无可奈何生瘠土。
有煤无米不能炊，有米无柴不能煮。
去年禁种罂粟花，今年十室九无家。
改种粟黍三两亩，收来一半是泥沙。
泥沙污恶不堪食，沟渎流离谁爱惜。
那堪新政更频仍，酒税屠捐不得息。
见说新官作吏忙，布将文告遍村坊。
富国必先兴实业，尔民养牧且栽桑。
可怜资本从何出，无蚕无畜空张皇。
况复今春风雨异，天灾人祸一齐至。
秧田飘没未能栽，山水忽来无处避。
破屋疏篱风雨侵，饥寒阴湿疾病临。
无药无医胡不死，白骨贱于乌江水。

吁嗟乎！君不见津沪恶少年，金钱十万腰中缠。

饱食暖衣无所事，日向勾栏包妓怜。

1911 年

嘲 竹

竹是伪君子，外坚中实空。

成群能蔽日，独立不禁风。

根细善钻穴，腰柔惯鞠躬。

文人都爱此，臭味想相同。

1935 年

钱玄同

　　（1887-1939）原名钱夏，字中季、德潜，浙江湖州人，钱三强之父。1936年赴日本留学，从章太炎习国学，1907年加入同盟会。1913年任国立北京高等师范学校及附属中学国文、经学教员，1916年任高等师范学校教授兼北京大学教授，1917年任《新青年》编辑。1928年后任北京大学国文系主任，同年曾被聘为清华大学国文系教授。著有《音韵学》《国音沿革讲义》等，诗作存于《钱玄同文集·第二卷》。

和知堂五十自寿诗

但乐无家不出家，不皈佛法没袈裟。

腐心桐选诛邪鬼，切齿纲伦打毒蛇。

读史敢言无舜禹，谈音尚欲析遮麻。

寒宵凛冽怀三友，蜜橘酥糖普洱茶。

1934 年

沈兼士

（1887-1947）祖籍浙江吴兴，生于陕西汉阴，沈尹默之弟。1905年赴日本留学，入东京物理学校，拜于章太炎门下，并加入中国同盟会。1912年受聘于北京大学，1917年北京大学国史编纂处任职，后改任国文系教授，兼任女师大讲师。1926年与鲁迅同去厦门，任厦门大学国文系主任，国学院院长。1928年被聘为清华大学国文系教授，1929年起任辅仁大学文学院院长。著有《文字形义学》等，出版有《沈兼士学术论文集》。

虞美人·香山除夜

儿时除夜贪迎岁，欢笑何曾睡。中年除夜感飘蓬，风雪征程南北复西东。　　而今病卧西山下，两度逢除夜。粥余药罢百无宜，静对寒梅数点且忘机。

1919 年

九日（用少陵韵）

去年病卧长安客，今日淹留蜀水滨。
取次中秋到重九，生憎雨久盼清新。
且浇垒块高楼酒，苦忆情亲绝塞人。
引领官兵收蓟北，放歌燕市荡胡尘。

1943 年

刘大绅

（1887-1956）字季英，《老残游记》作者刘鹗之子。留学日本后，曾任职于商务印书馆和《大公报》。20世纪30年代全家居住北京南官房廿号。下述诗作即叙述其住地附近之恭王府旧事。

空传 四首

（一）

空传艳迹董娇娆，往事如烟话旧朝。
乌桕霜经红几度，琐窗尘蚀翠全销。
简书片语成新憾，箛鼓三边起怒潮。
两代兴亡缘底事，有人夫婿擅天骄。

（二）

天家兄弟谊如何，高筑长墙为阿哥。
幸有新恩平旧谳，竟无余泽荫遗柯。
庭前神柱留雕楚，砌下宫槐长赘窠。
异代居人独凭嘈，王封空号锡多罗。

（三）

荒唐说部写通侯，贾雨村言石尚留。
夹道中分荣国第，长堤北枕省亲楼。
海棠西府春明冠，菱芡南湖岁有收。
独立柳荫看垂钓，野人指点话从头。

（四）

何朝翊卫此分封，说是金家兀术宫。
人有贯钱烦子母，食无采邑给私公。
剖分王殿齐民宅，零落宗藩卖菜佣。
牧竖不知时事改，尚称府号别西东。

钱基博

（1887-1957）字子泉，别号潜庐，江苏无锡人，钱钟书之父，古文家，收藏家。1925-1926年出任北京清华学校新制大学国文部教授。著有《经学通志》《现代中国文学史》等，有诗目散见于《钱基博年谱》。

清华园赋示诸子 (录二)

（一）

驱车走西郊，水木呵清华。
堂堂帝子居，境物寂无哗。
庠序此宏开，多士以为家。
忍俊聊复尔，守静期勿夸。
有如园中柯，春至发奇葩。

（二）

园中柯交蔽，我思郁以纡。
郁纡何所念，气矜视瞿瞿。
鲜事徒召闹，心驰学以芜。
芜学塞吾明，吾昏日以愚。
交柯蔽我目，我车不得驱。
欲还绝无蹊，揽辔徒嗟吁。
踟蹰欲何往，勒马临深池。

1925 年

郑之蕃

（1887-1963）字仲鹬，号桐荪，别署焦桐，江苏吴江人，数学家，南社诗人。1907年留学美国，毕业于康奈尔大学数学系，1911年回国后，先在上海、北京等地学校任教，1920年在清华大学任教，1927年任清华大学数学系首届系主任，1932年被公推为清华大学评议会评议委员，并任图书馆委员会主席等职。著有《四元开方释要》等数学专著，及《吴梅村诗笺注》《宋词简评》等文学专著。

和苏曼殊《何处》

曾傍红楼几驻车，青衫无奈又天涯。
诗成百绝情难写，雪冷三冬恨梦赊。
漫去深山盟落叶，应怜空谷老名花。
朱颜未减少年态，何事频频揽镜嗟。

燕子矶

郊外风光羡此幽，片山高处着层楼。
危崖百尺临流立，野色千条隔岸收。
铁锁销磨王气索，寒潮寂寞古城愁。
山城依旧如龙虎，只是风云压几州。

1926 年

和吴宓《民国二十八年除夕》

累卵如何策万全，忍看急景送残年。

坚兵未遏西秦暴，放论犹传东晋玄。

斗室有朋同证道，千山无梦独愁眠。

汉家威武今安在，读史徒嗟卫霍贤。

1940 年

潭柘纪游 (八首录二)

(一)

桑田化海谷为陵，扰扰尘寰劫几层。

我欲皈依登净土，摩诃池上访高僧。

(二)

杜宇催春岁月忙，客怀寥落恨难忘。

年来畏说中年近，哀乐无端总断肠。

1923 年

居庸关纪游

边城叠嶂起亭皋，楚客登临兴倍豪。

地近关门惊势陡，云横眼底觉身高。

长驱朔漠秦威远，北戍居延汉将劳。

几辈英雄猿鹤化，漫寻呜咽水磨刀。

1923 年

刘永济

（1887-1966）字弘度，号诵帚，湖南新宁人。曾执教东北大学，后任武汉大学文学院院长、湖北省文联副主席。有《屈赋通笺》《唐人绝句精华》《唐乐府史纲要》《词论》《诵帚庵词》等。

浣溪沙

行到蚕丛地尽头，凄清云物又成秋。销忧难觅仲宣楼。　　剩水吞声过楚峡，斜阳凝血下神州。欲呼辞魄吊高丘。

1940 年

谒金门

帘不卷。帘外鸟声千啭。心事至今犹电幻。梦多愁更乱。　　旧约山轻海浅。新恨水长天远。雁讯不来空缱绻。讯来肠又断。

1941 年

减字木兰花·读《须溪词》

倚楹万虑。总被孤城潮打去。野庙荒原。犹说临安看上元。　　送春良苦。谁遣风沙暗南浦。春亦堪怜。去到天穷地尽边。

1941 年

【注】

卷中送春词句。

鹧鸪天

金粉楼台蜃气昏。酒朋狂侣更无存。寒宵梦里春痕在，影事凄迷恼乱人。　　梅共鹤，病兼贫。蜀山深处一荒村。林风静后微闻露，溪月闲来自过门。

1942 年

虞美人·乐山送客

江山不减唐时秀，城郭都非旧。君来何用更伤今。好写秋声秋色上瑶琴。　　五年楚客听猿意。说与应憔悴。相逢谁道鬓成霜。谈笑纵横犹似少年狂。

1943 年

许以栗

（1887-1967）字琴伯，笔名忍庵，浙江杭州人。1912年参加中国同盟会。1915年北京农政专科学校毕业。1916年起，历任北京提署秘书、京兆尹公署农林课主任、北平赈济部科员、教育总署技士等职。抗日战争胜利后，任北平暂编第九路军额外秘书、北平暂编军官大队书记。1947年6月任北大医院文书室组员，新中国成立后继任原职。1963年2月被聘任为中央文史研究馆馆员。著有《旅甘吟草》《天嘉集》《思潮集》等。

咏菊 （二首录一）

用桂幼衡同研韵。

百花开罢蝶蜂藏，剩有东篱发晚香。
洗尽娇容清伴月，生成傲骨惯凌霜。
怜他处士曾孤赏，爱尔宜人总不狂。
同在秋风萧瑟里，高怀自异客堤杨。

1914 年

和张觉生主政覃韵 （三首录一）

世味于今却饱谙，遣怀难藉一杯酣。
数来旧稿盈千百，写出新愁只二三。
孤月时教看蓟北，重洋梦不到江南。
功名十载昙花影，抚剑追思益自惭。

眼 前

眼前已自薄公卿，何论无聊身后名。

痴欲重泉妻艳鬼，忍教三策误苍生。

堂堂岁月蜉蝣梦，莽莽乾坤猿鹤情。

应笑诗人太多事，寥天孤作不平鸣。

1914 年

留别傅芸子教授

傅君北平人，任东京大学教授，专研词学。

美君开绛帐，吾道竟东行。

廿载沧桑感，三春花月情。

论文挥玉麈，买醉听莺声。

江户明朝去，临歧别意萦。

1934 年

行香子不寐

玉漏迢迢。春雨潇潇。个人儿、灯下推敲。吟成肠断，笔底魂销。真愿难酬，衷难诉，恨难描。　　旧事重抛。好梦重招。闲对着、孤影无聊。安排美酒，遣此长宵。奈醉乡深，愁乡近，故乡遥。

1914 年以前

吴朋寿

（1887-1972）原名燠仁，字朋寿，后以字行，笔名可园，河北丰润人。清附生。1912年京师法政学堂一级正科法律班毕业。后历任河南高等审判厅推事、信阳高等审判分厅庭长、河南高等法院推事、河北保定地方法院庭长、河北高等法院民庭庭长等职。新中国成立后，1956年参加北京市民盟。1959年被聘为北京市西城区政协学委会文娱工作委员、诗词书画组组长。1961年9月被聘任为中央文史研究馆馆员。

跋云麾将军碑

风神骨力两无穷，妙在尽态极妍中。

北碑南帖恣驰骋，未知千载谁雌雄。

将军之碑北海造，神采风姿真绝倒。

明妃顾影自低徊，虢国金鞭来争道。

钗光鬓影虽模糊，犹是倾城绝世姝。

李秀环肥此燕瘦，笔端变化何神乎。

杜陵评书贵铁线，不徒北海求识面。

岂知烟云变态中，皆当执笔来一战。

北抚灵严南麓山，风摧雨剥犹雄妍。

许公所见知存几，我欲搜取知无缘。

端州石室余楷法，良乡二础嗟神全。

其中藏棱外出力，行之以方而用圆。

当时书名满天下，玄文法语供挥洒。

追魂犹传有道名，两刻尚辨张杰写。

奇姿异态各不同，想见下笔云风从。

中锋未变存一脉，何分象兮何分龙。

南窗新添砚池水，谛视不觉移晨曛。

一文一武一纵横，伟哉丈夫与君子。

平生独爱李将军，聊发狂言书满纸。

又题《红梅图》一律，图为寅恪与晓莹结褵时曾农髯丈熙所绘赠，迄今将四十载矣

卅年香茜梦犹存，偕老浑忘岁月奔。

双烛高烧花欲笑，小窗低语酒余温。

红妆纵换孤山面，翠袖终留倩女魂。

珍惜玑梁桑海影，他生重认旧巢痕。

吴德润

　　（1887-1975）字晓芝，笔名觉庐，湖南岳阳人。1913年获选公费留学法国巴黎大学法学系。1916年归国，任湖南商业专门学校法文教员，短期代理校长。曾在京师大学、北平大学第二师范学院、北平师范大学、北平大学法商学院、华北大学任教。后历任《太原日报》《河东日刊》《国民日报》总编辑。1963年1月被聘任为中央文史研究馆馆员。著有《清史新乐府稿》《中国历史诗歌注》《觉庐诗词草》《时事诗词草》等。

暮秋偕李绍禧游凤凰山 （二首录一）

忧乐分先后，秋光感慨中。
芦花沿岸白，烽火满江红。
屈膝称臣耻，捐躯报国忠。
深仇犹未雪，万姓要心同。

1939 年

谒杜工部墓次彭梅岩韵

盛唐诗句仰风流，廊庙江湖无尽愁。
才与谪仙称并世，穷如飞将不封侯。
谁教牛酒成尝鸩，莫遂莼鲈感系舟。
今日冲寒一凭吊，千秋衣冢剩荒洲。

1940 年

次韵汤绥荣到渝后以诗见赠

正是江村柳色黄，与君把酒话沧桑。
数声风笛伤离别，一路邮亭记短长。
见说月明巴峡晓，也知春好洞庭香。
故人远道劳相忆，诗句琳琅寄到湘。

1940 年

赠欧阳伟纯之常德

酒馆离筵愁此夕，知君远去意何如。
鸿嗷遍野关怀久，骊唱长亭别恨余。
一路云霞衡岳望，满庭风月武陵居。
故人千里常相忆，莫学嵇康懒寄书。

1940 年

游览凤雏亭

汉室何人识靖侯，牛刀小试志难酬。
名齐诸葛夸龙凤，献策昭皇振蜀刘。
一代英豪凋洛邑，平生冠冕诵南州。
孤亭有记留碑上，耒水滔滔逝不休。

杨令茀

（1887-1978）女，江苏无锡人。早年从江南画师吴观岱学画，旋寓北京。又曾从林纾、陈师曾学画，从樊增祥、丁传靖学诗词。"九·一八"事变后只身侨居美国，近半世纪。

秋草四律

络纬悲吟塞草根，贝加湖畔望青门。
紫台不绝明驼迹，荒冢难招汉女魂。
肃气西来棋可卜，春风南浦梦犹温。
汀兰岸芷青青色，并付秋心化泪痕。

离离原上冷青霜，风偃蒹葭败叶黄。
剔藓篱边闻蟋蟀，眠茵石径见群羊。
纵横铁骑蚁封阵，摇曳银沙鹿逐场。
千载霸图同腐草，杀青往事太悲凉。

脂粉芳塘帝子家，馆娃香径没平沙。
空余瘦马嘶荒甸，无复春莺啄落花。
大泽草枯罗祭兽，古槐叶尽集栖鸦。
王孙归思年时异，烽火惊回万里车。

漫向西风问菀枯，池塘凉雨梦来无。
咸阳有畹余萧艾，金谷荒坡长野芜。
堤上萋萋波弄影，芦中瑟瑟雁成图。
黄云古道尘沙里，一片苍茫望眼糊。

朱蕴山

　　（1887-1981）安徽六安人。1907年参与徐锡麟刺杀安徽巡抚恩铭，被捕陪斩。后参加辛亥革命与讨袁。因通电反蒋，被国民党通缉。曾参加南昌起义。新中国成立后，任全国政协副主席、全国人大常委会副委员长、中国国民党革命委员会主席等职。有《朱蕴山纪事诗词选》。

迎刘西平

三代通家尊义气，五年去国感支离。
回思狐鼠纵横日，喜见乾坤翻转时。
跃马黄龙期不远，枕戈淮海应毋迟。
甲申遗恨今犹在，玉宇重光大有为。

1911 年秋

黄浦滩上 二绝

大革命失败后，留住上海，见黄浦滩公园张挂牌示"犬与华人勿入"，可恨之至。

薪尽炉存火正寒，种花人去泪阑干。
黄昏时节多风雨，如此江山不忍看。

徘徊江上客心单，犬与华人一样看。
恨事百年牢记起，北风怒目问南冠。

1929 年

挽陈仲甫诗二首 (录一)

掀起红楼百丈潮，当年意气怒冲霄。
暮年萧瑟殊难解，夜雨江津憾未消。

念奴娇·怀念亡友邓演达

"九·一八"沈阳事变，蒋介石一度下野。国民党左派著名人物邓演达是蒋的劲敌，蒋下野前，密将邓杀害。

海潮激烈，正大泽深山，蛟龙夜发。万里沦波来眼底，旧恨新愁重叠。浊浪排空，惊风挟雨，水天晦如墨。人生如寄，一杯黯然伤别！　应念壮士归来，中流击楫，肝胆坚如铁。易水萧萧风渐冷，泪逐波臣呜咽。禾黍离宫，荆榛塞道，往事那堪说！何年把剑？誓扫神州腥血。

1933 年 2 月

邵瑞彭

（1887-1937）字次公，浙江淳安人。南社社员。历任众议院议员、临时参政院参政，北京大学、民国大学、中国学院、河南大学教授。有《扬荷集》《山禽馀响》《泰誓决疑》。

沽上别章行严即送欧洲 二首

（一）

花时送客伤心易，乱世怀才徇俗难。
九万里风吹海立，不须辛苦望长安。

（二）

几辈相哀各自怜，一时急泪落君前。
归期倘及樱桃雨，定许风光似昔年。

蝶恋花（四首录二）

（一）

十二楼前生碧草。珠箔当门，团扇迎风小。赵瑟秦筝弹未了。洞房一夜乌啼晓。　　忍把千金酬一笑？毕竟相思，不似相逢好。锦字无凭南雁杳，美人家在长干道。

（二）

目极梁王台畔路。千里浮云，一夜西窗雨。倘使行人留得住。不辞化作长亭树。　　弹绝幺弦声更苦。红蓼花残，河水东流去。锦带吴钩携手处，小屏山上燕支暮。

木兰花慢·邺城怀古

渡黄河北去，鞭不起，古漳流。想万里风烟，三更灯火，残霸中州。封侯壮心在否？听西陵歌舞使人愁。高树闲栖乌鹊，空阶长卧貔貅。　　平畴。落日下荒丘。慷慨看吴钩。问倾泪移盘，沉沙折戟，谁记恩仇？回头。汉家宫阙，剩鸳鸯冷雉媒秋。欲唤南来王粲，为君重赋"登楼"。

胡光炜

（1888-1962）字小石，号倩尹，又号夏庐，晚号沙公。原籍浙江嘉兴，生长于南京。两江师范学堂毕业。历任北京女高师、武昌高师、西北大学、东南大学、中央大学、金陵大学教授。抗战中任白沙女师和云南大学教授。解放后任江苏政协常委、南京大学教授兼文学院院长、图书馆馆长。有《胡小石论文集》。

岳麓山中

独向深山深处行，道人拥帚笑相迎。
清丝流管浑抛却，来听山中扫叶声。

不　寐

林鸟声断夜沉沉，人事难量海浅深。
不寐开帘对残月，余光犹许照孤心。

台儿庄大捷书喜

乍有山东捷，腾欢奋九州。
不缘诛失律，安得断横流。
淮浍屏藩固，风堆早晚收。
低回思白羽，一写旅人忧。

闻柝

儿时喜寒柝，伴我读书声。
漂荡今头白，崩腾寇未平。
巴山才一夜，京国正三更。
无恙城南月，宵宵奈独行。

虞美人

故园杨柳鹅雏色。春至从谁惜？几回判待不思量。无奈开门白浪是长江。　　东风不管黄昏苦。吹起沙头雨。懒凭倦眼望归舟。更遣高云千匝掩山楼。

陈中凡

（1888-1982）原名钟凡，字玄，江苏盐城人。历任北京大学、金陵大学、东南大学、暨南大学教授。新中国成立后任江苏文史馆代馆长。有《清辉诗文集》等。

冬夜感怀

山馆春迟夜漏长，惊传鼓角感兴亡。
窥人赖有天涯月，点鬓频添塞上霜。
才短宁容忘国恤，居危枉笑富诗章。
漫漫世宙何时旦？杳杳鸡声望八荒。

1931 年 12 月

题陆秀夫遗像

飒爽枌乡陆秀夫，崖山高节照寰区。
腥风血雨身宁碎，碧海青天志不渝。
纵使君臣随逝水，忍看众庶在泥涂。
当年凭吊伶仃浦，未识先生道貌癯。

1936 年

晤蔡廷锴将军口占奉赠

眼前磊落几人豪，莽莽神州起怒涛。
国老齐临谋却虏，将军何日赋同袍？
早容黄鹤冲霄汉，岂待哀鸿彻夜号。
四海于今咸拭目，会看引手斩鲸鳌。

1937 年

闻日寇败退

从来好胜愿终违，海澨惊传一弹飞。
戎马八年随逝水，河山百战剩斜晖。
盈庭金壬俦堪忮，极目污莱胡不归？
一轨同风成泡影，伯图梦里尚依稀。

1945 年秋

李大钊

（1889-1927）中国早期的马克思主义者，中国共产党创始人之一，五四新文化运动的主将。原名耆年，字寿昌，号龟年，后改字守常，河北乐亭县人。早年就读于日本早稻田大学。回国后历任北京《晨钟报》总编辑、北大图书馆主任兼经济学教授。《新青年》编辑。与陈独秀等创办《每周评论》，积极宣传马克思主义。1919年领导了五四运动。1920年在北京组织马克思主义研究会和共产主义小组。中国共产党成立后，当选为中共中央委员，负责领导北方地区党的工作。1925年任中共北方区委书记。1927年被军阀张作霖逮捕，并英勇就义。著有《李大钊文集》。

登楼杂感（戊申）　二首

（一）

荆天棘地寄蜉蝣，青鬓无端欲白头。
拊髀未提三尺剑，逃形思放五湖舟。
久居燕市思屠狗，数见秦商学放牛。
一事无成嗟半老，沉沉梦里度春秋。

（二）

感慨韶华似水流，湖山对我不胜愁。
惊闻北塞驰胡马，空著南冠泣楚囚。
家国十年多隐恨，英雄千载几荒丘。
海天寥落闲云去，泪洒西风独倚楼。

哭蒋卫平 二首

（一）

国殇满地都堪哭，泪眼乾坤涕未收。
半世英灵沉漠北，经年骸骨冷江头。
辽东化鹤归来日，燕市屠牛漂泊秋。
万里招魂竟何处？断肠风雨上高楼。

（二）

龙沙旧是伤心地，凭吊经秋只劫灰。
我入平山迟一步，君征绝塞未曾回。
玉门魂返关山黑，华表人归猿鹤哀。
千载胥灵应有恨，不教胡马渡江来。

【注】

蒋卫平，河北滦县人。1911年在黑龙江参与边界谈判调查时被沙俄杀害。

由横滨赴春申，太平洋舟中作

浩渺水东流，客心空太息。
神州悲板荡，丧乱安所及？
八表正同昏，一夫终窃国。
黯黯五彩旗，自兹少颜色。

逆贼稽征讨，机势今已熟。

义声起云南，鼓鼙动河北。

绝域逢知交，慷慨道胸臆。

中宵出江户，明月临幽黑。

鹏鸟将图南，扶摇始张翼。

一翔直冲天，彼何畏荆棘。

相期吾少年，匡时宜努力。

男儿尚雄飞，机失不可得。

杜国庠

（1889-1961）广东澄海人，历史学家，北京大学教授。民
国初年与彭湃、李春涛先后从日本回到北京教书，倾向革命，组
织"赭庐"俱乐部。彭湃1921年在京入党后回广东海丰发动农民
运动，李、杜于1924年离京到广东潮汕参加民主革命。

吴淞夜泊

风雨凄凄夜泊舟，吴淞港外几帆愁。
心伤野岸玄黄血，肠断江声呜咽流。
边塞祇今烽火急，中原何日鼓鼙收。
明朝解缆应惆怅，惨淡芦花满地秋。

1915 年

夜　坐

宵寒嗟不寐，起坐对明河。
春意天涯浅，雁声客里多。
茅茨忧社稷，宇宙隘干戈。
壮志偕谁语，殷勤拂太阿。

1915 年

梅贻琦

（1889-1962）字月涵，天津人，物理学者，教育家。1904年南开中学第一期学生，与周恩来交往甚密。1931-1948年任国立清华大学校长，后去台湾。

赠顾毓琇

君四十三我五三，生逢土纪爱丘山。
点苍雪浅攀登易，长白云低望见难。
老去当知安静止，兴来浑忘倦飞还。
终南未远君犹健，不到中峰莫驻看。

1942 年

和顾毓琇

敢言程雪与春风，困学微忱今昔同。
廿载切磋心有愧，五年漂泊泪由衷。
英才自是骅骝种，佳果非缘老圃功。
最忆故园清绝处，堂前古月伴孤松。

李奎耀

（生卒年不详）字寿先，天津人，1927年任清华大学国文教授，有诗存于《吴宓诗集》。

吴宓《西征杂诗》一卷题词

只计长安不计程，天寒风雪赋西征。
省亲意重轻离别，爱友情深共死生。
路阅三千增异感，诗成五百谱新声。
奇才至性如君少，愿请骚坛一主盟。

1927 年

欧阳予倩

（1889-1962）原名立袁，号南杰，湖南浏阳人。现代戏剧家，京剧表演艺术家。早年留学日本，归国后倡导新剧运动，并自编自演新京剧。与梅兰芳有"南欧北梅"之称。解放后曾任中国文学艺术界联合会副主席、中国戏剧家协会副主席、中国舞蹈工作者协会主席、中央戏剧学院院长、全国政协委员、全国人大代表。创作话剧和戏剧本四十余部。有《欧阳予倩选集》。

呈蔷翁句

画阁灯明紫雾笼，愧题姓字碧纱中。
久知梅二前欧九，今遣殷生接庾公。
万事为桊成杞柳，孤怀因凤种梧桐。
当初便有绵绵思，阅尽沧桑槛外风。

又一首

冰雪催梅放，先春江水香。
许将弦上意，为诉客中肠。
湘水流无极，燕云黯不阳。
相逢应一笑，惟与溯洪荒。

赠畹华

我是江南一顽铁，君如郑雪铸洪炉。
不烦成败升沉感，许共瑜珈证果无。

翁文灏

（1889-1971）字咏霓，浙江人，中国现代石油地质学开拓者。1912年获比利时鲁汶大学地质学博士，1916年入北洋政府农商部地质调查所，后任所长并兼任北京大学、清华大学教授，曾为清华地质学系主任、代理校长。1948年任行政院长，从而被列入国民党战犯名单，1951年从海外返回北京，1954年经周恩来总理提名任全国政协委员。著有《地质学讲义》《中国矿产志略》等，有《翁文灏诗集》存世。

追念丁在君先生四首 （录二）

（一）

携斧曾经汗漫游，西南山谷最清幽。
碧鸡金马云南路，漓水藤滩黔外州。
霞客遗踪追绝域，粤湾车路达江流。
搜罗多少详图籍，整理端须仔细求。

（二）

一代真才一世师，典型留与后人知。
出山洁似在山日，论学诚如论政时。
理独存真求直道，人无余憾读遗辞。
赤心热力终身事，此态于今谁得之。

1936 年

黄 濬

（1890-1937）字秋岳，号哲维、聆风簃主，福建闽侯人。北京译学馆毕业，奏奖举人，历任陆军部七品京官、交通部法规编纂员荐任秘书、署财政部参事、荐任佥事、行政院秘书等。工诗，著有《花随人圣庵摭忆》《聆风簃诗》。

三月十日钓鱼台禊集赋呈弢庵太保

遗台松栝未荒残，天畀耆臣葆岁寒。
春水已饶濠上趣，飞亭兼得翠微看。
极知旧学关元气，犹及芳辰接冷欢。
怅触灵源最佳处，廿年前事记凭阑。

杨振声

（1890-1956）字今甫，山东蓬莱人，文学家。1919年毕业于北京大学，后留学美国。回国后任教北京大学、燕京大学等校。1945年后，任北京大学教授、中文系主任。出版有《杨振声选集》。

叠茶字韵

到处为家不是家，陌头开遍刺桐花。

天涯无奈相思渴，细雨疏帘酒当茶。

1941 年

黄 复

（1890-1963）字娄生，号病蝶，又号晏生，江苏吴江人。史学家。清末曾任国史馆总校。1914年加入南社。1917年再赴京，历任清史馆协修、北京市文献研究会秘书长。后在北京教私塾多年，参加秭园、蛰园等诗社。1951年7月被聘任为中央文史研究馆馆员。著有《须曼那室杂著》《须曼那室长短句》等。

酒社第三集

举杯本为销忧计，剧醉殊嫌我未能。
早岁壮游频汗漫，秋时病骨更峻嶒。
磨牙豺虎环相逼，得意鸡虫总自矜。
莽莽九州艰一骋，还从酒国结良朋。

1915 年

次韵和大觉

草堂无恙客重来，说剑谈兵又几回。
尘网千重多变态，乡居百咏有余哀。
寻盟结社交非偶，选色谈空志未灰。
强引离杯同一醉，苍茫微抱为君开。

1916 年

送大觉归东江，并约重见之期，
中心多感，不自知其辞之凄怨也

身世浑匆促，能消几别离。
故人竟濩落，时事况艰危。
气向闲中损，诗从劫后奇。
衔觞申后约，秋到定相随。

1916 年

赠亚子

海内文章伯，清流世所宗。
狂名满天地，古谊郁心胸。
哀乐身将老，风尘道未穷。
使君豪致在，有子更如龙。

1916 年

陈寅恪

　　（1890-1969）江西修水人。陈三立之子。古典文学研究家、著名史学家。曾留学日、欧、美、德。历任清华、西南联大、岭南、中山大学等校教授。中央文史研究馆副馆长、中国科学院哲学社会科学部学部委员、全国政协常委。有《隋唐制度渊源略论稿》《唐代政治史述论稿》《元白诗笺证稿》《柳如是别传》等。

挽王静安先生

敢将私谊哭斯人，文化神州丧一身。
越甲未应公独耻，湘累宁与俗同尘。
吾侪所学关天意，并世相知妒道真。
赢得大清干净水，年年呜咽说灵均。

1927 月 6 月

残春 (二首录一)

家亡国破此身留，客馆春寒却似秋。
雨里苦愁花事盛，窗前犹噪雀声啾。
群心已惯经离乱，孤注方看博死休。
袖手沉吟待天意，可堪空白五分头。

1938 年 5 月

蓝霞一首

天际蓝霞总不收，蓝霞极目隔神州。
楼高雁断怀人远，国破花开溅泪流。
甘卖卢龙无善价，惊传戏马有新愁。
辨亡欲论何人会，此恨绵绵死未休。

1938 年 5 月

庚辰元夕作时旅居昆明

鱼龙灯火闹春风，仿佛承平旧梦同。
人事倍添今日感，园花犹发去年红。
淮南米价惊心问，中统银钞入手空。
念昔伤时无可说，剩将诗句记飘蓬。

1940 年

乙酉八月十一日晨起闻日本乞降喜赋

降书夕到醒方知，何幸今生见此时。

闻讯杜陵欢至泣，还家贺监病弥衰。

国仇已雪南迁耻，家祭难忘北定时。

念往忧来无限感，喜心题句又成悲。

1945 年春

【注】

北定时，丁丑八月先君卧病北平，弥留时犹问外传马厂之捷确否。

张治中

（1890-1969）字文白，安徽巢县人。曾任国民党军上将、湖南省政府主席、新疆省政府主席等。新中国成立后曾任全国人大常委会副委员长。

挽张自忠将军

裹草沙场骨尚温，捐糜顶踵为生存。
黄河浩荡流奇气，襄水斑斓洒血痕。
风雨中原恢汉土，衣冠此日认黄孙。
忠贞已是昭千载，我欲狂歌民族魂。

1940 年 5 月

高崇民

（1891-1971）辽宁开原人。1921年在北平创办《崇言报》，后又创建"东北救亡总会"，参加发起西安事变。1946年加入共产党，曾任东北人民政府副主席，全国政协副主席。

矢志报中华

埋头誓苦干，矢志报中华。
愿学文天祥，愿为史可法。
尽此心与力，不顾身与家。
收复东北日，把酒话桑麻。

七绝二首 <small>（录一）</small>

石马铜驼慷慨多，英雄出处撼山河。
书生也有从军志，朝舞龙泉夜枕戈。

竺可桢

（1890-1974）字藕舫，生于浙江上虞，气象、地理学家。我国现代气象事业创始者。新中国成立后历任全国人大常委，中国科学院第一任副院长，中华全国科学技术协会副主席，中国科学院生物学地学部主任，中国科学院综合考察委员会主任，中国气象学会名誉理事长，中国地理学会理事长。

悼侠魂 二首

（一）

生别可哀死更哀，何堪凤去只留台。
西风萧瑟湘江渡，昔日双飞今独来。

（二）

结发相从二十年，澄江话别意缠绵。
岂知一病竟难起，客舍梦回又泫然。

1938 年

王伯祥

（1890-1975）名钟麒，号容安，江苏吴县人。现代历史学家、文学家。早年留学日本，加入同盟会。五四时期任教于北京大学中文系。后任商务印书馆、开明书店编辑。新中国成立后任中国社会科学院文学研究所研究员，全国政协委员，中国史学会理事。编著有《唐诗选》《四库全书总目》《二十五史补编》等。

开明二十周年献词[①]

辛未之冬，室罹倭烽。
荡然无归，越居沪东。
开明见招，勉以同功。
窃不自揆，亦而奋庸。
荏苒岁月，十五年中。
拾遗补阙，靡役弗从。
同仁过爱，始迄交融。
专业见委，不敢怠封。
籀典辑史，甘老蠹从。
陈编时出，亦颇自雄。
抗战间作，四海辍舂。
九省鼎沸，摇簴倾钟[②]。
长夜不旦，道远任重。
行者居者，分涂折中。
八载以还，终见州同！

心均迹异，幸守厥宗。

新知旧雨，遂合云踪。

廿周纪念，盛会适逢。

抚今追昔，能无愧功！

所愿一德，共矢靖恭。

安不忘危，乐岁备凶。

相成相须，明快从容。

庶几永保，开明之风。

【注】

①开明，即开明书店，该店1926年8月始建于上海。主要出版当代文学作品和青年读物等。1953年与青年出版社合并，组成中国青年出版社。

②簴，是古代支撑乐器横架的立柱。

陈衡哲

（1890-1976）女，字乙睇，笔名莎菲，生于江苏武进，历史学家，文学家。1920年被聘为北京大学教授，亦曾任职于商务印书馆。著有《衡哲散文集》等。

月

初月曳轻云，笑隐寒林里。
不知好容光，已映清溪底。

1916 年

风

夜间闻敲窗，起视月如水。
万叶正乱飞，鸣飙落松蕊。

刘半农

（1891-1934）原名寿彭，改名复，号曲庵。江苏江阴人，文学家，语言学家，五四新文化运动的积极参加者，1920年赴欧留学，1925年回国后任北京大学国文系教授。著有《扬鞭集》《刘半农诗选》。

呜呼三月一十八

呜呼三月一十八，北京杀人如乱麻。民贼大试毒辣手，半天黄土翻血花。晚来城廓啼寒鸦，悲风带雪吹飔飔。地流赤血成血洼。死者血中躺，伤者血中爬。呜呼三月一十八，北京杀人如乱麻！　呜呼三月一十八，北京杀人如乱麻。养官本是为卫国，谁知化作豺与蛇。高标廉价卖中华，甘拜异种作爹妈。愿枭其首籍其家。死者今已矣。生者肯放他？呜呼三月一十八，北京杀人如乱麻！

【注】

1926年3月18日，段祺瑞政府对北京请愿群众开枪镇压，制造了流血事件，史称"三·一八"惨案。

曹经沅

（1891-1946）字香蘅，别署宝融，四川绵竹人。官礼部主事。民国成立后，历任北京政府内务部参事、行政院参事、立法院委员等职。善诗工书。主编《国大周刊》，有《借槐庐诗集》。

钓鱼台谒螺江师 二首

（一）

背城幽筑占鸥乡，绝胜佳山万柳堂。
恋阙近依天咫尺，垂缗宛在水中央。
莺花故国思韦杜，濠濮清游契惠庄。
函夏只今尊一老，年年盛事续流觞。

（二）

朝回花下散鸣驺，独乐襟期与古侔。
佳日携朋仍野服，故乡听水有高楼。
鉴湖新拜官家赐，泮藻重赓绮岁游。
物外竟容陪画舫，十年深愧药笼收。

刘文典

（1891-1958）原名文聪，字叔雅，生于安徽合肥。1907年加入同盟会，1908年赴日本早稻田大学学习，后任孙中山秘书处秘书。1917年后在北京大学任教十年，曾担任《新青年》英文编辑，1929年任清华大学中文系教授、主任。1937年北平沦陷，拒绝出任伪职，1943年之后受聘到云南大学任教。出版有《刘文典全集》。

过奈良吊晁衡

当年唐史著鸿文，怜汝来朝读典坟。
渤国有知应念我，神州多难倍思君。
苍梧海上沉明月，嫩草山头看碧云。
太息而今时事异，不修政教但兴军。

1913 年

有　感

故国飘零事已非，江山萧瑟意多违。
乡关烽火音书断，秘阁云烟典籍微。
岂有文章千载事，更无消息几时归。
兰成久抱离群恨，独立苍茫看落晖。

1938 年

天兵西

雪山万尺点苍低，七萃军声散马蹄。
海战方闻收澳北，天兵已报过泸西。
春风绝塞吹芳草，落日荒城照大旗。
庾信生平萧瑟甚，穷边垂老听征鼙。

1944 年

胡 适

（1891-1962）字适之，安徽绩溪人，学者，新文化运动倡导者之一。1917年任北京大学教授，1924年为清华大学筹备委员，1938年任国民政府驻美大使，1946年任北京大学校长，后移居台湾。著有《胡适文存》《胡适诗存》等。

临江仙

隔树溪声细碎，迎人鸟唱纷哗。共穿幽径赴溪斜。我与君拾葚，君替我簪花。　　更向水滨同坐，骄阳有树相遮。语深浑不管昏鸦。此时君与我，何处更容他。

1915 年

沁园春·生日自寿

弃我去者，二十五年，不可重来。看江明雪霁，吾当寿我；且须高咏，不用衔杯。种种从前，都成今我，莫更思量莫更哀。从今后，要那么收果，先那么栽。　　宵来一梦奇哉，似天上诸仙采药回。有丹能却老，鞭能缩地，芝能点石，触处金堆。我笑诸仙，诸仙笑我，敬谢诸仙我不才。葫芦里，也有些微物，试与君猜。

1916 年 12 月 17 日

沁园春·誓诗

　　更不伤春，更不悲秋，以此誓诗。任花开也好，花飞也好，月圆固好，日落何悲？我闻之曰："从天而颂，孰与制天而用之？"更安用为苍天歌哭，作彼奴为！　　文章革命何疑！且准备搴旗作健儿。要前空千古，下开百世，收他臭腐，还我神奇。为大中华，造新文学，此业吾曹欲让谁？诗材料，有簇新世界，供我驱驰。

1916 年 4 月

百字令·太平洋舟中见月有怀

　　几天风雾，险些把月圆时光辜负。待得他来，又还被如许浮云遮住。多谢天风，吹开明月，万顷银波怒。孤舟载月，海天冲浪西去。　　念我多少故人，如今都在明月飞来处。别后相思如此月，绕遍地球无数。几颗疏星，长天空阔，有湿衣凉露。低头自语："吾乡真在何许"？

1917 年 7 月

朋友篇 （寄怡荪、经农）

粗饭还可饱，破衣不算丑。

人生无好友，如身无足手。

吾生所交游，益我皆最厚。

少年恨污俗，反与污俗偶。

自愧六尺躯，不值一杯酒。

倘非朋友力，吾醉死已久。

从此谢诸友，立身重抖擞。

去国今七年，此意未敢负。

新交遍天下，难细数谁某。

所最敬爱者，也有七八九。

学理互分剖，过失赖弹纠。

清夜每自思，此身非吾有：

一半属父母，一半属朋友。

便即此一念，足鞭策吾后。

今当重归来，为国效奔走。

可怜程（乐亭）郑（仲诚）

张（希古），少年骨已朽。

作歌谢吾友，泉下人知否？

1917 年 6 月 1 日

吴蔼宸

（1891-1965）原名矿，以字行，福建闽侯人。历任北洋政府内务部秘书，汉口特区管理局第一任局长，河北省省长公署顾问，新疆省政府高等顾问，驻苏联布拉哥、海参崴总领事，为外交部驻川康特派员，兼任燕京、华西大学教授，国民政府外交部顾问。新中国成立后任欧美同学会总干事。1958年5月被聘任为中央文史研究馆馆员。编有《历代西域诗抄》，著有《求志庐诗》。

书　愤

古井谁知亦有波，胡僧重到费词多。
卞和抱璞甘遭刖，子野工文自足诃。
丹纵可磨难灭赤，鲫如能代岂须螺。
书生书愤胥何用，眼底云烟付醉哦。

赤崁楼谒郑延平郡王遗像

一代遗臣百战功，丰姿冠玉足儒风。
明楼独据台南胜，智井犹传阁外通。
母烈儿奇天有意，国亡祚续史无同。
登临触我沧桑感，乍复河山痛定中。

新疆杂咏

1932 年 11 月余将有新疆之行。

此身早许探穷荒，道阻迢迢露作霜。
逐队明驼行朔漠，惊寒旅雁断斜阳。
桃源未至喧鸡犬，棠荫长依任海桑。
别矣无为儿女态，归来试比鬓毛苍。

和刘泗英喜闻敌无条件投降原韵

闻胜雷欢动北城，受降雨泣遍东京。
休言怪弹分成败，还仗雄师事讨征。
爆竹终宵心曲乱，桃符比户眼中明。
书生别有忧时感，何日承平许退耕。

罗介丘

（1891-1981）曾用名罗猎，湖南邵阳人。毕业于北京朝阳大学法律科。在北京入学时，参加五四运动。1929年后先后任职于山东、安徽、湖南、湖北、重庆财政部门。新中国成立后，在财政部税务总署秘书室工作。1951年7月被聘任为中央文史研究馆馆员。著有《罗介丘诗词稿》。

呈柳亚子先生和刘雪耘（年鹏）赠诗元韵

南社吟坛未可休，都门聚首试重谋。
迎春故苑来今雨，得意新词念昔游。
风骨人如香岭画，文章派衍柳州流。
铁函心史前朝事，我抱残编归羿楼。

戊戌变法蒙难诸君子六十周年公祭

百年流血层云碧，酿得惊人十月雷。
运转维新周甲子，气通革命两辛亥。
秋风一夜翻朝局，西市无天哭旷才。
今日未枯南海泪，大同世界眼前来。

挽陈紫纶（云诰）太史

开国以来同适馆，频亲教益耿难忘。

高龄九十辞盈算，大笔无双压满堂。

盛贡能传陈正字，词林顿失鲁灵光。

嗟余病榻空弹泪，北塔朝阳吊未遑。

王之相

（1891-1985）字叔梅，辽宁省绥中县人。曾任东北大学教授，解放后，任中央人民政府法制委员会委员等职。

出　狱

狱内浑忘节序更，针毡岁月使人惊。
卖花声里拘来后，听罢爪声又枣声。

1942 年

宋春舫

（1892-1938）浙江吴兴人，王国维的表弟，剧作家，戏剧理论家。曾任北京大学、清华大学教授。有诗见于《清华周刊》。

自题《海外劫灰记》

去国曾为汗漫游，人间无地寄浮鸥。
病春病酒年年事，听雨听风处处秋。
花草三生余旧梦，管弦乙夕是长愁。
征衫涕泪淋浪遍，悔著新书付校雠。

1917 年

伤　时

怅望乾坤患气多，伤心寂寞故山河。
中原伏莽窥周鼎，外虏连衡迫楚歌。
安得祖生鞭竞着，更无延广剑空磨。
与君忍住新亭泪，待旦端应共枕戈。

1918 年

王冷斋

（1892-1960）原名王仁则，字若璧，别号乌石山人。笔名冷公。福建闽侯人。清宣统三年（1911年）参加辛亥革命。1916年毕业于保定军官学堂。次年张勋复辟，参与讨伐。自1918年至1927年，初任亚东通讯社总编辑，后创办远东通讯社和《京津晚报》。1928年参加北伐。1936年任河北省第三区行政督察专员兼宛平县长。卢沟桥事变爆发，曾参加与日军的谈判。抗战胜利后审判日本战犯，曾赴东京出庭作证。新中国成立后，被聘任为北京市文史研究馆副馆长。任全国政协委员。1951年12月被聘任为中央文史研究馆馆员。著有《卢沟桥事变始末记》《卢沟桥抗战纪事诗》《咏史诗草》《鸡肋草》《元音草》。

国魂 （为五月四日学生运动作）

巴黎和会开，胶澳问题出。
东邻肆吞噬，视作囊中物。
专使力争持，折冲终不屈。
列国袒强权，公理全泯灭。
枢府惟善邻，权衡昧得失。
都门起学子，高呼求自决。
五月四日晨，万人同集结。
整队天安门，一声令出发。
韶年有志士，断指濡腥血。
大书还青岛，鲜红旗高揭。
夹道众欢呼，参加壮行列。

激昂撼山岳，慷慨吞胡羯。

先经交民巷，陈辞感使节。

再抵赵家楼，群情更热烈。

破户复逾垣，厅堂毁陈设。

章惇伤臂遁，曹瞒割须逸。

忽然火焰起，枪刺围严密。

顷刻乱纷纭，军民互驰突。

生徒十九人，被捕羁囚室。

一群原赤手，支离遂奔轶。

吾闻古太学，忧时心急切。

痛哭辄叩阍，救亡甘伏锧。

正气久沉沦，今朝方继绝。

壮哉中国魂，从兹日蓬勃。

1917 年

卢沟桥抗战纪事诗 (五十首录四)

(一)

报国歼仇正此时，纷纷将士尽登陴。
十年我亦曾磨剑，安敢军前后健儿。

(二)

燃犀一照已分明，容忍都因在弭争。
得寸翻教思进尺，更凭强力迫开城。

(三)

挟持左右尽弓刀，谁识书生胆气豪。
谈笑头颅拼一掷，馀生早已付鸿毛。

(四)

脱身单骑纵归来，未格蛮心尚费猜。
激励三军坚壁垒，任教强敌也难摧。

1937 年

〖中华诗词存稿·地域专辑〗

中华诗词学会 编

北京诗词选

现当代·上

（二）

张桂兴 主编

中国书籍出版社

China Book Press

目　　录

蔡竞平

（1892-1962）名正，字竞平，浙江吴兴人，经济学家，实业家。清华学校1915年毕业，后留学美国获经济学硕士，回国后曾先后执教于复旦、清华等校。

春　雪

年来心事太无聊，对此缤纷别思迢。
春雪已非冬雪景，今年犹是昨年韶。
昙花一现空凭吊，前事重提壮志消。
高洁那堪强弩末，并将遗恨寄胥潮。

1916 年

冯复光

（1892-1966）字述先，号蛰庐，笔名柳湖，河北霸县人。五四运动时，曾代表天津学生会参加上海全国学生联合会，又代表全国学生联合会向北京总统府请愿。1924年曾加入"文学社"。任湖北省教育厅助理秘书，山东省立剧院特约编辑，内蒙古伊克昭盟扎萨克旗蒙政会汉文秘书。1957年4月被聘任为中央文史研究馆馆员。著有《荒野诗稿》。

蛰　庐

国都南迁，别号"蛰庐"自此始。

秋老百花随序改，漫收诗卷蛰荒村。
任教红豆生南国，肠断西风白下门。

萧关道上

河流大野日衔山，身似飘蓬意转闲。
梦里谁知老夫婿，黄尘漠漠过萧关。

献唐为《西山话雨图》题句

残山剩水画图中，苦雨凄风感慨同。
话到夜深人两个，百年心事一灯红。

与石僧画红叶题句

春秋佳日喜山行，别有风光览物情。
谁把丹心比红叶，经霜颜色更分明。

林则徐

西南西北鸿泥爪，万里殊途罪以功。
浮海长烟敌势措，千秋民族论英雄。

瞿宣颖

（1892-1970）别名益锴，字兑之，号蜕园。湖南长沙人。上海复旦大学文学士。历任国务院秘书、国史馆编纂处处长、印铸局局长、河北省政府秘书长，先后在天津南开大学、北平师范大学、燕京大学等校任教授。著有《方志考稿》甲集六编、《长沙瞿氏家乘十卷》《中国骈文概论》《补书堂诗》《汉魏六朝赋选》等。

钓鱼台 二首

（一）

风舸宸游事已非，钓台精舍隐芜莱。

高风千古李钦叔，访古何人更爱才。

（二）

上陵驻跸小洄沿，潇碧澄漪四照妍。

一任宫帘虫网络，自从同治十三年。

蔬酌吟 (四首录一)

无肠公子不至，负腹将军说降。
垂脚莫轻侯景，断头几见王双。

送汝捷度陇

黄河一带绕边墙，云水参差驿树苍。
今日征车行枕席，古来战垒尽耕桑。
名园仕女春如绣，乐府歌词句有香。
朝暮皋兰山入望，等闲归梦落江乡。

郭沫若

（1892-1978）原名开贞，号尚武，笔名沫若，四川乐山人。著名历史学家，剧作家、考古学家、古文字学家。早年留学日本，曾与郁达夫等在日本成立创造社。回国后创办《创造》季刊。1926年参加国民革命军北伐，曾任北伐军总政治部副主任。1927年参加南昌起义，同年加入中国共产党。1928年旅居日本，1937年回国参加抗战，曾任《救亡日报》社长、国民政府军事委员会政治部第三厅厅长和文化工作委员会主任。新中国成立后，曾任中央人民政府政务院副总理、中国科学院院长、全国人大常委会副委员长、全国政协副主席等职。著有《郭沫若文集》《郭沫若诗词集》等。

又当投笔 (归国杂吟之二)

又当投笔请缨时，别妇抛雏断藕丝。
去国十年余泪血，登舟三宿见旌旗。
欣将残骨埋诸夏，哭吐精诚赋此诗。
四万万人齐蹈厉，同心同德一戎衣。

感时 (录一)

龙战玄黄历有年，望诸罢后尚思燕。
匪缘鸟尽兔烹早，但见鸡鸣狗盗先。
白帝城边星殒雨，黄金台畔草含烟。
苍茫北望依南斗，大火流天色正鲜。

抗日抒怀 (录二)

七七卢沟卷大波，关头最后剑新磨。
休将委曲重相问，除却惩膺更有何？
气作银虹穿白日，人擐金甲护黄河。
今朝毕见雄狮醒，举国高扬抗战歌。
四亿人群气度雄，族于尽孝国于忠。
赴汤蹈火寻常事，拨乱扶危旷代功。
泪血洒渝天日白，肺肝涂染大江红。
纡筹自古哀兵胜，扫荡妖氛仗烈风。

蝶恋花·赠杜老夫人

万里关河烽燧绕，胡骑虽深，胜利前途好。
几见熏风摇碧草，南来宾雁知多少？　　石化珊
瑚成绿岛，海底潜蛟，海上神鹰跃。鹊架星桥多
一道，三塘古木逢人笑。

1939 年

田名瑜

（1892-1981）字个石，湖南凤凰人，苗族，诗人。早年参加南社，加入中国同盟会，后任《沅湘日报》总经理兼编辑，其后多次在军事或政府机关工作，担任过县长、中小学教员、校长等职务。1951年被聘任为中央文史研究馆馆员。著有《忍冬斋诗文集》《思庐诗集》《悔红词》《田名瑜诗词选》等。

南山云日晃漾，山意可亲，有作

白云捉山头，山昂不肯俯。
日角破云出，飞翠落庭户。
苍然秀可餐，静对颉无语。
我本山中人，失足坠官府。
浮沉斗食里，人或吓腐鼠。
山乎不用招，会当来就汝！

1920 年

柳亚子先生以《乐国吟》三十五首索和，依题次韵，甚歉然未有是处也 (录一)

次《题西园雅集第二图》韵

如此江山独奈何，浮生变乱饱经过。
垂垂孤抱逐年减，盎盎醉颜长日酡。
常叹竖儒高阁束，每思猛士大风歌。
中原忍见陆沉去，辛苦刘琨尚枕戈。

1922 年

从文自北平还，晤于沅陵

匆促十年嗟易别，不期沅上一帆归。
君身壮健尤堪慰，吾道艰难岂意非。
此日奚宜饮醇酒，孤心正自恋初衣。
如何又说长安去，念我空山未掩扉。

1930 年

蕙兰芳引·丙戌季春自鄂还湘。
劫后城郭，萧瑟凄目，然幸非感于
《麦秀》之歌也

车住晚春，问归燕，又巢谁屋。遍塞径蓬蒿，
零瓦断垣翳目。骑经寇躏，怕尚有，血侵遗镞。
此废池眢井，似触芜城残蹢。　　太傅祠空，湘
王台破，苦冷飞鹕。应呼起国魂，重使楚兰孕馥。
江南关北，奈多变局。无限愁、三见海田桑绿。

1946 年

齐天乐·次韵星叔《灯下补词图》

檐芽系月珠圆小，盈盈数番亲照。白首传经，
青衫写恨，犹幸灯知微抱。江湖倦了。岂如此奇才，
屈教空老。怒马中原，缺瓯孰与仗完好。　　归
田似嫌太早。算题襟画壁，惊世鳞爪。玉局铜琶，
凉州羯鼓，尽换无端啼笑。重怜补稿。看拔剑屠龙，
倚天长啸。耿耿孤心，独吟支到晓。

赵元任

（1892-1982）字宣仲，号重远，江苏武进人，生于天津，中国现代语言学和现代音乐学先驱。1909年留学美国，先后获得数学学士、哲学博士学位。1920年回国执教清华学校物理、数学和心理学课程，1925年为清华国学院导师，后加入美国国籍。著有《语言问题》《中国话的文法》等。

应杨杏佛索《科学》稿诗句"寄语赵夫子，《科学》要文章"

自从老胡来，此地暖如汤。
科学稿已去，夫子不敢当。
才完就要做，忙似阎罗王。

何孟雄

（1893-1931）革命烈士，湖南酃县人。1922年加入共产党。早年参加李大钊等组织的"亢慕义斋"以及北平马克思主义学说研究会的活动，积极宣传革命并参加领导工人运动，为早期工人运动领导人之一。曾领导京绥铁路车务工人大罢工，创建京绥铁路工会。后任湖北省委组织部长等。1931年在上海被捕，在龙华就义。

狱中题壁

当年小吏陷江州，今日龙江作楚囚。

万里投荒阿穆尔，从容莫负少年头。

【注】

狱中题壁，即1922年作者赴苏联，曾被奉系军阀逮捕入狱。

王震异

（生卒年不详）山西晋阳人。曾任20年代北平马克思主义研究会书记部书记，工诗词，所作《金台吟草》，一时脍炙人口。

金台吟

幽燕北大五人组，共济同舟气若兰。
野火朔方焚旧阀，鲲鲸南服卷狂澜。
滔滔江汉棋枰险，莽莽海疆战斗艰。
闻道潜师子午谷，空山一战震人寰。

张祖馥

（1893-1967）号纫兰，江苏铜山人。女词人。初读家塾，继入扬州女子公学师范班，学习新学。曾做家庭教师，与兄合办毛巾厂和制胰厂。1916年赴京与刘馥结婚。后随之赴沈阳。九一八事变后，至北平、南京宣传抗日。1937年返回北平闲住，专研词学。1953年5月被聘任为中央文史研究馆馆员。著有《梅花仙馆诗稿》《瀚碧轩词稿》《春冰集词稿》。

临江仙

移得松林烟盖翠，画楼遥对西东。万人空巷口呼嵩。会真千载遇，影在百花中。　　灯火琉璃城不夜，翻来历史谁同。试听飞下一声钟。太平天外曲，俯视白云峰。

熊庆来

（1893-1969）字迪之，生于云南弥勒县，数学家，教育家。1926年应聘到北平参加创办清华大学算学系，1928年任系主任，1931年代理清华大学理学院院长，创办清华算学系研究部，招收第一名研究生陈省身，同年发现并破格培养华罗庚。1949年参加巴黎联合国文教科学组织大会，会后留居法国。1957年毅然回国，任中国科学院数学研究所研究员、函数论研究室主任。"文革"中被迫害致死。

民国二年将出国，有戚人赵氏劝祖母止吾行

祖母爱孙爱不溺，出言明达警姻戚。

乘风破浪是前程，起舞正期效祖逖。

1913年

叶　麐

（1893-1977）字石荪，四川古宋县人。北京大学毕业，1930年被聘为清华大学心理学教授。著有《雍园词钞》。

眼儿媚　二首

（一）

东风几度唤春回，红著玉梅枝。今年又是，去年模样，想念伊时。　　萋萋芳草湖边路，梦眼见娇姿。绿杨树底，碧桃花侧，可起相思。

（二）

藤花转眼复葳蕤，庭草上阶墀。春光如此，年华如彼，何忍差池。　　遥遥寄语江南燕，为我道相思。芙蕖开候，菱香散后，我正迟伊。

1932 年

水龙吟　二首

（一）

几多密意柔情，谁能尽付东流水？神飞故国，魂萦闾巷，闲中滋味。旧日京华，林园胜处，正堪栖止。奈异言殊服，奇风别俗，生将我，心迁徙。　　惟有从今弃置，置前情、遗忘墟里。侬怀郁抑，君襟凄黯，何须追悔。人世飘浮，早经惯习，命轻于纸。只深深暗祝，娴都淑女，作阿侬替。

（二）

数年侣伴光阴，如何便尔相抛弃。里昂旅寄，莎乌游迹，尚来心底。更有华年，一生春日，我卿同系。况悲欢几历，心期曾共，回思处，能忘未？　　休说身留异地，待些时、爱同乡里。深沉悔恨，任卿孤独，使卿憔悴。当惜馀年，晴明风雨，交相依倚。愿轻躯化作，车前弱草，阻行人驷。

1933 年

顾颉刚

（1893-1980）字铭坚，江苏苏州人。著名史学家。中国现代民间文艺研究家，是中国现代文艺家、中国民俗学的科学开拓者之一，在民歌、传说、神话、民间风俗等方面的整理和研究有杰出成绩。先后在北京、厦门、广州、昆明、成都、上海等地的大学任教。新中国成立后任中国科学院历史研究所研究员、全国文联委员、中国民间文艺研究会副主席、全国人大代表、全国政协委员。出版有《吴歌甲集》《古史辨》等。

津浦道中

荒岸列寒柯，天风拥客过。
长车走遥夜，斜月照黄河。
道坦惊神斧，流危听鬼歌。
探源星宿海，我欲指深波。

1912 年

城楼晚眺

极目凭高望，秋光晚更赊。
丹枫林下醉，黄菊隔篱斜。
远岫迷归雁，寒潭浸晚霞。
苍松烟锁处，隐隐二三家。

双双燕·怀人

　　晴光照幕，看柳叶风前，乱飞影子。三秋一日，真到三秋奚似。况隔津门云水，纵极目天涯未是。遥怜独处深闺，今夜药炉暖未？　　怕见零花落卉，奈苦祝春回，春还无语。悲欢凭主，敢怨天公薄与。欲待安排归后，又去就都难自处。几时同到春明，笑说当年负汝？

1917 年 11 月

沈鹏飞

（1893-1983）别号云程，著名林学家、林业教育家。1917
年清华学校毕业留美。学成归国，曾先后执教于广东农专、北京
农业大学等校。先后被任命为中山大学森林系主任、农学院院
长、事务管理处主任，代行校长职务。有诗见于《清华周刊》。

送黄君叔巍赴美留学 二首

（一）

烽烟匝地漫神州，挥手送君作远游。

蒿目时艰空有恨，伤心国变不胜愁。

圆明寂寂无春色，宫殿离离禾黍秋。

荆棘载途余落日，不堪回首任淹留。

（二）

江淹情别自黯然，那堪重抚伯牙弦。

万里乘风宗悫志，几人先着祖生鞭。

故乡戎马归何地，异国风波任蔓延。

极目前途多涕泪，临歧分袂各风烟。

1916 年

郭绍虞

（1893-1984）江苏苏州人，语言学家，文学家。1919年任
《北京晨报》副刊特约撰稿人，1927年任燕京大学国文系教授，
曾任系主任和国学院导师。著有《中国文学批评史》等。

题《宋诗话考》效遗山体 (录二)

叶梦得《叶林史话》

随波截流与同参，白石沧浪鼎足三。
解识蓝田良玉意，那关门户逞私谈。

拙著《宋诗话辑佚》

钩沉集腋到骚坛，比迹玉函成鼠肝。
若使葑菲堪采撷，可能换骨有灵丹。

1939 年

邓中夏

（1894-1933）湖南宜章人，革命烈士。20年代曾参与李大钊等组织的"亢慕义斋"和北京大学马克思主义研究会的活动，积极宣传革命。参加领导了五四运动，曾任中国劳动组合书记部主任，参加领导了二七大罢工、开滦煤矿工人大罢工、京汉铁路工人大罢工。后任江苏、广东省委书记，红二军团政委。1933年在上海被捕，在南京雨花台英勇就义。

过洞庭 （二首）

（一）

莽莽洞庭湖，五日两飞渡。
雪浪拍长空，阴森疑鬼怒。
问今为何世？豺虎满道路。
禽狝歼除之，我行适我素。

（二）

莽莽洞庭湖，五日两飞渡。
秋水含落晖，彩霞如赤炷。
问将为何事？共产均贫富。
惨淡经营之，我行适我素。

许地山

　　（1893-1941）名赞堃，字地山，笔名落华生，祖籍广东揭阳，生于台湾。1917年考入燕京大学文学院，1920年毕业留校任教，1921年参与组织文学研究会。1922年开始赴美求学，1927年回国在燕京大学文学院和宗教学院任副教授、教授，并曾在北京大学、清华大学任教，1935年应聘香港大学，举家南迁。著有《空山灵雨》《道学史》等，有诗作见于《作家许地山》。

我空军轰敌长江捷报飞来喜而赋此

　　排云飞将驭金鸢，破敌轰雷震九天。
　　护国丹心垂宇宙，何求遗像在凌烟。

1938 年

奉答君葆同事惠赐瓶树并小诗

　　小雨丝丝绣绿，层云片片凝青。
　　生机虽茬犹旺，爱护无烦系铃。
　　野树诚堪供养，横枝尽坐虬形。
　　幽岩他日归去，托命何嫌瓦瓶。

1941 年

梅兰芳

（1894-1961）著名京剧表演艺术家。名澜，字畹华，原籍江苏泰州，生于北京。其表演艺术风格世称梅派，影响深远。新中国成立后任中国京剧院院长、中国戏曲研究院院长、中国文联副主席、中国戏剧家协会副主席。有《梅兰芳演出剧本选集》《梅兰芳文集》。

和啬翁句 二首

（一）

积慕来登君子堂，花迎竹护当还乡。
老人故自矜年少，独愧唐朝李八郎。

（二）

公子朝朝相见时，禹中日影到花枝。
轻车已了常行事，接坐方惊睡起迟。

【注】

啬翁，张謇。

临别赋呈啬翁

人生难得是知己，烂贱黄金何足奇。
毕竟南通不虚到，归装满压啬公诗。

孙人和

（1894-1966）字蜀丞，江苏盐城人。北京大学国文系毕业。历任中国大学国文系教授，北平师范大学、北京大学国文系讲师，民国大学教授，辅仁大学国文系名誉教授，河北大学、暨南大学教授，北大、北师大名誉教授等。1952年6月被聘任为中央文史研究馆馆员。著有《论衡举正》《抱朴子校补》《校定花外集》《选学卮言》《三国志辨证》，并编有《唐宋词选》。

题纫兰簃主《三海全咏》

玉泉汩安洋，金蝀郁缭绕。
万物穷变化，北溟有鱼鸟。
道散见篇章，遑论拙与巧。
物情即真理，泰山岂为小。

黄绍竑

（1894-1966）字季宽，广西容县人。曾任国民党广西省、浙江省、湖南省政府主席，桂军军长、第二战区副司令长官，监察院副院长。1949年，为国民党政府和谈代表。新中国成立后，任政务院委员，政协常委，民革中央常委。

好事近 二首

（一）

翘首睇长天，人定淡烟笼碧，待晚一弦新月，问几时圆得？　　昨宵小睡梦江南，野火烧寒食。幸有一帆风送，报燕云消息。

（二）

北国正花开，已是江南花落，剩有墙边红杏，客里愁寂寞。　　些时为着这冤家，误了寻春约。但祝东君仔细，莫任多漂泊。

1949 年参加国共和谈时作

胡先骕

（1894-1968）字步增，号忏盦，江西新建人，生于南昌。两度留学美国，获植物学硕士、博士学位。曾任庐山森林局副局长，中国植物学会首任会长，东南大学、北京大学、北京师大、中国大学植物学教授，国立中正大学校长，中国科学院植物分类研究所研究员。南社社员。有《忏盦诗稿》《经济植物学》等多种。

海会寺

朝从五老下，一径入云松。
酌罢叠泉水，来听海会钟。
天风传夕呗，农火认村舂。
李渤读书处，幽人倘可逢。

1919 年江西庐山

傀儡戏

范形为傀儡，手足赖丝牵。
幕后从人语，台前俨自便。
衣冠徒济楚，铙鼓剧喧阗。
曲罢空祠庙，应嗟梦似烟。

1939 年北平

归 鸟

归鸟喧啾暮色深，斜风细雨积沉阴。

秋蜩尚急高枝唱，瓜蔓犹铺晚蕊金。

据乱难诠今日事，殷忧久负壮年心。

山斋读史增惆怅，抱膝聊为梁父吟。

1941 年江苏泰和

南昌陷敌五年近闻收复有策感而赋此

南昌景物吾能说，压鬓西山岚翠高。

带叶松枝燔紫笋，盈街沙户卖蒌蒿。

儿时语笑欢如昨，劫后田庐梦亦劳。

消息然疑系心魄，荡除腥秽赖贤豪。

1943 年江西泰和

解连环·甘棠湖秋泛

嫩凉天色。泛明湖棹入，练空无极。指画里、烟水危亭，映环翠香炉，岫岚如滴。冷袭罗襟，渐惊觉、肃秋风力。看衔山夕照，半掩暮霞，半皴浓墨。　　愁听断红怨抑。和霜天画角，凄动寒碧。任几度、梦逐波沉，恐江草江花，乱人愁臆。搅起离情，最厌煞、高楼哀笛。待归来、翠衾自拥，坠欢暗忆。

何　鲁

（1894-1973）字奎垣，字云查，四川广安人，数学家。1910年加入同盟会，后入清华学堂就读。1956年任教于北京师范大学数学系，后调入中国科学院出版社工作。著有《虚数详论》等，出版有《云查诗钞》《何鲁诗词选》。

与兄斗垣同游重庆北温泉

年来诗兴已无多，不对名山懒放歌。
今日置身巴峡里，虫吟泉吼也相和。

1935 年

戊子除夕

劳劳岁月愿相违，处处江干送落晖。
一卷偷闲聊自得，千言下笔不停挥。
斗争世界风云变，就傅儿童络绎归。
安得大同如我望，人人乐业足轻肥。

1949 年

镇华自南京得李香君眉砚，无量赋诗，余亦成一绝

晚烟笼水忆秦淮，话到兴亡事总哀。
多少闲情付儿女，初三月影入帘来。

吴 宓

（1894-1978）字雨僧。陕西泾阳人。早年游学欧美，回国后历任东南大学、北京大学、清华大学、南京大学教授，清华国学研究院主任，《学衡》杂志总编。有《吴宓诗集》。

西征杂诗（录二）

（一）

寒风瑟瑟夜难温，破屋无棚尚有门。
芦席土床随意寝，草烟马矢触人昏。
充肠幸得新炊饼，涤面惟余老瓦盆。
寄语京华游倦客，此间滋味已销魂。

（二）

重到风陵古渡头，安危一水判鸿沟。
全身自幸越雷岸，作战先闻入豫州。
民少兵多千劫换，野荒粮绝万家愁。
云山隐隐从兹别，回首乡关泪欲流。

1927 年

偕真吾游颐和园

旧苑重游十五年，半生心迹两茫然。
持身报国曾同誓，别鹄离鸾各自怜。
未许豪情销剑戟，尚留真爱入诗篇。
英灵呜咽昆池水，历劫长清证后缘。

【注】

真吾，作者之友，保定军校学生。作者注"（王）静安沉湖已三年。"

金台怀古

千年骸骨已成尘，犹见高台易水滨。
烽火遥连关外路，云烟平压蓟门春。
功成乐毅终归赵，事败荆轲误入秦。
终古茫茫余此恨，欲从岩壑寄闲身。

五月九日感事作

年年春尽盛烦忧，急劫惊尘百事休。
鱼烂久伤长乱国，陆沉终见古神州。
弦歌洙泗无遗响，发衽中原便此秋。
政绝刑衰伦纪废，空言摱甲事同仇。

【注】

五月九日，日兵入济南。

叶圣陶

（1894-1988）名绍钧，字秉臣，江苏苏州人。著名作家，教育家。历任大中院校教职、报刊主编、人民教育出版社社长、出版总署副署长、教育部副部长、民进中央委员会主席、政协全国委员会副主席、中央文史研究馆馆长等职。著有长篇小说《倪焕之》，童话集《稻草人》等。

挽鲁迅先生

星陨山颓万众悲，感人岂独在文辞。

暖姝凤恨时流态，刚介真堪后死师。

岩电烂然无不照，遗容穆若见深慈。

"相濡以沫"沫成海，试听如潮断志词。

1936 年

今　见

来时霜橘栏街贱，今见榴花满树朱。

汉水蜀山行路远，江烟峦瘴寄廛孤。

情超哀乐三杯足，心有阴晴万象殊。

颇愧后方犹拥鼻，战场血肉已模糊。

1938 年 5 月 18 日重庆

水龙吟

举头黯黯云山，秋心飞越云山外。风陵渡口，洞庭湖畔，捷音迟至。战士无衣，哀鸿遍地，西风寒厉。听边番烽警，惊传飞寇，又几处、教摧毁。　　怅恨良朋悠邈，理舟车、愿言难遂。雨窗剪烛，春盘荐韭，谈何容易。江水汤汤，写愁莫去，够尝滋味。更何心、怀土悲秋，点点洒、无聊泪。

1939 年

浣溪沙 (四首录二)

(一)

曳杖铿然独往还。小桥流水自潺潺。数枝红叶点秋山。　　渐看清霜欺短鬓，稍怜瘦骨怯新寒。中年情味未阑珊。

(二)

尽日无人叩竹扉。家鸡邻犬偶穿篱，罗阶小雀亦忘机。　　观钓颇逾垂钓趣，种花何问看花谁？细推物理一凝思。

1939 年

徐悲鸿

　　（1895-1953）江苏宜兴人。著名画家，美术教育家。曾留学法国。擅长油画、中国画，尤精素描，长期从事美术教育工作，并参加民主运动。曾任国立北平艺术专门学校校长。新中国成立后任中央美术学院院长、中华全国美术工作者协会主席。

题古柏

天地何时毁，苍然历古今。
平生飞动意，对此一沉吟。

怀齐白石

烽烟满地动干戈，缥缈湘灵意若何？
最是系情回首望，秋风袅袅洞庭波。

张恨水

（1895-1967）原名心远，祖籍安徽潜山，生于江西上饶。通俗文学和章回小说家。先后任芜湖《皖江报》总编辑、北京《益世报》编辑。曾编辑《夜光》《明珠》《花果山》《南京人报》《南华经》《最后关头》《新民报》《北海》等。北京解放后任中国文联和中国作家协会理事、文化部顾问。1959年9月被聘任为中央文史研究馆馆员。代表作有《啼笑因缘》《金粉世家》《春明外史》《五子登科》《八十一梦》等。

咏史 （四首录一）

争道雄才一槊横，几时曾到岳家兵。
中原豪杰无头断，逊国君臣肯膝行。
盗寇可怜侵卧榻，管弦犹自遍春城。
书生漫作长沙哭，只有龙泉管不平。

健儿词四首 （录二）

（一）

看破皮囊终粪土，何妨性命换河山。
男儿要赴风云会，箛鼓连天出汉关。

（二）

不负爷娘抚此生，头颅戴向战场行。
百年朝露谁无死，要在千秋留姓名。

西行见闻 <small>(录二)</small>

（一）

大恩要谢左宗棠，种下垂杨绿两行。
剥下树皮和草煮，又充饭菜又充汤。

（二）

死聚生离怎两全？卖儿卖女岂徒然。
武功人市便宜甚，十岁娃娃十块钱。

何维刚

（1895-1970）字惇畴，福州人。中医医师。在北京开诊多年，著有《春明集》《药圃词》等。

晚泊秦皇岛

系缆天将暮，船多岛不孤。
衣冠民俗异，轨路塞云迂。
光阔灯疑月，波平海似湖。
车声怒雷转，为我壮前途。

题友人画竹

胸中万卷书，笔底千竿竹。
尘氛何浇人，对此医吾俗。
穆穆清风生，座旁有淇澳。

浣溪沙·枫叶

才着微霜叶已丹，数林隔水作花看。斜阳疑在有无间。　　冷落偏宜尘外眼，萧疏相映酒边颜。未妨佳处是荒寒。

林语堂

（1895-1976）原名和乐，后改玉堂，又改语堂，笔名毛驴、宰予等，生于福建龙溪。1912年入上海圣约翰大学，1916年毕业后在清华大学任英文教员，1919年赴美就读哈佛大学文学系，1922年获文学硕士学位。后赴德国专攻语言学，1923年获博士学位，回国后在北京大学等校任教。1966年定居台湾。著有《吾国与吾民》《风声鹤唳》《京华烟云》等。

和京兆布衣八道湾居士岂明老人
五轶诗原韵

京兆绍兴同是家，布衣袖阔代袈裟。
只恋什刹海中蟹，胡说八道湾里蛇。
织就语丝文似锦，吟成苦雨意如麻。
别来但喜君无恙，徒恨未能与话茶。

1934 年

【注】

岂明老人即周作人。

胡厥文

（1895-1989）原名保祥，上海嘉定人。爱国民主人士，杰出实业家。致力发展民族工业，抗战中大力支援军队作战。民主建国会创始人之一。新中国成立后曾任全国人大常委会副委员长、全国政协副主席、民主建国会中央主席、政务院财经委员会委员、上海市副市长、全国工商联常委。有《胡厥文诗词选》。

感怀 四首

廉　吏

由来高士守官箴，勤政惟舒报国忱。
两袖清风原夙愿，天寒岁暮债台深。

工业家

抗战开时兴欲狂，勤工建国梦偏长。
六年砥砺形神悴，直道难行最感伤。

教育家

廿年训育坐青毡，桃李庭前已万千。
灶冷囊空度几日？儿曹升学更无钱。

伧　夫

溲勃于今贵马牛，一丁不识不知羞。
千金夕夕挥如土，群羡聪明第一流。

1942 年夏

台儿庄大捷

大炮飞机百不充，因教夷骑骋西东。
反功端仗军心固，却敌还凭战术工。
将帅鬓添几茎白，士兵血染一山红。
遥知万岁千秋后，指点犹怀覆载功。

祝步唐

（1895-1989）祖籍山东莱阳，后迁吉林延吉县龙井镇。曾参加五四运动。后在美国威斯康星大学获经济学硕士学位。回国后任北平大学经济系教授。此后在多个财税单位任职。解放前夕，被迫前往台湾，曾任台湾物资委员会委员兼一处处长。1985年九十高龄回北京定居。1987年2月被聘任为中央文史研究馆馆员。

清平乐·述怀

九旬晋五。此意浑难语。落叶饱经风更雨。到底飞回故土。　　平生塞北江南。归来白发苍颜。伫见神州统一，妖娆万里江山。

冯友兰

（1895-1990）字芝生，室名三松堂，河南唐河县人，哲学家，教育家。1915年入北京大学文科中国哲学门，毕业后赴美留学，获哥伦比亚大学哲学博士学位。1928年后，历任清华大学哲学系教授、系主任、秘书长、文学院院长。1952年起任北京大学哲学系教授，著有《中国哲学史》《人生哲学》等，出版有《三松堂全集》。

夜过黄河铁桥

夜过黄河风怒号，烟波暗淡月轮高。
挟沙走石来千里，横绝中流是此桥。

1919 年

清华第二级同学毕业赋此送之

辞却桃花不避秦，可怜明媚清华春。
九州豺虎成何事，一代英才应有人。
事业文章皆报国，天堂地狱慎栽因。
贫贱富贵寻常耳，珍重百年无价身。

1930 年

我家南渡开始

城破国亡日色昏，别妻抛子离家门。
孟光不向人前送，怕使征夫见泪痕。

1937 年

手校《新理学》蒙自石印本

印罢衡山所著书，踌躇四顾对南湖。
鲁鱼亥豕君休笑，此是当前国难图。

1938 年

满江红·西南联大校歌

万里长征，辞却了五朝宫阙。暂驻足、衡山湘水，又成离别。绝徼移栽贞干质，九州遍洒黎元血。尽笳吹，弦诵在山城，情弥切。　　千秋耻，终当雪。中兴业，需人杰。便一成三户，壮怀难折。多难殷忧兴国运，动心忍性希前哲。待驱除仇寇复神京，还燕碣。

钱　穆

（1895-1990）字宾四，晚号素书老人、七房桥人，斋号素书堂、素书楼，江苏无锡人。七岁入私塾，1930年受聘为燕京大学国文讲师，后历任北京大学、北平师范大学、西南大学、齐鲁大学等校教授，其间1931年至1937年在清华大学历史系兼课。1967年起定居台湾。著有《国史大纲》，出版有《钱宾四先生全集》。

自集美至鼓浪屿

赤岸黄墙屋，青波白板船。
鸥光来远屿，帆影落遥天。

1923 年

游苏州天池山诗稿 （录一）

与山僧夜话

寺僧作饭待，山蔬自栽种。

告我身世感，慷慨有余痛。

四十丧妻孥，因之断世梦。

入山十七年，寺小如陋瓮。

诵经发大愿，壮宇架宏栋。

誓竭毕生力，牺牲为法供。

死当焚吾骨，与米共磨砻。

鞭喂飞潜走，聊作充饥用。

贤哉僧志坚，我愧僧殊众。

妻孥哭未已，兄死方余恸。

羁生强笑颜，碌碌何所贡。

遂恐心力弱，悲喜成虚哄。

愿言志僧语，时时一讽诵。

1930 年

高君宇

（1896-1925）原名尚德，字锡山，山西静乐人。1919年积极参加五四运动，为北大学生会负责人之一。次年与邓中夏等组织马克思主义学说研究会，后加入中国共产党，任中共中央机关报《向导》周报、中共北方区委机关刊物《政治生活》编辑。曾当选中共中央委员。1924年到山西筹建中共党组织，同年到广州任孙中山秘书。1925年随孙中山北上出席国民会议，不久病逝。

自题小照

　　我是宝剑，我是火花，我愿生如闪电之耀亮，我愿死如彗星之迅忽。

郁达夫

　　（1896-1945）又名文，浙江富阳人。现代著名作家、诗人。早年留学日本，后从事文学创作及教育工作。创造社发起人之一，曾参加"左联"，并积极参加文艺界的抗日宣传活动，曾在北京大学、武昌师范大学、广东大学任教。1938年赴南洋群岛宣传抗日，并任新加坡文化界抗日联合会主席。后遭日寇杀害。1952年被国家追认为烈士。有《郁达夫诗词钞》以及大量小说和散文集等传世。

旧友相逢偶谈时事有作

不是尊前爱惜身，佯狂难免假成真。
曾因酒醉鞭名马，生怕情多累美人。
劫数东南天作孽，鸡鸣风雨海扬尘。
悲歌痛哭终何补，义士纷纷说帝秦。

1931 年 1 月上海

过岳坟有感时事

北地小儿耽逸乐，南朝天子爱风流。
权臣自欲成和议，金虏何尝要汴州。
屠狗犹拼弦下命，将军偏惜镜中头。
饶他关外童男女，立马吴山志竟酬。

1932 年 10 月

贺全国文艺抗战协会成立次老舍韵

明月清风庾亮楼，山河举目泪新流。

一域有待收斯地，三户无妨复楚仇。

报国文章尊李杜，攘夷大义著春秋。

相期各奋如椽笔，草檄教低魏武头。

1938 年

与文伯夜谈，觉中原事已不可为矣。翌日文伯西归，谓将去法国云

相逢客馆只悲歌，太息神州事奈何？

夜静星光摇北斗，楼空人语逼天河。

问谁堪作中流柱，痛尔难清浊海波。

此去若从燕赵过，为侬千万觅荆轲。

1920 年 6 月

满江红·戚继光祠题壁用岳武穆韵

三百年来，我华夏威风久歇。有几个，如公成就，丰功伟烈。拔剑光寒倭寇胆，拨云手指天心月。到于今，遗饼纪征东，民怀切。　会稽耻，终当雪。楚三户，教秦灭。愿英灵，永保金瓯无缺。台畔班师酣醉石，亭边思子悲啼血。向长空，洒泪酹千杯，蓬莱阙。

1937 年

董鲁安

（1896-1953）蒙古族。早年在北京、天津等地高校任教。性情幽默诙谐，为学生称道。后参加晋察冀解放区革命工作，更名于力。曾任晋察冀解放区参议会副议长、华北联合大学教育学院院长等职。有《游击草》《温巽集诗》。

大柳石崖堂露宿

避地云中二日留，夷师忽告犯灵丘。
阵云惟是横三晋，杀气直将遍九州。
逐影射工频有伺，搏人螭魅苦相求。
空山戍月长枪底，真个酣眠石枕头。

1943 年

夜下道行岭

雨气昏巍岭，云开漏曙天。
湿林初辨影，近濑壮鸣泉。
废灶青烟寂，颓墙红叶鲜。
居民逃窜尽，惆怅立村前。

1943 年

渡大沙河入龙王沟 （二首录一）

蹈海曾期继鲁连，安危吾已付苍天。

八方鼎沸烽烟密，一剑龙吟战血鲜。

料峭斜风吹短发，熹微晚照瘦征肩。

驱人更渡西沙水，浩浩前横落日圆。

1943 年

溥心畬

（1896-1963）名儒，满族，皇室宗亲，北京人。名画家，工诗词，曾任北京师范大学、北平艺专教授。有《寒玉堂诗》《萃锦园词》。

登燕子矶

乱后悲行役，空寻孙楚楼。
萧萧木叶下，浩浩大江流。
地向荆襄尽，山连吴越秋。
伊人在天末，瞻望满离忧。

八月感怀

已近清秋节，兵烟处处同。
山河千里月，天地一悲风。
兄弟干戈里，边关涕泣中。
京华不可见，北望意无穷。

渡桑干河

古戍秋风白草鸣，胡笳吹月落边声。
桑干回望天如水，万里寒沙匹马行。

水龙吟·春望

东风卷地花飞，可怜春尽谁家苑？高楼玉笛，边沙落日，碧云低远。破碎山河，莺花如旧，芳菲空恋。望茫茫宇宙，天回玉垒，争留待、江流转。　　此际愁人肠断。送残春，悲歌声变。浮云蔽日，黄昏时近，登临恨晚。古戍荒城，边烽危照，苍茫到眼。问春归何日？平居故国，消沉鱼雁。

玉楼春·春尽高台晚眺

惊沙连海边关色。夕照横空云路隔。莺花一散不成春，草满天涯迷旧陌。　　苍茫愁望秦城北。携恨登临怀故国。玉门羌笛锁春风，处处青山行不得。

金毓黻

（1896-1964）字静庵，辽宁辽阳人。北京大学毕业。历任中央大学、东北大学教授、院长，中国历史研究所研究员。著有《中国文学史》《辽海通志》等。

访娄室墓

佳辰结伴出东郊，绿树青山入望遥。
岭阪有坟难觅骨，边壕无柳不成条。
黄龙故国思娄室，白马名都访大瓢。
共向枝阴寻一醉，漫将往事问渔樵。

1928 年

【注】

墓在长春石碑岭。

悼黄季刚先生

忽传哀讯到辽阳，触目惊心是陌杨。
师友几人今尚在，江关万里此堪伤。
应知扫叶楼边雨，竟作千华馆上霜。
刚及凉秋九月半，风吹热泪不成行。

1935 年

送持生学成归陇　二首

（一）

西北闻人启大荒，玉屏君后有刘郎。
载诗归去奚囊满，万里重开二百堂。

（二）

传介当年不顾身，五千里外靖胡尘。
何时再斩楼兰去，重向西州访故人。

1939 年

挈眷还都无屋可栖幸故人子以所居见假得免露宿

天京重到及春残，来日何如去日难。
三宿犹堪恋桑下，一廛未许驻江干。
旗开楼上翻新色，雨霁城中增暮寒。
幸有郎君能见庇，妻孥得就后堂安。

1946 年南京

刘盼遂

（1896-1966）又名刘铭志。河南息县人，中国古文学和音韵学家。1925年考入清华大学国学研究院，入王国维、黄侃门下，毕业后曾任清华大学、燕京大学副教授，新中国成立后任北京师范大学教授。著有《楚辞天问校笺》等。

咏海棠诗 五首

（一）

海红豆出海南天，记入巨唐嗨药篇。
欲为名花问初地，夷讴卉释已三年。

（二）

乐寿堂前几万枝，山翁曾共倒金卮。
而今狼藉殷红里，海气昏昏忆奘师。

（三）

妖韶帚子两三窠，省得他年载酒过。
清华园里西南角，无主风前奈尔何。

（四）

一种丛生命妇花，春来还发故侯家。
空蒙香雾昏黄院，无复当年燕子斜。

（五）

几丛粉泪映回廊，少妇丰秾少女香。
底怪江东储教授，也从花影忆红妆。

1940 年

茅 盾

（1896-1981）原名沈德鸿，字雁冰，笔名茅盾，浙江桐乡人。现代文学巨匠、杰出作家、社会活动家和新文学运动的先驱。1930年参加左翼作家联盟领导工作。抗战期间在重庆、昆明等地从事进步文学活动，曾主编《小说月报》《人民文学》《译林》。解放后任文化部部长、中国文联副主席、中国作家协会主席、全国政协副主席等职。著有《子夜》《春蚕》《林家铺子》《茅盾文集》《茅盾诗词集》等。

渝桂道中口占

存亡关头逆流多，森严文网欲如何？
驱车我走天南道，万里江山一放歌。

1941 年 3 月

无 题

偶遣吟兴到三秋，未许闲情赋远游。
罗带水枯仍系恨，剑铓山老岂劖愁。
搏天鹰隼困藩溷，拜月狐狸戴冕旒。
落落人间啼笑寂，侧身北望思悠悠。

1942 年秋

题白杨图

余曾作短文曰《白杨礼赞》，画家某取其意作白杨图，为题俚句。

北方有佳树，挺立如长矛。
叶叶皆团结，枝枝争上游。
羞与枬枋伍，甘居榆枣俦。
丹青标风骨，愿与子同仇！

1942 年 11 月

桂渝道中杂诗，寄桂友 (四首录二)

(一)

南明旧事岂虚诬，十万倭骑过鉴湖。
闻道仙霞天设险，将军高卧拥铜符！

(二)

鱼龙曼衍夸韬略，吞火跳丸寿总戎。
却忆清凉山下路，千红万紫斗春风。

1942 年 12 月

一剪梅·感怀

何处荒鸡唤曙光，闻笛山阳，凄切寒螀。骑鲸作月忒颠狂，且泛舻艭，适彼乐乡。 心事浩茫九转肠，有美清扬，在水一方。相思欲诉又彷徨，月影疑霜，花落飘香。

茅以升

（1896-1989）字唐臣，江苏丹徒县人，桥梁专家，教育家。1916年毕业于唐山工业专科学校土木系，考取清华学校专科，公费留美。归国后，因于1937年主持修建我国最早最长的钱塘江铁路公路两用大桥而闻名。新中国成立后，先后出任中国交通大学、北方交通大学校长，铁道科学研究院院长，1955年被聘为中科院技术科学部委员。主持编写有《中国古桥技术史》等，有诗收录于《院士诗钞》。

别钱塘 三首

（一）

钱塘江上大桥横，众志成城万马腾。
突破难关八十一，惊涛投险学唐僧。

（二）

天堑茫茫连沃焦，秦皇何事不安桥。
安桥岂是干戈事，同轨同文无浪潮。

（三）

陡地风云突变色，炸桥挥泪断通途。
五行缺火真来火，不复原桥不丈夫。

1937 年

编者按：钱塘江大桥1937年9月建成后，12月日军侵占杭州，为防敌人利用，我方随即将桥炸毁。上诗系炸桥后作者誓言。此桥于1946年9月修复。

罗章龙

（1896-1995）湖南浏阳人，曾当选为中共中央委员。中共六届四中全会后，被开除党籍。1934年起从事学术研究和教学工作。十一届三中会会后，在党中央关怀下奉调北京。先后著有《椿园载记》《椿园诗草》等。

二七大罢工纪事诗 三首

（一）

纵横报罢三千里，众炬齐明十万家。
为向独夫索政柄，滔滔大陆起龙蛇。

（二）

工潮如火焰腾空，辛店旌旗在眼中。
剑影刀光民主梦，顶天立地见三雄。

（三）

丰台夜静芦沟晓，策马桑干疾渡河。
衿袖血痕归去晚，火神庙内战群魔。

【注】

三雄指1923年2月7日京汉铁路大罢工中牺牲的葛树贵、辛克洪、刘宝善烈士。

北伐纪事诗 二首

（一）

东南力战下三湘，一片降幡出武昌。

千万健儿齐解甲，啸楼前面好风光。

（二）

天南地北起春雷，三战陈师江汉隈。

自古用兵贵神速，如今争说布留陔。

萧　劳

（1896-1995）原名禀原，字钟美，重梅，号萧斋，晚号善亡翁。诗人、书法家。原籍广东梅县。早年参加五四运动，后任职于江苏、河北、河南、北平等地的军、政单位。晚年定居北京。曾任中央文史研究馆馆员，中国书法家协会名誉理事，中国书画研究社社长，崇文区政协常委，北京诗词学会顾问等。著有《北征草》《震馀集》《弃馀集》《草间集》《萧芳诗词曲选》等。

残秋吟兴

流水无声换景光，闲量日影几何长。
时迁花事俱衰歇，秋至山容亦老苍。
黄叶看教愁病眼，西风吹不断诗肠。
联绵句作蛛丝吐，拌共严霜战一场。

萧　斋

僦屋名斋寄此身，一年风物易新陈。
花时烧烛余今我，雪夜摊书对古人。
欹枕难成千里梦，巡檐独折一枝春。
乱离衰朽朋交尽，剩与乾坤作主宾。

贺新郎·梁园

凭吊思前度。乐声沉，披寻故物，吹台烟雾。残瓦繁钦居庐在，春至苔生旧处。汴水绕、颓垣东注。公子破秦归来后，剩荒祠老府依孤树。香火歇，古槐蠹。　　丝丝碧柳隋堤路。送征航、扬州一去，断魂犹舞。丰乐楼中歌声寂，朝士横江迅渡。任胡骑、腥膻中土。奏凯岳家军威振，越千年仿佛闻鼙鼓。吞寇虏，气如虎。

如此江山·重修袁督师墓

长城自坏阴谋遂，辽西敌氛谁扫？社稷烟尘，君臣血泪，覆辙临安重蹈。黄龙未捣，叹瞥眼殷墟，抉眸吴沼。万古沉冤，只余抔土委残照。　　松楸今补墓树，看青煤白垩，涂饰祠庙。北阙萦魂，东风写恨，绿遍天涯芳草。韶光正好，对满路飞花，数声啼鸟。异代兴亡，早随春梦了。

顾 随

（1897-1960）字羡季，号苦水，河北清河人。1919年毕业于北京大学。历任河北、燕京、辅仁等大学教授。有《顾随文集》。

光 阴

光阴只在水声中，漫向青苔惜坠红。
门外溪添半篙涨，窗前花谢一宵风。
春来春去年年事，人哭人歌处处同。
读罢樊川诗一卷，坐看飞鸟没长空。

木兰花慢·赠"煤黑子"

策疲驴过市，貌黧黑，颜狰狞。倘月下相逢，真疑地狱，忽见幽灵。风生，黯尘扑面，者风尘不算太无情。白尽星星双鬓，旁人只道青青。　　豪英，百炼苦修行。死去任无名。有衷心一颗，何曾灿烂，只会怦怦。堪憎破衫裹住，似暗纱笼罩夜深灯。我便为君倾倒，从今敢怨飘零！

1927 年

踏莎行

当日桃源，那般生活，算来毕竟从头错。乐园如不在人间，尘寰何处寻天国？　　平地楼台，万灯照耀，人生正自奔流着。市声如水泛春潮，茫茫淹没天边月。

1929 年

小桃红

烛焰摇摇炧，冬雪沉沉下。藐藐微躯，茫茫去路，悠悠长夜。问何时突兀眼前来，见万间广厦。　　说甚真和假，说甚冬和夏。花落花开，年华有尽，人生无价。待明晨早起上高楼，看江山如画。

1929 年冬

临江仙

岁月如流才几日，匆匆又近重阳。秋宵长得十分长。对灯嫌索寞，听雨更悲凉。　　三载别来音信简，相思牵尽柔肠。蒹葭风起正苍苍。伊人何处在，留命待沧桑。

1940 年

罗家伦

（1897-1969）字志希，祖籍浙江绍兴，生于江西南昌。历史学家，教育家。1917年进北京大学文科，主修外文，在《每周评论》第23期发表文章，首创"五四运动"一词。1928年被任命为首任清华大学校长。著作有《罗家伦先生文存》，诗集有《西北行吟》等。

记父教

大袖藏归革命军，教儿读罢气如云。
乡贤历历频频数，惟赞黄刘不朽文。

为长女久芳出生作

春到江南挟大风，远天凝霭紫薇红。
会知生命奇葩萼，吐自呻吟疾楚中。

1934 年

送女赴医归途避敌机

奏罢刀圭避敌机，洞污不是病儿宜。
抱持出傍邻檐坐，生死关头两命依。

贵州镇雄关道中

丛丛火树斗明鲜，间有清溪过眼边。
最使心胸奔放处，万山如浪拜车前。

萧公权

（1897-1981）原名笃平，字恭甫，号迹园，笔名巴人，江西泰和人。政治学与社会史学家。1920年清华毕业赴美留学，回国后曾在南开大学、燕京大学、清华大学等校任教，1948年赴台湾，任台湾大学教授。有《政治多元论》等著作，有《小桐阴馆诗词》存世。

秋兴八首 （录二）

（一）

酒共愁添哭是歌，悲秋意苦奈秋何。
挥戈究竟难回日，落叶飘零易逐波。
自写新辞伤国破，只从绮语见情多。
蕉心本已因风碎，那禁敲窗夜雨过。

（二）

诗囊亦自有壶天，讵可吾心拟昔贤。
惊人最是情真语，寄意微闻音外弦。
晚桂孤芳流月彻，阴霖万壑涨晴川。
悠悠城上清笳动，兀坐低吟思悄然。

1928 年

落花 (录二)

(一)

学烁还丹拟出家，翻歌金缕惜年华。
欲填恨海三生石，误折神山一现花。
碧落渺茫思凤翼，红尘迢递阻鸾车。
刘郎且饱胡麻饭，再访天台路已赊。

(二)

昨夜轻雷送雨来，已无春处有楼台。
紫泉宫殿烟犹锁，金谷繁华事可哀。
不死药灵难驻景，返魂香热易成灰。
河阳桃李凋零尽，寂寞当年作赋才。

1934 年

陈兼与

（1897-1987）名声聪，号壶因，又号荷堂，福州人。中国大学政治经济科毕业。民初长期任职于财政部、赋税司等财税机关及北平市政府秘书。晚年任上海文史馆馆员。有《兼于阁诗》《壶因词》《兼于阁诗话》《填词要略》等。

谒武侯祠

先生祠庙锦官城，剌剌灵旗诏我贞。

老柏四围见宁静，一灯终古镇光明。

汉家未覆忧非细，天下虽分势可争。

今日中朝孰人望，江流东去暗心惊。

1943 年

八月十日夜即事

联臂狂歌一市哗，始闻疑信尚交加。

好音倘得江南共，望眼初收剑外斜。

八载烽烟愁梗道，四方朋旧说还家。

何时车骑先容我，深盏西庐泛菊花。

1945 年

游洞庭山归澹庼有诗次韵

风景东南此一区，望中缥缈小方壶。
绿波日澹开奁镜，红树秋清展画图。
历历帆樯过木渎，星星灯火话姑苏。
满山芦桔甘宜肺，早晚邀君重泛湖。

题刘海老临石涛《松壑鸣泉图》

山中非雨还非晴，坐上松声兼水声。
清光一握混茫里，满眼烟云顿空明。
清湘之画师造化，海翁不为古人下。
持笔与战气无前，千岩万壑欲凌跨。

卜算子·听涤篁弹琴

流水响空山，明月生遥浦。疑有仙人倚树听，此意今犹古。　　但觉指如归，却使弦能语。若向琴中叩子心，应在无弦处。

陈翰笙

（1897-2004）原名陈枢，江苏无锡人。社会学家，历史学家。曾在北京大学任教授，曾任商务印书馆编辑。解放后自海外回国，先后担任外交部顾问、外交学会副会长等职。出版有《陈翰笙文集》，诗作收录于《陈翰笙百岁华诞集》。

书怀邹容

落落何人报大仇，沉沉往事泪长流。
凄凉读尽支那史，几个男儿非马牛。

开伯尔山口之游　四首

（一）

陆行铁轨似长蛇，轰轰列车近朝霞。
一片青苍夺我目，几阵香袭是野花。

（二）

流水潺潺急如呼，丘陵叠叠无坦途。
此去迫近喀布尔，林鸟亦唱普什图。

（三）

八十年前称险隘，英俄对峙分胜败。

为防南下哥萨克，五里一库储军械。

（四）

埋弹如瓮存库前，备创敌人山口边。

于今火箭飞万里，俯笑地雷今长眠。

1945 年

崔敬伯

（1897-？）天津人。现任中央财金学院顾问。著有《中国财政简史》等。

辞家赴国难五首 _{（录二）}

（一）

烽火照神州，江河日夜流。
人民齐奋起，晓月照卢沟。

（二）

莫道来今雨，应悲去故乡。
稷园池上柏，犹自发孤芳。

1937 年

常乃德

（1898-1947）山西榆次人。1925年任燕京大学教授，后在上海各大学执教多年。

翁将军歌

李公昔驻春帆楼，旌旗破碎鱼龙愁。
小儿弄舟嬉东海，欲断鼎足覆神州。
修罗伸臂自天外，始遏贪吻完金瓯。
当时经营颇惨淡，岂谓时会非人谋。
榱崩栋折三十载，坐见沧海生狂流。
高牙大纛裂疆土，赤眉铜马皆通侯。
玄黄龙战日盈野，气尽亚美凌非欧。
岂知卧榻有乳虎，磨厉渐欲吞全牛。
潜师一夜入下蔡，万里膏腴森戈矛。
三军禀令今日遁，暮渡辽水朝滦州。
此时元戎尚镇静，罗列丝管评清讴。
中朝大官亦解事，卧阅陵谷百不忧。
弭兵惟恃向戍舌，捐地未觉珠崖羞。
扶余渤海吾故土，汉唐余烈垂千秋。
尔来流民岁百万，斩伐蒿艾植松楸。
卢龙塞断粮糒绝，太息烈士无田畴。
将军奋身起南纪，志挽日月回山丘。
男儿报国自有道，毛锥弃去著兜牟。
东穷扶桑西碧海，上搏飞鸟深潜虬。

归来风雨漫祖国，巫祁正待庚辰收。

吴淞江头夜一弹，杳杳天际遮飞舟。

沪人噤立色欲死，朝命仍拟和夷酋。

将军长啸指须发，剑气喷薄如龙浮。

乾坤一掷箭脱手，眼底势欲无仇雠。

云蒸雾郁顷刻变，迅流转石雷鞭幽。

袒怀白刃向前去，以血还血头还头。

长江万里锁废垒，将军立马寒飕飕。

兼旬环击不得下，伏尸百步惊沙鸥。

沪人咋舌忭且舞，奔走僵汗吟啾啾。

挈壶持襦供前线，后归中继无停留。

兵残弹尽援不至，犹以殿后庇同仇。

呜呼，君不见廉颇李牧赵良将，生为逋客身羁囚。

又不见长城自坏檀道济，时人悔唱白符鸠。

骑驴湖上岂得意，乘风聊作扶摇游。

豺狼在邑狐在室，虽有奇志安能酬？

天凝地闭万物死，穷寒野哭多鸺鹠。

义军十万解甲去，白山黑水余荒陬。

请君为我回辙迹，再整壮士成貔貅，为君勒石刻琉球。

1932 年

【注】

翁将军，指1932年"一·二八"事件中驻守上海抵抗日军侵略的十九路军旅长翁照垣。他在这次淞沪抗战中，死守闸北、吴淞，战功卓著。后被同僚所忌而被排挤出军队。

朱自清

（1898-1948）原名自华，字佩弦，号秋实。祖籍浙江绍兴，生于江苏东海。现代著名散文家、诗人、学者，民主战士。1925年任清华大学中文系教授，1931年去伦敦学习，次年仍执教清华大学，后随学校南迁，任西南联合大学中文系主任。他的旧体诗结集为《敝帚集》《犹贤博弈斋诗抄》。

得逖生书作，次公权韵 二首

（一）

见说新从海上回，一时幽抱为君开。
彩衣逶迤归亲舍，絮语依微傍镜台。
岂肯声光闲里掷，不辞辛苦贼中来。
匹夫自有兴亡责，错节盘根况此才。

（二）

里巷愔愔昼掩扉，狂且满市共君违。
沐猴冠带心甘死，逐鹿刀锥色欲飞。
南朔纷纷丘貉聚，日星炳炳爝光微。
沉吟曩昔欢娱地，犹剩缁尘染敝衣。

1940 年

寄怀平伯北平 二首

（一）

思君直溯论交始，明圣湖边两少年。
刻意作得新律吕，随时结伴小游仙。
桨声打彻秦淮水，浪影看浮瀛海船。
等是分襟今昔异，念家山破梦成烟。

（二）

忽看烽燧漫天开，如鲫群贤南渡来。
亲老一身娱定省，庭空三径掩莓苔。
经年兀兀仍孤诣，举世茫茫有百哀。
引领朔风知劲草，何当执手话沉灰。

1941 年

书　怀

何须别白论亲仇，尚寐无吪任百忧。
翻覆雨云输只手，森严崖岸过人头。
网罗庶兔豹藏雾，冷暖自知蚓有楼。
一梦还登阊阖上，贤愚俯视忽同丘。

1943 年

刘德成

（1898-1951）字话民，辽宁盖县人。北京大学毕业。历任北大教授、东北大学教授、辽宁省图书馆馆长。有《一苇轩诗剩》《绿闺知己》《愁愁词稿》等。

次韵来苏诗

当年剪烛话西窗，豪气元龙未肯降。
江左风流人第一，汝南月旦士无双。
闲情已付绿腰曲，韵事犹传黄耳龙。
闻道先生欲归隐，累余飞梦到沧江。

1934 年

读袁随园集

威名早负动公卿，老爱丹铅眼倍明。
才识真堪空一代，烟霞毋乃定三生。
最难心热扶风雅，岂奈诗荒误性情。
鼎足人称袁蒋赵，刚柔我谓不同行。

1935 年

如梦令

秀靥小唇何许。正是系人念处。佳节又重阳，杯酒共谁论古。愁聚。愁聚。夜半一窗听雨。

1929 年

庭院深深·游万泉河

撑起瘦腰驰健足，分花拂柳寻幽。小桥碧水藕香浮。谁家笛弄，云破夕阳收。　　芳径徘徊莺语老，东风不解温柔。落花吹去逐波流。安排画舫，好载暮春愁。

1930 年

郑振铎

（1898-1958）号西谛，浙江温州人。著名文学家、作家、翻译家。五四时与沈雁冰等成立文学研究会。曾任商务印书馆编辑，《小说日报》《公理日报》主编。先后在上海大学、燕京大学、清华大学、复旦大学、暨南大学任教。新中国成立后任国务院文化部文物局局长、中国科学院考古研究所所长。有文学理论、小说、童话、散文集、翻译作品等四十二部。

我是少年

1919 年 11 月《新社会》创刊号

我是少年！我是少年！我有如炬的眼，我有思想如泉。我有牺牲的精神，我有自由不可捐。我过不惯偶像似的流年，我看不惯奴隶的苟安。我起！我起！我欲打破一切的威权。　　我是少年！我是少年！我有沸腾的热血和活泼进取的气象。我欲进前！进前！进前！我有同胞的情感，我有博爱的心田。我看见前面的光明，我欲驶破浪的大船，满载可怜的同胞，进前！进前！进前！不管它浊浪排空，狂飙肆虐，我只向光明的所在，进前！进前！进前！

邓散木

（1898-1963）原名铁，字钝铁，又曾用名粪翁、散木等，生于上海，卒于北京。工书画篆刻，著述甚富，曾为人民教育出版社书写小学生字帖。计有诗稿二十卷、论著十七种、印稿五十七本、字帖二十八种。

读钱牧斋诗集

勤王却虏事何为，出处当年漫费辞。
台阁两朝余史笔，悲歌四野有遗黎。
醮坛故国虚丹旐，羁客南冠惜羽仪。
玉垒已非上皇死，底须红豆托相思。

1931 年

自青田至永嘉江行

此来饱吃龙游酒，又挂轻帆出永嘉。
九折波翻蛇窟宅，四围春浸野人家。
乱山撑骨风霆健，飞橹排空日影斜。
西望八盘山下路，闲闲几树碧桃花。

1934 年

谒郑延平祠

虎掷龙腾起异人，寸天尺地亦长城。

孤忠合拟田横岛，远纛曾收赤嵌兵。

海外衣冠存正朔，蛮荒草木识威名。

一龛香火寒梅发，应念虫沙劫屡更。

1947 年

闻日军乞降 (录一)

十年鱼眼望王师，壁垒惊闻一夕移。

信有秋风吹败叶，居然覆局定残棋。

梦回顿觉肝肠热，客至翻教涕泪垂。

自惜逡巡纡九世，余生真见汉官仪。

黄孝纾

（1898-1964）福建闽侯人。字公渚，号匑庵。历任北京大学、北京师范大学、青岛大学、山东大学文科教授。工诗、词、古文，绘画。有《匑庵文稿》《黄山谷诗选注》《碧虑簃琴趣》等。

南乡子

落叶下如潮。风雨连宵意已销。何况重阳时节近，凭高。恨水颦山见六朝。　　哀雁答长谣。欢计因循负酒瓢。心事蓍腾残照外，萧萧。留得寒蝉是柳条。

鹧鸪天

聘月高楼炙玉笙。欢丛长记绣春亭。曲翻金缕歌犹咽，尊倒银蕉酒不停。　　心上事，负多生。烛奴相伴泪纵横。高邱终古哀无女，凄诉回风一往情。

雪梅香

对斜日，萧萧落木下亭皋。听羁雌烟语，愁漪暗蹙江潮。楼笛吹残影娥月，水洪红到泰娘桥。黯枨触，旧雨神京，望断兰桡。　　朦胧隔年事，几点烟鬟，重忆松寮。刻画秋痕，枇杷黄亚廊坳。残霸江山几棋局，随缘湖海二诗瓢。澹兹夕，梦里吴灯，阑外惊飙。

霓裳中序第一·青岛归途作

天涯雨似织。却背宾鸿归塞北。穷愁渐销酒力。正孤馆昼阴，虚檐烟涩。平芜自碧。渺去尘春伴孤客。家何在、瑶京梦浅，又被乱山隔。　　无极。翠瀛荒汐。恼望眼阊扶片翼。灵修断无信息。长笛关山，虚舟踪迹。伥伥催去国。漫惜取投人短策。空回首、沉沉暮霭，潮落海天黑。

田 汉

（1898-1968）著名剧作家，诗人。字寿昌，笔名陈瑜，湖南长沙人。早年留日。与郭沫若等组织创造社。回国后，创办南国艺术学院、南国社。1930年参加左翼作家联盟，1932年加入中国共产党。抗战期间，投身抗日宣传活动。抗战胜利后，积极参加爱国民主运动。新中国成立后，曾任中国文联副主席、中国戏剧家协会主席。是中国现代话剧的开拓者，戏曲改革运动的先驱和中国早期革命音乐、电影的组织者和领导人。写有话剧、歌剧、戏曲、电影剧本一百余部，并写有大量诗歌、歌词。是国歌《义勇军进行曲》的词作者。有《田汉文集》《田汉诗选》。

上海狱中 （四首录一）

墙高不碍卖花声，一浴新阳面面春。
慷慨狱前辞难友，依稀梦里见慈亲。
江山已待争兴废，朋辈都堪共死生。
壁上题诗君莫笑，明朝又是石头城。

狱中怀安娥

昔年仓卒学逃亡，海上秋风客梦长。

斗室几劳明月访，孤衾常带素薇香。

君因爱极翻成恨，我亦柔中颇带刚。

欲待相忘怎忘得，声声新曲唱渔光。

1935 年

【注】

《渔光曲》是安娥给电影剧本《渔光曲》写的主题歌。30 年代曾产生很大影响。

大火后重返长沙

长驱尘雾过湘潭，乡国重归忍细谈！

市烬无灯添夜黑，野烧飞焰破天蓝。

衔枚荷重人千百，整瓦完垣户二三。

犹有不磨雄杰气，再从焦土建湖南。

1938 年 11 月

过昆仑关战场

一树桃花惨淡红，雄关阻塞驿亭空。

倭师几处留残垒，汉帜依然卷大风。

仙女山头奇石耸，牡丹岭上阵云浓。

莫云南向输形胜，枢相当年立战功。

1940 年

题西南剧展

壮绝神州戏剧兵，浩歌声里请长缨。

耻随竖子争肥瘦，堪与吾民共死生。

肝脑几人涂战野，旌旗同日会名城。

鸡啼直似鹃啼苦，只为东方未易明。

翦伯赞

　　（1898-1968）湖南桃源人，维吾尔族。著名史学家。曾参加北伐。1937年加入中国共产党。曾从事统一战线工作。新中国成立后任北大教授、副校长，中国科学院哲学社会科学部委员、政务院文教委员会委员、中央民族事务委员会委员、全国人大代表、全国政协委员。著有《中国史纲》《历史哲学教程》等。

昭君墓

汉武雄图载史篇，长城万里遍烽烟。
何如一曲琵琶好，鸣镝无声五十年。

史可法

幽冀烽烟百日冥，楼船鼓角汉家营。
当朝马阮争钩党，诸将徐淮各阻兵。
半壁东南犹在望，千重铁甲已围城。
英雄死去江山改，从此王朝换姓名。

陈国柱

（1898-1969）福建莆田人。1925年加入共产党。新中国成立后任国务院参事。有《碧血丹心集》。

初冬反扫荡纪事 (录一)

敌人扫荡势掀天，几度宵征部署迁。
最是晓风残月路，枯芦衰柳带浓烟。

过榆社城 (二首录一)

连天肉搏寇魂销，三晋威声播太辽。
策马榆社看战迹，乡民争颂霍嫖姚。

1941 年 2 月

过双峰镇 (二首录一)

抗战宁辞喋血拼，斯番杀敌勇堪惊。

百团战役奇功在，此是歼倭第一声。

纪一二〇师抗战伟绩

民族危机一发忧，挥军直捣冀中秋。

几番酣战摧强敌，保得神州半壁留。

1945 年 6 月

冯景兰

（1898-1976）字淮西，生于河南唐河县，冯友兰之弟，矿床学、地质学家。1916年考入北京大学预科，后赴美留学。1933年开始长期在清华大学任教，1952年任北京地质学院教授，1957年被选聘为中科院生物学地学部委员。著有《矿床学原理》等。

卢沟桥事变后离京时作

古城悲摇落，新秋送行人。
去去从此别，天涯谁与亲。
地大畏蚕食，舟孤感鲸吞。
只有齐奋起，才能救国魂。

1937 年

廿九年夏登峨嵋绝顶有感

河山零乱无觅处，欲入东海逐烟雾。
雪浪排空蛟龙舞，家国兴亡有定数。
履汤蹈火不须顾，大厦将倾仗君扶。

1940 年

张伯驹

（1898-1982）原名家琪，字丛碧，别号游春主人、好好先生，河南项城人。著名书画鉴藏家、诗词家、古典艺术研究家。解放前曾任盐业银行经理、华北文法学院教授、故宫博物院专门委员、北平市美术分会理事长等职。新中国成立后历任燕京大学国文系中国艺术史名誉导师，文化部文物局文物鉴定委员会委员，中央文史研究馆馆员，北京京剧基本艺术研究社副主任、吉林省博物馆副馆长等。著有《丛碧词话》《丛碧书画录》《洪宪纪事诗注》《张伯驹、潘素书画集》《张伯驹诗词集》《中国书法》等。

浪淘沙·广州至汉口飞机上作

乱雨湿江天，晓雾漫漫。万峰叠翠到人前。
归梦又随春去也，日近长安。　　百丈响风鸢，
俯视云烟。岳阳城下浪花翻。一镜空濛三万顷，
飞过君山。

1934 年

浪淘沙·金陵怀古

春水远连天，潮去潮还。莫愁湖上雨如烟。
燕子归来寻旧垒，王谢堂前。　　玉树已歌残。
空说龙蟠。斜阳满地莫凭栏。往代繁华都逝矣，
只剩江山。

生查子

去年相见时，花好银蟾缺。明月正团圞，又奈人离别。　　相逢复几时，还望花如雪。再别再相逢，明镜生华发。

清平乐·诸暨至金华道中

酒痕诗意，梦里都难记。帽影红尘摇玉辔，马上春风如醉。　　李花开后桃花，送人直到金华。但愿年年花好，不妨人在天涯。

临江仙·洛阳

金谷园荒芳草没，当年歌舞成尘。杜鹃声里又残春。落花满地，来吊坠楼人。　　风物依然文物尽，才华空忆机云。珮环不见洛川神。牡丹时节，斜日一销魂。

叶镜吾

（1898-1983）原名荫球，字镜吾，三十岁后以字行，笔名阳子、五叶，湖南株洲人。1927年参加农民运动，在长沙县三十二乡农民协会任秘书。嗣后辗转南京、上海、武汉、北平等地。1948年冬在中共湘潭城市工委派驻株洲地下工作人员领导下，从事革命活动。1952年参加中国民主同盟。1959年8月被聘任为中央文史研究馆馆员。著有《抗日战争小史杂事诗二百首》等。

文史馆馆员辛亥《告存》杂咏（四十二首录五）

其二

康衢击壤颂尧唐，文史优游岁月长。
冠冕瀛洲诸学士，吴兴柳与长沙章。

其三

太液池头二十年，诗坛点将录堪传。
历年地煞登仙去，今日天罡步斗旋。

其七

一生寒酸一棉袍，南望群峒万里遥。
一自红旗换天地，瀛洲诗思涌如涛。

其十

从来艺苑重画家，幻出龙蛇耀彩霞。
矍铄山东孙墨佛，一枝铁杖走天涯。

其二十三

五溪诗近柳吴兴，南社诗综日日新。
北海泛来书画舫，笔能扛鼎过东瀛。

瞿秋白

（1899-1935）江苏常州人。1919年在北京参加五四运动，与郑振铎等创办《新社会》杂志，次年参加马克思主义学说研究会，后主编《新青年》《向导》杂志。1922年加入共产党，是中共早期领导人之一。1935年6月18日在福建长汀被国民党杀害。有《瞿秋白文集》。

王道诗话 (四首)

（一）

文化班头博士衔，人权抛却说王权。
朝廷自古多屠戮，此理今凭实验传。

（二）

人权王道两翻新，为感君恩奏圣明。
虐政何妨援律例，杀人如草不闻声。

（三）

先生熟读圣贤书，君子由来道不孤。

千古同心有孟轲，也教肉食远庖厨。

（四）

能言鹦鹉毒于蛇，滴水微功漫自夸。

好向侯门卖廉耻，五千一掷未为奢。

1933 年 3 月 5 日

闻一多

（1899-1946）原名家骅，湖北浠水人。留学美国，攻读美术、文学。早年参加新月社，执教于青岛大学、清华大学。抗战期间任昆明西南联合大学教授。精研《诗经》《庄子》《楚辞》《周易》，成就卓著。有《闻一多全集》八卷。

读项羽本纪

垓下英雄仗剑泣，淫淫泪湿乌江荻。
早知天壤有刘邦，宁学吴中一人敌。

1916 年

北郭即景

傍郭人家竹树围，骄阳卓午尽关扉。
稻花香破山塘水，翠羽时来拍浪飞。

1919 年

废旧诗六年矣复理铅椠纪以绝句

六载观摩傍九夷，吟成鴃舌总猜疑。
唐贤读破三千纸，勒马回缰作旧诗。

1925 年 4 月纽约

释　疑

艺国前途正杳茫，新陈代谢费扶将。
城中戴髻高一尺，殿上垂裳有二王。
求福岂堪争弃马？补牢端可救亡羊。
神州不乏他山石，李杜光芒万丈长。

1925 年 4 月纽约

实秋饰蔡中郎演《琵琶记》戏作柬之

一代风流薄幸哉，钟情何处不优俳？
琵琶要作诛心论，骂死他年蔡伯喈！

1925 年 4 月纽约

闻黎明【注】

时梁秋实、顾毓琇、冰心等在波士顿演出英文古装剧《琵琶记》，
大获成功。家祖亲往波士顿观看，并为冰心化妆。

老 舍

（1899-1966）原名舒庆春，字舍予，笔名老舍。北京人，满族。现代著名作家。先后在英国伦敦大学、济南齐鲁大学、青岛山东大学任教。抗战期间，任中华全国文艺界抗敌协会总务部主任。新中国成立后，任政务院文教委员会委员，中国文联副主席，中国作协副主席及书记处书记，全国政协常委，北京市文联主席等。其代表作有小说《骆驼祥子》《四世同堂》，话剧《龙须沟》《茶馆》等。曾荣获人民艺术家光荣称号。

《论语》两岁 二首

（一）

共谁挥泪倾甘苦，惨笑唯君堪语愁！
半月鸡虫明冷暖，两年蛇鼠悟春秋。
衣冠到处尊禽兽，利禄无方输马牛。
万物静观成自得，苍天默默鬼啾啾。

（二）

国事难言家事累，鸡年争似狗年何？

相逢笑脸无余泪，细数伤心剩短歌！

拱手江山移汉帜，折腰酒米祝番魔。

聪明尽在糊涂里，冷眼如君话勿多！

【注】

《论语》杂志，1932年由林语堂创办。

流　亡

弱女痴儿不解哀，牵衣问父去何来？

话因伤别潸应泪，血若停流定是灰。

已见乡关沦水火，更堪江海逐风雷。

徘徊未忍道珍重，暮雁声低切切催。

1937 年

【注】

1937年卢沟桥事变不久，北平沦于敌手，济南亦动荡不安，老舍报国心切，毅然辞去齐鲁大学教授，抛妇别雏，只身辗转去武汉。

自　励

黄鹤楼台莫诉哀，酒酣风劲壮心来。
烟波自古留余恨，烽火从今燃死灰。
如此江山空暮雨，有谁文笔奋云雷。
奇师指日收河北，七步诗成战鼓催。

1938 年

贺全国文艺抗敌协会成立

三月莺花黄鹤楼，骚人无复旧风流。
忍听杨柳大堤曲，誓雪江山半壁仇。
李杜光芒齐万丈，乾坤血泪共千秋。
凯歌明日春潮急，洗笔携来东海头。

1938 年初

潘光旦

（1899-1967）原名光亶，字仲昂，江苏宝山县人，优生学家、社会学家。1913年考入清华学校，1923年赴美留学获哥伦比亚大学硕士学位。1934年应聘到清华大学社会学系任教授，曾先后兼任清华大学及西南联大教务长、社会系主任及清华大学图书馆馆长等职。1952年任中央民族学院教授，著有《优生概论》《自由之路》等，诗作有《铁螺山房诗草》存世。

水木清华

园居水木号清华，曾是侯封故李家。
画栋红铺前岸树，微波青透隔窗纱。
脂香缥缈花香袭，人影依稀月影斜。
侧耳弦歌声响处，犹疑深院调琵琶。

1918 年

一剪梅·圆明园

萧瑟梧宫多少愁。歌舞频休，遗响谁留。胜朝皇气黯然收。风也飕飕，水也悠悠。　　黍离麦秀罔心忧。当日层楼，今日崇丘。江山天地尽蜉蝣。瑶草烟浮，玉树云流。

1918 年

洪　绅

（生卒年不详）字书行，福建侯官县人。清华学校1920级，被选送美国留学，1924年伦斯勒理工学院土木工程系毕业，1936年被聘为清华土木系教授，后移居台湾。

秋　夜

壁短虫鸣响，篱疏菊影香。

五更乡梦醒，一枕雁声凉。

放谪悲闻笛，依刘感肃霜。

满腔拉杂事，曾与古人方。

1918 年

江南忆·都下思家

江南忆，最忆是仓山。倦鸟归林波色晚，六街灯火正阑珊。望断雁亭间。

朱谦之

（1899-1972）福建福州人。现代学者。早年留学日本，先后在厦门大学、暨南大学、中山大学、北京大学教授历史和哲学，并任中国科学院世界宗教研究所研究员。著有《历史哲学大纲》等。

自叙诗

（一）

幼年哀痛过于人，凄绝孩提失两亲。
空有悼文遗子女，尚留吟咏寄龙鳞。
花残月缺灯无色，泪尽神伤意未伸。
苞棘南陔风不止，天涯从此便无春。

（二）

少年破旧脱笼樊，欲把强权信手翻。
慷慨悲歌燕市里，从容击筑大江奔。
明夷操有千秋志，革命书成万语存。
出狱都缘群众力，即今何以报宏恩。

（三）

中年讲学在南方，学海茫茫一滴尝。
哲学商量新知慧，史论探讨异寻常。
太平天国才终卷，万里江山未设防。
振臂高呼君莫笑，才疏志大气昂昂。

（四）

老年治学在京华，学术纵横愧一家。
子史钩沉漫费力，艺文欣赏快无加。
娱情万卷东方学，落纸千言海市霞。
海外寻师来益友，新栽桃李报生花。

（五）

散诞生涯七十春，早年愚昧晚年真。
三山百草非名贵，万卷千文未是贫。
昔日哀伤云过眼，今朝苦乐梦中身。
重来但愿成霖雨，世世生生更益人。

陆维钊

（1899-1980）字微昭，浙江平湖人，书法家。毕业于南京高师，任教于清华研究院、圣约翰大学、浙江大学、杭州大学，晚年任浙江美术学院教授。精书法、擅山水、花卉、治印。晚年以书法卓绝，驰名于世，溶、篆、隶、草于一炉，圆熟而精湛，凝练而流动，独创现代"蝶扁"，人称陆维钊体。曾协助叶恭绰编纂《全清词钞》，撰《全清词目》著有《陆维钊书画集》《陆维钊诗词选》等。

自大龙湫归灵岩寺

一磬铿然落，残僧欲掩关。
夕阳萧寺远，人语短筇闲。
万象悬溪澈，禅心共石顽。
遥闻铃铎响，黄叶满深山。

题诸乐三《长江纪游卷》 （三首录二）

（一）

夹江两岸好风光，大地春回种植忙。
正是平畴烟树里，家家门户倚麻桑。

（二）

眼底浔阳半日程。长风破浪一舟轻。
凭窗细听江南语，多少鸣鸠布谷声。

鹧鸪天

楼上纱留褪色痕。楼前风扫蝶馀魂。近来家
似无僧庙，冷雨寒窗独闭门。　　无一语，对黄昏。
半窗残腊旧温存。深宵起视人间世，依旧天低碍
欠伸。

踏莎行·苏嘉道中

云外钟声，渡头人语。江天一鸟冲波去。夕
阳如睡客孤行，残山青到途穷处。　　断塔风铃，
遥村烟树。旧游不记何年驻。即今花冷寺无僧，
红墙半落空啼宇。

张大千

（1899-1983）原名正权，改名爰，又名彦，字季爰，号大千，四川省内江人，原籍广东番禺。早年留学日本。著名画家，山水、人物、花鸟俱精。画展遍及世界各地。曾任教于北平国立艺术专科学校和南京中央大学美术系。并曾分别到敦煌莫高窟和印度临摹壁画。有《大风堂名迹》《张大千诗文集编年》《张大千画集》。

栖溪舟中作

渐有蜻蜓立钓丝，山花红映水迷离。
而今解道江南好，三月春风绿上眉。

1918 年

峨眉山

千重雪岭栖灵鹫，一片银涛护宝航。
五岳归来恣坐卧，忽惊神秀在西方。

1944 年

桐 庐

危樯高挂月如梳，红紫遥分落照余。

灯火千家鸦万点，乱山明灭过桐庐。

咏 荷

绿腰红颊锁黄娥，凝想菱花滟滟波。

自种沙洲门外水，可怜肠断采莲歌。

谒金门·书雁荡大龙湫图

岩翠积，映水淳泓深碧。中有蛰龙藏不得，
迅雷惊海立。 花草化云狼藉，界破遥空一掷。
槛外夕阳无气力，断云归尚湿。

1939 年

钱昌照

（1899-1988）江苏常熟人。著名爱国民主人士。曾任国民政府资源委员会委员长。新中国成立后任全国人大代表，全国政协副主席，民革中央副主席，首届中华诗词学会会长。著有《钱昌照诗》。

我们的朋友遍天下

放眼遥空思粲然，星波月浪烂无边。
能邀万象为宾客，自有胸怀大似天。

镇海楼

日高烟敛我登楼，南国风光悦远眸。
一片凤凰花似火，四周绿叶尽低头。

从化看云

湖面风来日渐西，四山夏木鸟争啼。
白云有意成霖雨，掠过重岩不肯栖。

蝶恋花·雪杏

好是溪南红杏树，二月春晴，照眼花无数。
不道昨宵风又雨，朝来飞雪漫天舞。　　如此荒
寒溪上路，零落燕支，有恨凭谁诉？若使名花都
解语，人间尽是伤心处。

薛一鹗

（1900-1980）字平子，别署淡翁，浙江绍兴人。曾任北京、汉口大陆银行稽核文书主任，镇江、松江农民银行总务主任、上海文史馆馆员。有《小卷葹阁诗稿》《清诗论略》等。

晴川阁

荒园空锁几经年，废阁危栏压楚天。
芳草无情随意绿，可人杨柳拂晴川。

1925 年至 1929 年

渡江闻警

湛湛长江水，风云逐浪翻。
昔贤曾此渡，慷慨赴中原。
强寇来关外，何人御国门？
那堪鸿雁里，击楫暗销魂。

1925 年至 1935 年

登九龙城

流人初上九龙城，莽莽苍苍百感生。
数亩荒畦栽白菜，一头病豕卧凉棚。
问名犹是中华士，拱卫何须外国兵。
块垒难消辛丑恨，满腔应贮海涛声。

1937 年

近事书愤

江南自是伤心地，金粉飘零忆六朝。
故苑烟花久寂寞，秦淮风月也萧条。
清时第宅余灰烬，胜日林亭付采樵。
辽鹤未归人世换，钟山依旧枕寒潮。

抗战时期

发始白

孤愤劳愁意绪纷，清霜明镜顶生纹。
二毛差免兵工役，宣发乱于今古文。
天听方卑人尽醉，我心如捣痛谁分？
凭他一缕三千丈，系住扶桑百万军。

抗战时期

吕振羽

（1900-1980）湖南邵阳人。历史学家。早年任教于北平中国大学和朝阳大学。后到延安，加入党组织。曾任刘少奇同志秘书。其后曾任大连大学和东北人民大学校长，中国科学院哲学社会科学部学部委员，中共中央历史问题研究委员会委员，中央党校教授等职。

风雨频袭之一小楼

（一）

风雨频袭一小楼，新书万卷钻无休。
墙内及门多志士，门前追迹有鸳鸯。
日著万言书贾胖，夜过三鼓思维周。
教授队中年最少，每从虎口拔同仇。

（二）

古木秾荫掩小楼，箧中禁帙点圈稠。
疾世总嫌人喋喋，夜眠时惕鬼啾啾。
邻居相护多贫乏，灶下常愁缺米油。
事业等闲付逝水，情怀岁岁系神州。

过邵阳登双清亭 (录一)

春申沦陷东南倾，又报寇骑迫洞庭。
为保湘山同叩楫，身衔成命过昭城。

1938 年 8 月

返延安途中 (录二)

过津浦线

月拥繁星夜二鼓，风驰电闪过津浦。
沟深垒险锁不住，为有斗星照前途。

1942 年

太行山怀古

太行形势天削成，联宋抗金八字兵。
抗日义旗满敌后，山原人海胜长城。

1942 年

黄子卿

（1900-1982）原名荫荣，字碧帆，生于广东省梅县，物理化学家。幼读私塾，1919年入清华留美预备班学习，1922年赴美学习获理学硕士学位。1928年任北京协和医学院生物化学系助教，1929年任清华大学化学系教授。后再次赴美学习获哲学博士学位。1952年开始任北京大学化学系教授、物理化学教研室主任。后被选聘为中国科学院数理化学部委员。著有《物理化学》等。

游西山

万寿山头日正斜，骑驴结队去寻花。
青峰如画入霄汉，柳陌飞尘迷电车。
慈幼院前观古柏，龙泉寺里啜新茶。
千金一刻正当掷，莫到春归空自嗟。

1921 年

复黄彦臣先生寄诗次原韵

孤云断处是家乡，万里茫茫惜道长。
自愧探骊迷学海，更难横槊镇河阳。
斜风斜雨催人老，青水青山过目荒。
十载从师频落泊，生涯大半在明堂。

1927 年

五卅痛史

铜驼荆棘吊苍凉，同室操戈战士忙。
碧眼横行怀武穆，丹心照日哭天祥。
满胸块垒诉无所，三尺龙泉吐有光。
诸葛歼身为复汉，少陵怀古独旌扬。

1927 年

剑桥独居

剑桥作客屡离群，独卧何妨昼掩门。
烛月几回空酌影，临风一啸最销魂。
絮飘春水无人问，花落梅城有梦存。
欲赋归来频搁笔，天涯谁伴咏黄昏。

1927 年

餐后读报

日读新闻餐后时，杞忧常抱意何痴。
茫茫禹域风云涌，滚滚长江大海驰。
举世浮沉人醉酒，半生潦落我吟诗。
遥看祖国疮痍地，衰草寒烟无限思。

1927 年

岳美中

（1900-1982）原名钟秀，号锄云。河北滦县人。著名中医学家，曾任中医研究院西苑医院医生，中华医学会副会长，中华全国中医学会副会长，中国中西医结合学会顾问，全国人大五届常委，全国政协医药卫生组副组长。曾多次奉派出国为印尼苏加诺、越南胡志明、朝鲜崔庸健等人治病，享誉国内外。兼擅传统诗词，有多部中医学专著和《锄云诗集》。

自　遣

日憩轩窗下，清琴偶一弹。
施医缘分好，茹素胃肠宽。
寡欲神何爽，无求梦亦安。
深居思简出，一任世途难。

1937 年

自　励

声闻终为累，枝柯最忌多。
何求能忘我？泯相自无他。
乐享现时际，珍持此刹那。
鼓吾大无畏，精进不蹉跎。

1937 年

见某报载益世报稿友孙君泽民揄
扬于余，惭愧莫当，赋此寄赠

半生误我是诗书，说项何劳过分誉。
煮字当年贫作丐，悬壶今日役同胥。
凄凉身世悲蕉鹿，寂寞情怀托木鱼。
滦水潺潺流不舍，枌榆北望慕相如。

1937 年

题施诊所合影 <small>(录一)</small>

年来世味淡于水，只剩余情愿施医。
药裹方笺为料理，群贤共此乐不疲。
欲凭苦作胜艰辛，赤手承当幸有邻。
但愿穷黎皆健旺，不妨我辈尽清贫。

1945 年

夏承焘

（1900-1986）字瞿禅，晚号瞿髯，浙江温州人。当代词学大师。1921年曾任北平《民意报》副刊编辑，后任西北大学、之江大学、杭州大学教授。新中国成立后任中国科学院文学研究所特约研究员、中国古代文学理论学会顾问、《词学》主编、全国政协委员等。有《唐宋词人年谱》《唐宋词论丛》《天风阁诗集》《夏承焘词集》《瞿髯论词绝句》等。

浪淘沙·过七里泷

　　万象挂空明，秋欲三更。短篷摇梦过江城。可惜层楼无铁笛，负我诗成。　　杯酒劝长庚，高咏谁听？当头河汉任纵横。一雁不飞钟未动，只有滩声。

1937 年

贺新凉·诸生探梅，病未从，是夜闻承德失守

昨梦清无价。曳一筇、冷云乱水，唐栖山下。屈注钱塘供砚滴，批判风天雪夜。正旧月、楼台如画。魏晋风人朱粉手，剩此花、颜色无人写。二三子，笑陶谢。　　灯边梦醒成悲诧。念陇头黄尘几树，边声万马。南渡湖山巾屐盛，日日酒围歌社。天水恨、花应能话。一洗诸君筝笛耳，听北风、鼓角从天下。落梅拍，怎么打？

1931 年

玉楼春·读放翁诗忆桐江旧游

一竿丝外山无数。容我扁舟来又去。不愁伸脚动星辰，何用浮鸥知出处。　　年年山枕听秋雨。苦忆绿蓑江上路。空囊一卷剑南诗，只有滩声堪共语。

1944 年

满江红·过开封怀李岩

访古夷门，君倘亦、卧龙诸葛？四八寨，几挥羽扇，风收败叶。转地回天兵与食，戈铤忍溅哀鸿血。看高标、露布倡均田，传九域。　　白山旗，环宫阙；红娘子，行飘忽。恨撞残玉斗，悲歌呜咽。东阁几杯谗客酒，中原万野农奴骨。讶一轮、独上九宫山，昏黄月。

王　力

（1900-1986）字了一，广西博白人。著名语言学家、文学翻译家。1927年留学法国，获法国文学博士学位。回国后，历任清华大学和西南联大教授、中山大学教授兼文学院院长。新中国成立后任北京大学教授，中国科学院哲学社会科学部学部委员、全国政协常委。著有《中国文法学初探》《汉语诗律学》《中国现代语法》《龙虫并雕斋诗集》《王力文集》等。

《恶之花》译者序 (三首录一)

嗜酒焉能不爱诗？常将篇什当金厄。
青霜西哲豪狂句，醇酒先贤委婉词。
夜浪激成沧海志，秋风吹动故园思。
盲心未必兼盲目，蜂蝶犹寻吐蕊枝。

　　　　　　　　　　　　　　　　1940 年

【注】

《恶之花》为法国波德莱尔的诗集。王力先生用格律诗将其译出。

无　题

东海尚稽驱有崖，北窗何计梦无怀。

剧怜臣朔饥将死，却羡刘伶醉便埋。

衮衮自甘迷鹿马，滔滔谁复问狼豺？

书生漫诩澄清志，六合而今万里霾。

1945 年 6 月

咏绿珠

琼楼人杳笛声沉，空剩黄鹂啭好音。

王母双成原彩凤，侯门一入是笼禽。

逞豪自有量珠兴，促死曾无惜玉心。

惆怅草荒梁女墓，诗人取次动哀吟。

题《中国历代诗话选》

诗家三昧不难求，形象思维谁与俦。

南国永怀花似火，西楼独上月如钩。

萋萋芳草添游兴，滚滚长江动旅愁。

情景交融神韵在，不须修饰自风流。

高　亨

（1900-1986）字晋升。吉林双阳人。曾师事梁启超、王国维。曾任河南大学、东北大学、武汉大学、山东大学教授。多年从事中国古典文学研究，著有《诗经全注》《诸子新笺》《周易古经通说》《周易大传今注》《文字形义学概论》等。

除日降雪

风卷雪花旋，怀乡意黯然。
山云吞树影，朔雁带烽烟。
桑梓八千里，干戈十一年。
剔灯读稗史，不觉枕书眠。

1934 年

东风第一枝·闻雁

御寇无人，还乡是梦，登楼听到征雁。分明今日初来，仿佛昔年曾见。烽烟漠漠，又何怪声声呼唤。有几许，雪迹泥踪，南北东西飞遍。　　思旧侣，恶风吹散。望去路，妖云遮断。再过河浦关山，久别辽原星汉。风翎雨翮，又道是飘零都惯。且鼓翼直上青霄，回首江山一叹。

1934 年

鹧鸪天·咏乐城桃林

海燕衔泥陌上飞，桃林二月软红肥。月为宝镜临瑶影，露似珍珠缀锦衣。　　花玉貌，柳娥眉，可奈春来人未归。蜀道秦关千里雁。东风惆怅对芳菲。

1945 年

【注】

乐城，县名，今属河北省献县。

水调歌头·读毛主席诗词

掌上千秋史，胸中百万兵。眼底六洲风雨，笔下有雷声。唤起巨龙飞舞，扫灭妖焰魅火，挥剑斩长鲸。春满人世间，日照大旗红。　　抒慷慨，写鏖战，记长征。天章云锦，织出革命之豪情。细检诗坛李杜，词苑苏辛佳什，未有此奇雄。携卷登山唱，流韵壮东风。

刘衡如

（1900-1987）四川邛崃人。历任四川大学中国文学院、成都大学、成都师范大学及华西联合大学教授。重庆大学中国文学系教授。后任西康省康定县县长、省政府高等顾问。1949年协助刘文辉起义。1985年1月被聘任为中央文史研究馆馆员。曾参加中医古籍校释本审定工作，整理、校勘《本草纲目》等二三十种医书。撰有《中国医药和阴阳五行的起源》和《试论六经血气多少之常数》等文，被收入《内经研究论丛》。

康城十咏 (录三)

贺新郎·温泉浴月（用东坡韵）

北关外二道桥以温泉著，泉上有楼台花木之胜。月夕花晨，裙屐纷往；水声山色，鬓影钗光，令人有乐不思蜀之感。时西安事变之次年，金陵方为日寇所陷，回思往事，如梦如烟，哀乐靡常，凄然成调。

解珮羞金屋。露春痕，鸳鸯戏水，小蟾窥浴。浪蕊浮花堆池满，飞溅零珠碎玉。艳出水、芙蕖初熟。散发纷披风裳举，趁新凉、共倚阑干曲。无限意，寄霜竹。　　东南半壁江山蹙。想秣陵、汤山俊赏，顿成凄独。今古华清荒譙地，枉使痴龙被束。乍梦断、江南新绿。一代兴亡浑难据，听胡笳、塞上空怅触。家国泪，坠簌簌。

齐天乐·翠幕歌风

番俗暮春相率张幕柳林子，举家偕往，竟日踏歌，闻者留连，不忍遽去。

春风偷度边关外，新声送来天半。曲换梁州，腔翻子夜，歌彻关山凄怨。飞蓬乱卷。看紫鬟黄深，系腰红浅。倦解罗襦，路人微觉乳香散。　　江南当日少小，玉楼会惯听，吴曲娇软。守土无人，吾家帝子，空把风歌唱遍。年时嬿婉。算一片温柔，怎经离乱。望断神州，夕阳天外远。

西平乐·郭达停云

郭达山，俗传诸葛南征，遣将军郭达造箭于此，停云辄雨，土人以占气候焉。

万仞巉岩壁立，一片云停住。天末残阳欲尽，鸦背西风渐紧，林际霜红乱舞。番歌四起，回首乡关何处。认归路。　　心一点，愁万缕。辜负黄花素约，凝盼红窗倩影，梦逐行云去。可念我、穷边吊古。英雄事往，云车风马，魂未返，恨难赋。寂寞天涯倦旅。那堪更忍，疏落黄昏细雨。

周传儒

（1900-1988）四川江安人，史学家。1918年毕业于北京师范大学史地系，入商务印书馆任编辑，1925年考入清华大学国学研究院，毕业后入北京师范大学任教。著有《中国古代史》《甲骨文字与殷商制度》等。

读史杂诗之五代史

金缠臂，铁胎银，胡髯黑色阎昆仑。食胆千，勇无敌，杀人思绾怕钉立。当时人命轻于毛，收拾金帛如山高。人生非财不能活，取给而已何须括。括财取官还取民，杀人终亦为人杀。　　佛言人有劫，我言人自为。匹夫不想作天子，何用悍将骄兵随？武人为将相，猛虎翼而飞。杀人终亦为人杀，君不见：张彦泽，杜仲威。

1927 年

明太昌天启实录 (录一)

　　辽阳道，山海关，闭关经略几半年，辽人不敢窥中原。朝廷重战不重守，强扶疮痍出关口。监军执意信降胡，关破兵亡书在手。国事凌夷天早定，经略不知怎制胜。同罪异罚谁为辞，死者何辜生何幸。冽风凛雪飘九边，经略死时犹少年。当年御饯都门口，岂知功屈空衔冤。向谁说，钱塘潮，淮阴月？

朱良才

（1900-1989）湖南汝城人。1927年加入共产党。曾任北京军区政委。开国上将。

朱德挑粮

朱德挑谷上坳，粮食绝对可靠。
大家齐心协力，粉碎敌人"会剿"。

1928 年秋

俞平伯

（1900-1990）原名俞铭衡，笔名屈斋。原籍浙江德清，出生于苏州。1921年与茅盾等人组织成立"文学研究会"，次年与朱自清合办《诗》月刊。曾在燕京大学、清华大学、北京大学任教。是新诗运动初期著名的诗人，著名的红学家。新中国成立后，任北大教授、中国社会科学院文学所研究员。著有《红楼梦研究》《俞平伯诗全编》等。

京师旧游杂忆什刹海

频有骄骢陌上嘶，风蝉寥戾过杨枝。
楼头灯影楼前月，醉里情怀似旧时。

1918 年

癸亥年偕佩弦秦淮泛舟

来往灯船影以梭，怀君良夜爱闻歌。
柔波犹作胭脂晕，六代繁华逝水过。

1923 年

没有题目的诗

多难兴邦日，高腔亡国时。

庸医临险症，劣手对残棋。

建业空流水，辽阳有鹤归。

外交非直接，抵抗是长期。

半壁莺花喜，千门骨肉悲。

画符王道士，制梃孟先师。

自许南阳葛，人怀秦会之。

民生三主义，国难一名词。

直到分瓜侯，终须煮豆萁。

河关轻似叶，江表沸如糜。

有耻添新节，无当失故厄。

腹心真痼疾，手足堪疮痍。

文化车装去，空都骡马嘶。

沉溟无复语，重读兔爰诗。

1933 年 5 月

浣溪沙·立春日喜晴

昨夜风恬梦不惊。今朝初日上帘旌。半庭残雪映微明。　　渐觉敝裘堪暖客，却看寒鸟又呼晴。匆匆春意隔年生。

鹧鸪天·杭县康家桥舟中作

学作新诗句未平。卧听柔橹汩波声。软红尘土成遥想，新绿畦塍快远情。　　收麦穗，插秧针。早中迟稻待秋登。不须明年愁泥足，却为田家问雨晴。

浦薛凤

（1900-1997）字瑞堂，江苏常熟人。14岁考入清华学校，1921年官费留学，获哈佛大学硕士、翰墨林大学法学博士学位。留美时与闻一多、罗隆基、梁实秋等同组"大江会"。回国后历任清华大学政治系教授兼系主任、《清华学报》编辑、北京大学教授、西南联大政治系教授。曾出任国民政府外交部副部长，1962年移居美国。诗作有《浦薛凤诌占集》。

为"大江会"刊物作

天崩地坼运非穷，故国新胎转变中。
卅载贪私随劫火，万方血肉抗顽戎。
求苏百代汉家好，忍痛今朝玉瓦同。
走马昆仑东向望，波翻黑海夕阳红。

冰 心

（1900-1999）女，原名谢婉莹，笔名冰心。福建长乐人。著名作家，翻译家。1923年毕业于燕京大学，同年赴美留学。回国后在燕京大学、清华大学女子文理学院任教。抗战期间从事救亡运动。新中国成立后任中国作家协会理事，全国人大代表，《人民文学》编委。其散文集《寄小读者》，诗集《繁星》《春水》，短篇小说《超人》等，在现代文学史上产生过较大影响。有《冰心散文集》等。

七 绝

卢沟晓月信清明，端赖坚持作抗衡。
世事强权终必败，和平正义是太平。

卖花声·为访华日本女作家有吉佐和子书扇

记我访扶桑，椿树山庄。欢迎会上互飞觞。
淡素衣裳灯影里，玉润珠光。　　何事最难忘？
热血柔肠。纵谈广岛泪双行。者是论交开始地，
春雨镰仓。

洪灵菲

（1901-1933）广东潮州人。1924年入党，曾以共产党员身份任国民党中央海外部秘书。1930年任左翼作家联盟常委、上海各界民众反日救国联合会党团书记。1933年任中共北平市委秘书，同年被捕遇害。有《洪灵菲选集》。

寄　内

故国乱离三万里，东风吹恨一千年。
鱼龙呼吸江初静，花鸟啼唏月正圆。
莫傍山河忧社稷，好从陆地作神仙。
江村寒食最萧索，倚杖柴门听暮蝉。

白菊花

傲骨千年犹未消，篱边照影太寥寥。
生涯欲共雪霜淡，意气从来秋士骄。
如此夜深立皎魄，更无人处着冰绡。
绝怜风度足千古，不向人间学折腰。

1933 年

谢士炎

（1901-1948）湖南衡山人。抗战胜利后，任北平十一战区司令长官部作战处长。1947年2月加入中国共产党。1948年10月被杀害。

狱中诗

人生自古谁无死？况复男儿失意时。
多少头颅多少血？续成民主自由诗。

秦伯未

（1901-1970）名之济，号谦斋。上海市上海县人。中医学家。解放后执教于北京中医学院。有《谦斋诗词集》，并著有《内经类证》《金匮略浅释》等。

月子弯弯曲 二首

（一）

弯弯天上月，皑皑地上霜。
奈何东与西，共此影与光。

（二）

月子有圆缺，妾心无休息。
圆时长相思，缺时长相忆。

虞山竹枝歌　三首

（一）

万柳堂前飞絮迷，春风巷外紫棉齐。
此心但愿郎温暖，不怨朝耘到日西。

（二）

日日琴川白水流，登高直上剑门头。
赠郎白首腥红粉，莫为相思彻夜愁。

（三）

破山寺里看碑来，齐买盈筐山栗回。
侬望山山皆结实，怪郎只爱桂花开。

梁思成

（1901-1972）广东新会人，梁启超之子，建筑学家。1915年就学于北京清华学校，后留美就学于宾夕法尼亚大学、哈佛大学研究院。1928年归国任东北大学建筑系教授。1946年创建清华大学建筑系，任系主任，接受美国休斯顿大学名誉文学博士学位。任联合国大厦设计委员会委员。1948年被选为中央研究院院士。新中国成立后，任清华大学建筑系教授、系主任。全国人大常委、全国政协常委。1955年被选聘为中国科学院技术科学部委员（院士），并任建筑科学院建筑历史理论研究室主任、中国建筑协会副理事长等职。著有《清式营造则例》《中国建筑史》《宋营造法式注释稿》等。

登桂林叠彩山

登山一马当先，岂敢冒充少年。
只因恐怕落后，所以拼命向前。

谢国桢

（1901-1982）字刚主，河南安阳人，明清史学家，藏书家。1925年考入清华国学研究院，受业于梁启超，1928年任北京图书馆编纂并负责金石部工作，1938年曾任北京大学史学系教授。有藏书两千余种、三万余册，1982年全部捐给中国社科院历史研究所图书馆。著有《清初史料四种》等，诗收录于《瓜蒂庵文集》。

忆童年 （录一）

邺下风光久闻名，祖父堂前见一灯。
教我说文解旧诂，月穿花影读书声。

昆明纪游 （录一）

杨碑读罢见元梅，旁有昙花四月开。
勿谓人生一刹那，一刹那间骋奇才。

1948 年

南行过解放区

我马已疲日昏黄，暂息民家古道旁。
劳荷父老遥相问，话出当年斗志昂。

李淑一

（1901-1997）湖南长沙人。曾就读北京直隶省旧制女子师范学校预科、湖南省立第一女子师范学校、长沙私立福湘女子中学。1924年与柳直荀结婚，曾被捕入狱。后历任长沙、湘潭、安化各地中小学语文教员。1957年被聘任为湖南省文史研究馆馆员。是第二届政协湖南省委员会委员。晚年寓居北京。1977年6月被聘任为中央文史研究馆馆员。

秋　兴

金风刺我骨，遍地降寒霜。

凄凉庭院草，一夕尽萎黄。

梧桐惊落叶，丹桂独飘香。

愁起南征雁，空中三两行。

日月一何急，转瞬又重阳。

繁华能几时，太息复悲伤。

人生不百岁，努力毋怠荒。

吾侪愿奋志，随时爱景光。

1919 年

寄张琦岭南

独倚危楼夜色阑，风来抚臂觉襟单。
前庭树影余残叶，近院砧声报早寒。
天末故人消息杳，生逢乱世别离难。
清修阁外今宵月，依样团圆只独看。

1921 年

记　梦

离思郁结梦魂萦，度越千山赋远征。
红叶有情飞向我，碧云无意淡依卿。
黄泥岭上秋容黯，乌石峰旁暮霭明。
欣见旧时诸子面，萧塘煮酒话平生。

1940 年

和杜甫《述怀》

去年长沙陷，消息隔绝久。
阿爷正周甲，避难他乡走。
目击乱离民，衣单露两肘。
含泪食残羹，不顾颜之厚。
我久隐湄滨，课徒止糊口。
寄书投麓山，探问家安否。
来人述阙况，人命等鸡狗。
日夕不宁居，十室无户牖。
亲戚莫相救，骨肉同枯朽。
浩劫到吾湘，天意良非偶。
同胞其自爱，杀敌速回首。
三户可亡秦，邦家惟我有。
直抵东京城，痛饮自由酒。
莫作避秦民，穹山倚樵叟。

1941 年

菩萨蛮·惊梦

兰闺寂寞翻身早，夜来触动愁多少！底事太难堪，惊侬晓梦残。　　征人何处觅，六载无消息。醒忆别伊时，满衫青泪滋。

1933 年夏

张学良

（1901-2001）字汉卿，辽宁海城人。爱国将领。曾任东北边防司令长官，陆海空三军副总司令。与杨虎城于1936年12月12日发动"西安事变"，后被蒋介石长期软禁。

游华山感怀

极目长城东眺望，江山依旧主人非。
深仇积愤当须雪，披甲还乡奏凯归。

东北大学西安新校舍题词

沈阳设校，经始维艰。
至九一八，痛遭摧残。
流离燕市，转徙长安。
勖尔多士，复我河山。

赠张治中

总府远来义气深，山居何敢动嘉宾？
不堪酒饯酬知己，唯有清茗对此心。

童陆生

（1901-2001）湖北黄陂人。1923年参加革命。参加了湖北黄安暴动。曾任解放军训练总监部军事出版部副部长，军事科学院院务部副部长。1955年被授予少将军衔。曾为解放军红叶诗社顾问。著有《吾心集》。

别延安

北斗横天夜欲阑，夜行兵马踏河山。
峰回千转山溪窄，沟曲盘旋朔气寒。
红日初升驱晓雾，春风送暖拂晴峦。
前途要渡黄河岸，一水重分秦晋难。

渡黄河四首（录三）

（一）

一轮明月照天空，隔岸波光影色中。
水底鱼龙翻细浪，横船载月有秋风。

(二)

曾渡黄河听捷音，扫除日寇又西临。
风流可算随人月，不惜分光伴远人。

(三)

黄河滔滔古今流，波浪淘沙洗渡头。
千转回旋仍东海，一舟常慰儿女愁。

1948 年 6 月 15 日

袁晓园

（1901-？）女，出身翰苑之家。青年时赴法勤工俭学，后曾在美国任大学教授，并在联合国工作。晚年回国定居北京，曾任全国政协委员。有《晓园文集》等。

忆家乡

春上枝头风未软，碧波滟潋日犹寒。
瘦林寥廓关山远，独倚危栏意渺然。

复友人问

故人动问凤池头，世外黔娄百事收。
昔日折腰为五斗，今朝弹指弄扁舟。
频流珠汗全清节，换取琼浆满海楼。
闹市心闲如野鹤，人生到处可悠游。

忆翠华山居

水激溪流峡路开，翠华曲径少尘埃。
千行归雁云中过，万壑松风月里来。
淡泊时吟梁父曲，安贫有待颜回才。
灵犀若得通顽石，坐断空林百仞崖。

王昆仑

（1902-1985）笔名鲲、太愚。江苏无锡人。政治活动家，著名学者。北京大学毕业，曾参加五四运动。后追随孙中山，参加国民党，并在国民党内部从事反对蒋介石的民主活动。1933年参加共产党，此后长期从事民主运动和党的统一战线工作。参与发起组织中国民主革命同盟和三民主义同志联合会，并担任领导。历任国民党政府立法委员和国民党后补中央执行委员。利用自己的身份，多次掩护和营救爱国民主人士和中共地下党员。新中国成立后历任北京市副市长、全国政协副主席、民革中央委员会主席、全国人大常委。有《红楼梦人物论》《王昆仑文集》。

观日本日光华岩大瀑布

华岩名瀑下重峦，白练垂空信可观。
注壑千寻鸣巨吼，出山一泻作洪澜。
源高何虑前途远，流急方知返顾难。
入海成江从此去，清波万里任人看。

1925 年

防　微

防微杜渐是名言，渐变常开突变端。
吸血病藏虫小小，决堤祸起水涓涓。
好声一片心常栗，肱折三经铁比坚。
多少猿啼等闲事，轻舟已过万重山。

冯焕章先生六十寿诗（十首录二）

（一）

巫山巫峡气萧森，孱虏踟蹰遽敢侵。
此地不容秦桧议，世人共识马援心。
独滋涕泪怜丁戌，每沥肝肠动古今。
千载蕲王堪伯仲，江湖廊庙两情深。

（二）

岂因韬略掩词章，“丘八”诗传数万行。
克敌共凭文笔健，烛奸争说“菜花黄”。
扫除雪月风花累，歌哭伤亡烈士忙。
琢句雕虫成底事，愧他“坐地拉风箱”。

1941 年

心上人间

心上人间烂漫红，小窗昂首望长空。
自有天明非梦境，怕经风雨不英雄。

1941 年

黄君坦

（1902-1986）字孝平，号步明，别号甡宇、甡叟，福建闽侯人。1925年起历任北洋政府教育部、财政部、司法部秘书，中日东方文化委员会《续修四库全书提要》特约编辑。1928年后历任行政院驻北平政务整理委员会参议、秘书和建设委员会委员。华北政务委员会时期，历任华北实业总署参事、代理工商局长、华北政务委员会参事。1955年为人民文学出版社担任社外校勘古籍工作。中央文史研究馆馆员，著有《清词纪事》《词林纪事补》《宋诗选注》《续骈体文苑》《校勘绝妙好词笺》等，并与张伯驹合编《清词选》。

小重山

丁丑三月初十大雪数寸，园林积素烂然，时近清明节已四日，山桃杏花盛开，写小词。

碎剪琼花饰玉京。风光三月半，见飞霙。梨云嫌暖絮嫌轻。桃腮湿，红粉泪纵横。翼瓦映春城。吴棉重，着体暮寒生。黄杨今岁闰初成。东南客，看遍小清明。

1937 年

【注】

三月为小清明，八月为大清明。

少年游

山中微雪旋霁，极营丘画笔平林远岫之致，谱以小令。

淡妆晓镜溜横波。睡黛失青螺。一夜东风，小弓弹粉，树树晕梨涡。　　矶头苔点松杉小，着墨不宜多。山市晴岚，玻璃寒日，素袜步尘罗。

八声甘州·清明节过龙潭湖，展拜明东莞袁督师崇焕祠墓

障金瓯心苦后人知，招魂下天阊。叹君臣草芥，长城纵在，也促秦亡。百战间关未了，碧血化沧桑。三字风波狱，无此悲凉。　　几世恩仇流谶，误雁门鸷帅，痛哭汾阳。有蕉园绿在，死士笑生王。剖忠肝、歃歠将种，望大平、白马是何乡。龙潭树，迎清明雨，来奠椒浆。

满庭芳·故宫绛雪轩太平花

群玉山头，蕊珠宫裏，冰姿重见飞琼。苕华选入，娇比小南馨。一自黄台蔓摘，东风醉、降雪无名。罘罳外，斜阳脂井，凄奠玉真铭。　　金茎随世转，长门更漏，声断提铃。任移根分畹，归系香缨。淡碧一痕天水，荼蘼后、输汝风情。长赢得，六朝花絮，圣瑞冠群英。

胡　风

（1902-1986）原名张光人，湖北蕲春人。著名文艺理论家、诗人、翻译家。1933年任左联宣传部长和行政书记，1934年在鲁迅授意下提出"民族革命战争的大众文学"口号。抗战期间，任中华全国文艺界抗敌协会常委等职。新中国成立后任全国文联委员、中国作协理事。旧体诗有《抗战风云》《狱中诗草》。

从蕲春回武汉船上

剩有悲怀对夜空，一天冷雨一船风。
夹江灯火明于烛，碧血华筵照不同。

1937 年 11 月 11 日

旧历元宵节

几人欢笑几人悲，莽莽河山半劫灰。
酒醋值钱高价卖，文章招骂臭名垂。
侏儒眼瞎姗姗舞，市侩油多得得肥。
知否丛峰平野上，月华如海铁花飞。

1940 年 2 月 22 日

步王白与《喜降》原韵

漫拈秃笔且题诗，后乐先忧记此时。
怯将贪官无数计，封功受土几人宜？
权谋惯见奸欺正，海口空夸夏变夷。
魔影幢幢须烛照，男儿何事急归期。

1945 年 8 月 21 日

次原韵报阿度兄 (录一)

竟挟万言流万里，敢擎孤胆守孤城。
愚忠不怕迎刀笑，巨犯何妨带铐行？
假理既然装有理，真情岂肯学无情？
花临破晓由衷放，月到宵残分外明。

沈从文

（1902-1988）原名沈岳焕，笔名休芸芸、甲辰、上官碧等，湖南凤凰人，著名作家。1922年到北平求学，1928年到上海编杂志，后到中国公学、武汉大学、青岛大学任教，1933年回北平编《大公报》副刊、次年编天津《大公报》副刊，1937年到西南联大任教，1945年抗战胜利后任北京大学教授，新中国成立后任全国政协常委，中国社科院历史研究所研究员，长期从事古代服饰研究，成绩卓著。代表作有小说《边城》等，共有小说、童话、论文、散文、戏剧、诗歌三十部。

庐山含鄱口

巍巍含鄱口，列岫一线青。
山鸟歌木末，白烟起孤村。
五老背可蹑，长岭势若奔。
我来值岁末，天宇适清澄。
山径延幽谷，松竹各争荣。
远挹鄱阳湖，烟波十万顷。
朱明争原鹿，友谅此成擒。
铁戟沉沙久，鼓鼙仿佛闻。
惟传王母鞋，一掷在湖心。
至今泊渔舟，千帆跃锦鳞。

刘祖霞

（1902-？）1902年生，江西萍乡人。1933年获日本九州帝国大学医学博士学位。曾任清华大学校医、北平大学讲师、中山大学教授兼医学院院长。抗战中避居北婆罗洲行医，后退居香港，1948年移居澳洲。有《椰风集》《椰风续集》《椰风三集》。

减字木兰花

婆洲虽好，那有薰风肥绿草。梦浅思深，椰雨频敲故国心。　　邻鸡凄咽，啼落海天千里月。晓镜添霜，任是无情也断肠。

点绛唇

几阵椰风，晚来吹送芭蕉雨。黄莺不语，似惜春光去。　　满目花飞，引得归心苦。凝眸处，乱山无数，遮断来时路。

太常引

一湾秋水碧澄清，帆影映分明。转眼夕阳倾。剩无数、椰林翠横。　　娟娟月魄，疏疏星影，缓缓度窗棂。归梦久难成，况墙外、秋虫乱鸣。

玉楼春·观海

抬头远望天边翠，相隔盈盈浑绿水。朝观巨舰逐波来，暮见轻帆傍日驶。　　汪洋海量何能比，后有耶稣前孔子。蕴藏万物汇千川，人类交流尤赖此。

顾毓琇

（1902-2002）号古樵，字一樵，别署蕉舍，江苏无锡人，科学家、佛学家。1915年入清华学校，与同学闻一多、梁实秋等组织清华文学社。1923毕业后留学美国，获麻省理工学院科学博士学位。1932年应聘任清华大学电机系教授兼主任、工学院院长等职。1944年被任命为中央大学校长。1950年移居美国。出版有《顾毓琇全集》。

妇难为

昔日曾传巧妇词，世人今叹妇难为。
典钗搜箧忧心戚，数米量盐诧价奇。
久病老翁甘绝食，号寒稚子复啼饥。
惟将十指填儿口，好睡莫醒吾爱儿。

1941 年

满江红·古城烽火

琼岛瀛台，斜阳外，荒烟蔓草。空怅望、古城烽火，燕国归鸟。故国河山留半壁，何年战伐平三岛。愿中华儿女誓同仇，仰天啸。　　卢沟恨，终须报。奸伪耻，还当扫。数衣冠禽兽，腼颜啼笑。无定河边多慷慨，妙峰山顶兴征讨。要惊天动地与人看，黄龙捣。

访泰戈尔故居

云游来圣地，瞻拜入仙乡。
啼鸟惊春梦，飞花笑夕阳。
清歌澄俗虑，妙笔放灵光。
新月霭相照，缅怀白发长。

1943 年

沙坪坝闻日寇投降

抛却诗囊曾几时，惊人消息耐人思。
八年涕泪愁何在，万里江乡梦亦疑。
犹喜童心闻捷报，敢忘慈训误归期。
明朝巴峡楼船下，长跪萱闱诉别离。

1945 年重庆

江城子·江南箫鼓

飞霜飞雪老苍松。路千重，梦千重。樵客溪
山深处度隆冬。方寸桃源身世外，苹果绿，荔枝
红。　　江南箫鼓又东风。晓来峰，晚来钟。春
到人间九野月明中。无限云山无限思，烟柳外，
海天同。

1946 年

苏步青

　　（1902-2003）浙江平阳人。著名数学家、教育家。早年留学日本，获日本东北帝国大学研究院理学博士学位。回国后任浙江大学教授、数学系主任。新中国成立后历任浙江大学教务长，复旦大学教授、校长、名誉校长，中国数学会副理事长，国务院学位委员会委员，中国科学院物理学、数学学部委员，全国人大常委，全国政协副主席，民盟中央副主席。著有《射影曲面概论》《仿射微分几何学》等多部数学著作，以及《苏步青业余诗钞》。

暮秋偶成 二首

（一）

种得东篱菊，重阳犹未开。

风摇秋影瘦，雁唳塞声哀。

无处觅诗句，何人把酒杯。

只将新铁笔，聊写旧情怀。

（二）

梦里知何处，醒来只自怜。

江长离乱后，濑广水云边。

瀛海春犹在，蓝田玉未烟。

临风怀旧雨，垂死抱残笺。

时事杂咏 （录一）

京洛初归十万师，先清城郭未趋夷。

但教渭北无风雨，不信江南有别离。

1945 年

夜饮子恺先生家赋赠

草草杯盘共一欢，莫因柴米话辛酸。

春风已绿门前草，且耐余寒放眼看。

1947 年湄潭

王芸孙

（1902-？）湖北黄陂人。中国社会科学院文学研究所副研究员。著有《中国旧诗佳句韵编》。

赠老四首 (录二)

（一）

流光逝水指轻弹，漏尽钟鸣夜向阑。

去日苦多来日少，别时容易见时难。

论才每讶厨薪积，抚序方知弃扇寒。

戏倩星家查食禄，豚蹄一半不登盘。

（二）

憔悴江潭又几秋，当年张绪减风流。

勋名未集惭看镜，筋骨将衰懒上楼。

晞发阳阿惊老大，挂冠神武待归休。

嗣宗薄有途穷感，不止相如赋倦游。

喜老四首 (录二)

(一)

频年憎老渐怀疑，仔细思量老亦宜。
候鸟代飞规律在，游鱼饮水暖寒知。
据鞍顾盼犹余勇，闻道崇朝不算迟。
卫国尚堪书露布，人间也有傅修期。

(二)

伏枥金台气拂霜，唾壶击缺壮心长。
岁寒未必凋松柏，性烈谁能比桂姜。
漫与诗篇应万首，介眉春酿累千觞。
挥馋运斸饶精力，共笑狂夫老更狂。

【注】

傅修期，后魏傅永，字修期，不服老。人谓傅尚能上马杀贼，下马书露布。

潘伯鹰

（1903-1966）名式，别号凫工，安徽怀宁人。早年留学日本。曾任北平中法大学、上海同济大学等校教授。新中国成立后任上海市政府参事。有《玄隐庐诗》。

闻十九路军屡歼倭寇喜赋 （录一）

自恃投鞭足断流，西来猛识阵云愁。
淞滨初溅虾夷血，要洗炎黄一代羞。

1932 年

祝融峰

茫茫到此更何之？绝顶先登却自危。
云海荡胸仍块垒，兵尘满眼各离披。
敲冰破冻玄都震，射日弯弓赤帝悲。
划尽祝融峰作地，为君重扫碧琉璃。

1937 年

何处难忘酒效白乐天 (录一)

何处难忘酒，中原板荡秋。

山川飞血肉，奴虏及公侯。

天险终安恃，人才要更求。

此时无一盏，危涕那能收？

1940 年重庆

贺昌群

（1903-1973）四川马边人。早年留学日本。先后任教于浙江大学、中央大学，新中国成立后为南京图书馆馆长，并在中国科学院哲学社会科学部和中国社会科学院工作。

授课将毕示诸同学

1944 年在重庆松林坡讲"杜诗与盛唐之时代"。

读史才情付与谁？为君苦说杜陵诗。
兰台词调亲风雅，庾信高文重典仪。
三蜀烟花劳想象，一川梦雨点灵旗。
萧条异代伤时泪，洒向江山只自悲。

梁实秋

（1903-1987）原名冶华、秋实，号均默，笔名子佳、秋郎，祖籍浙江余杭，生于北京。留美归国后任教于南京东南大学、国立山东大学，北京大学教授。

题咏平山堂

岁暮犹为客，荒斋举目非。
炊烟环室起，烛影一痕微。
蛮语穿尘壁，蚊雷绕翠帏。
干戈何日罢，携手醉言归。

黄药眠

（1903-1987）广东梅县人。1927年入上海创造社开始文学创作。1928年入中国共产党，次年到莫斯科青年共产国际工作，1933年回国。1944年入中国民主同盟。1946年赴香港与友人合创达德学院并任教。新中国成立后任北京师范大学教授，中国文联常委、副秘书长，《文艺报》及《文学评论》编委，中国民主同盟中央宣传部、全国政协常委。著有《沉思集》《春草堂诗存稿》等。

小溪唇杂咏六首 (录一)

早年怀壮志，救国具雄心。
岂无忧患苦，坚持直至今。

1941 年

侯外庐

（1903-1987）著名史学家，原名玉枢。山西平遥人。先后任哈尔滨法政大学、北平大学、北京师范大学教授，西北大学校长，中国科学院哲学社会科学部委员，中国社会科学院历史研究所所长，中国史学会理事，中国哲学史学会名誉会长，全国政协常委等职。著有《中国思想通史》《中国近代哲学史》等。

双林寺记游感赋 四首

（一）

游记依稀眼暂开，故园千里梦萦回。
双林五百阿罗汉，多少降龙伏虎材。

（二）

攒眉怒目四金刚，龙女扶持大士旁。
都是世间真实相，人情物态此中藏。

（三）

乡邦风物又新清，白社双林旧擅名。
多谢人民勤护惜，瑰琦婀娜各峥嵘。

（四）

游戏禅房花木深，儿时结伴过双林。
庭中老柏能相忆，七十年前角草人。

萧劲光

（1903-1989）湖南长沙人。1922年加入共产党。曾任军团参谋长，中央军委参谋长，陕甘宁留守兵团司令员，四野副司令员兼十二兵团司令员，海军司令员，全国人大常委会副委员长。开国大将军衔。

抗日战争感怀五首 （录三）

（一）

敌骑踏破中原地，赤县处处血如雨。
山河破碎心亦碎，报国张弓射金矢。

（二）

甲午战云蔽海天，八载干戈添仇冤。
劫波渡尽春又归，一衣带水写新篇。

（三）

从来养兵为征战，卫士戍疆老少安。
宜将剑戟多砥砺，不教神州起烽烟。

李一氓

（1903-1990）四川彭县人。1926年加入共产党，参加南昌起义。后任陕甘宁省委、华东局宣传部长，中联部副部长，中纪委副书记。有著作多部。

由瑞昌回瑞金马上口占

马傍稻田转，人从战地归。
一鞭残照里，又过武阳围。

1933 年

得讯我军已过泸定桥

十七人飞水上蛟，一江烽火两山烧。
输他大渡称天堑，又见红军过铁桥。

1935 年安顺场

"七七"纪念 三首

（一）

触目四邻多战垒，半年游击出张圩。

琴书零落诗人老，慷慨平生付马蹄。

（二）

七月战云仍黯黯，六塘堤柳自青青。

新亭风景无须注，泗上蜂屯子弟兵。

（三）

北渡三年多战迹，南征残腊有冤魂。

徐扬淮海无余子，青史难湮新四军。

1940 年

钟敬文

（1903-2002）笔名静闻、金粟，广东海丰人。先后在岭南大学、中山大学、浙江大学、香港达德学院任教，研究民间文艺和民俗学。新中国成立后任北京师范大学中文系教授，中国民间文艺研究会主席、中国民俗学会理事长，中华诗词学会副会长。著有《天风海涛室诗词抄》等。

海滨晚步诵曼殊吊拜伦诗有感

国仇身恨付诗章，异域招魂语痛伤。

我也临风秋思远，沧波无际月昏黄。

1934 年作于日本

过奈良故居

冻云癯鹿助清寥，肃肃髡杉梦故朝。

过客雄心未能死，百金欲买奈良刀。

1935 年冬

闻鲁迅先生逝世口占

文章如鼎图群魅，世路于公直战场。
南北青年瞻马首，何曾荷戟肯彷徨？

1936 年 10 月

秋　怀

炎虎当秋正逼人，塘芦忽见白头新。
风酣待听千林叶，世变难为一室春。
孰使连城喑鼓角？未妨遥夜望星辰。
伤秋岂是平生意，剧乱心长特苦辛。

1944 年

乙酉除夕

一椽仅兔卧蓬蒿，薄海人犹泣所遭。
渐近痴呆精力退，稍持芳洁谤声高。
心光星影遥相映，岁事吟情各自劳。
未易沉沦千古意，冻灯辽野听松号。

1945 年

朱 湘

（1904-1933）字子沅，笔名天用，安徽太湖人。1919年秋考入清华学校，1921年加入清华文学社，新格律诗倡导者，号称"清华四子"之一。1923年因抵制早点名制度而被开除，后受邀返回北京在适存中学教英语，曾借用晨报创办《诗镌》。1926年经校长曹云祥同意重返清华大学，1927年毕业后留美。回国后因失业问题投水自杀。

蝉鸣 二首

（一）

餐露栖高树，飘然一羽轻。
星河时照影，风雨太无情。
堪叹人皆浊，谁怜子独清。
新秋三伏后，犹作不平鸣。

（二）

江南何所有，处处蝉鸣柳。
莫谓高难攀，已入儿童手。

1918 年

吴其昌

（1904-1944）字子馨，浙江海宁人，历史学家，1920年入无锡国学专修馆，1925年入清华国学研究院，为第一届毕业生。曾任职于中国营造学社、北平考古学社、中国博物馆协会等，任教于天津南开大学、北平辅仁大学、清华大学等校。著有《殷墟书契解诂》等，诗词收录于《吴其昌文集》。

水龙吟·哀居庸关

千山杜宇凄啼，一关雄峙千山底。乱峰虎据，孤城蛇走，无边草际。昼静春寒，山川满目，夕阳铺地。看涧沙如雪，涧花如血，吊战骨，垂清泪。　　宝相天龙半落，和祖国、一般身世。烟云过眼，庄严消尽，只余残碎。今日我来，百年旧恨，从头钩起。便登台恸哭，如意击断，问谁能记。

1931 年

二十五年燕京杂诗 <small>(十首录三)</small>

(一)

芳树轻尘旧御街，夜深灯火似秦淮。

人人尽道江南好，漫把神京投虎豺。

(二)

三年清业此淹留，二老凋零忽十秋。

感激深于羊别驾，哀歌陨泪过西洲。

(三)

芒鞋布袄踏门墙，曾买西清内府装。

不入南涧厂肆记，白头弹泪说同光。

1936 年

浦江清

（1904-1957）字君练。江苏松江（今属上海市）人。1926
年毕业于东南大学西洋文学系。历任清华、西南联大、北大教
授。注有《杜甫诗选注》《浦江清文录》等。

送吴雨僧师赴欧洲

道学文章事可哀，中年感慨逼人来。
人生难得是休息，万里之游亦壮哉。
塞纳河边堪吊古，但丁故里一徘徊。
西风落照苍茫甚，应有新诗似雪莱。

1930 年

【注】

雨僧，吴宓教授字。

秋夕得姚鹓雏丈南中见怀

冥想庭梧一叶飞，含情云汉度斜晖。
飘风忽有南音至，旅梦初随北雁归。
千里江湖秋水阔，十年烽火壮心违。
匡庐头白能相待，乞与余身问道微。

不　欲

微雨洒台城，无声若有声。
鸟飞官柳乱，花散野溪平。
江上怀归客，湖边看落樱。
因风无限意，不欲托弦筝。

齐天乐

东风遍绿垂杨缕，芳草最怜人意。客梦莺呼，
吟情燕惜，阑角池平春水。红梅似洗，看两树胭脂，
对凝妆泪。谁借银镫，琼筵一夜赌诗思。　　　主
人频劝酌酒，道醉来莫问、今是何世。鹃血关河，
笳声草木，愁杀江南游子。天涯倦矣，怕酒入愁肠，
更添憔悴，独掩芳樽，销魂花影里。

1932 年

【注】

吴宓教授欧游回清华园，夜宴玉梅下，作者与俞平伯、叶石荪等
应邀，席间赋此。

踏莎行·和公权先生

　　万里燕云，长江楚水，几年梦比愁难至。男儿意气在边州，看花莫下英雄泪。　　霹雳弦惊，飞霜剑掣，貔貅一扫浑闲事。从来吴越论兴亡，其间那得商量地！

李逸民

（1904-1982）浙江龙泉人。早年留学日本。1925年加入共产党。历任抗大三分校政治部主任、《解放军报》总编、总政治部文化部部长、总参谋部政治部主任。开国少将。

杂感 （四首录二）

（一）

屈子投江是白痴，贾生痛哭竟何为？
英雄失路寻常事，鸡犬登天又一时。
万古河山新日月，百年勋业旧征衣。
老兵自有豪情在，独倚危栏看夕晖。

（二）

金屋藏娇梦已非，水晶帘下暮春时。
落花处处随流水，荒院深深听子规。
回首不堪歌舞地，低眉侧眼夕阳晖。
当年铁扇今犹在，此日金箍已失威。

无题 二首

（一）

漫道无题便是题，花开花落两由之。
是非死后谁能说，功过生前我自知。
剩得头颅添白发，肯将肝胆负红旗？
残棋未了难丢手，捉鬼钟馗并不为。

（二）

衣上征尘间酒痕，满腔心事与谁论。
春蚕到死丝难尽，蜡炬成灰泪不干。
醉眼看人容易错，热肠处事却多艰。
玄都观赏桃花树，只有梅花耐岁寒。

郑卓人

（1904-1984）原名能亮，晚号苍叟，浙江浦江人。曾任十九路军少将参谋。新中国成立后任卫生部特约研究员。有《卓庐吟草》。

怀冯玉祥将军

将军雄武起田间，揽辔澄清岂等闲。
横扫虎豺俱丧胆，直披宫殿尽欢颜。
惊人毅力狂澜挽，蹈海忠魂故国还。
一统神州遗愿在，长留史册壮河山。

郭化若

（1904-1995）福州人。1925年加入共产党。曾任红一方面军代参谋长，三野九兵团政委，南京军区副司令员，军事科学院副院长。开国中将。

巧夺汀泗桥

水满桥头阵满山，炮烟弹雨战方酣。
奇兵巧越迂回路，夺得征途第一关。

1926 年

南昌起义

名城秋暖树红旗，一夜枪声顽敌歼。
高阁滕王今在否？红军威望九州驰。

遵义会议

千钧重担一丝悬，有术回天事亦艰。
十日长征停遵义，单纯防御责谁肩？

1935 年

四渡赤水

小桥初架渡天兵，避实击虚妙计生。
且听娄山关下战，桥前火把又纵横。

渡 江

故宫和会及时开，祸首未除蕴祸胎。
一夜春风传消息，雄师百万渡江来。

1949 年 4 月

常任侠

（1904-1996）安徽颍上人。历任全国侨联常委、国务院古籍整理出版规划小组顾问，国家文化鉴定委员会委员，中央美术学院教授兼图书馆长，北大、北师大、中国佛学院兼职教授等。著有《中国古典艺术》、《中印艺术因缘》、《东方艺术丛谈》、《中国舞蹈史话》、《中国美术全集》、《丝绸之路与西域文化艺术》、《中国美术史讲义》（日文版）、《红百合诗集》等。

三月三日观钟山云气

1922年初，入南京美专中学班，从南社诗人姚鹓鶵学诗，先生命题作此篇，谓可习苏长公行气之法。

沉沉块垒拔天走，斯须群峰皆无有。
或如萍絮秀且文，或者峥嵘壮而丑。
或如乳虎跃天门，或者伛偻如老叟，
或夺而前遂以违，或从而后渐相偶。
顷刻阴霾垂四野，隆隆天怒不停吼。
胜观马射华林园，白衣瞬息成苍狗。
茫茫世事亦百态，风云激荡重抖擞。
钟山钟山兀然立，向空独舒拿云手。
长江垂地饮江波，江上看云浮大斗。

1922年

五月五日为田汉题大风歌碑拓本 二首

此拓片吴梅、胡光炜诸师皆有题咏，余诗不工，惟遥望华北，光复之愿，期之民族团结而已。

（一）

汉家雄武剩残碑，华夏光辉恨莫追。

我亦临风思猛士，山河北望不胜悲。

（二）

奇字曾传曹喜书，歌风台上一高呼。

万方多难惟今日，赤帝何人振霸图。

1936 年

春 日

迟迟春日照珠帷，静静星河掩玉扉。
西北高楼空伫立，东南孔雀惜分飞。
金阊落月常相忆，碧海回波愿更违。
欲采香兰遗远者，蓬山烟雨总霏微。

1939 年在重庆

小别为凝芬作

小别焉知再见难，梦中相晤泪偷弹。
惊鸿照水容如旧，灵鹊填河夜又阑。
尚有余芬凝角枕，更无消息报琅玕。
阴晴圆缺浑无定，天上人间一例看。

1946 年在印度

吕叔湘

（1904-1998）江苏丹阳人，语言文字学家。新中国成立后，随上海开明书店迁到北京，1950年应聘到清华大学中文系任教，1952年调中国科学院社会科学院语言研究所任研究员、后出任所长，兼任《中国语文》杂志主编。有《吕叔湘文集》六卷存世。

牛津诗稿 四首

（一）

花飞牛渚送残春，笑语难忘旧梦新。
好鸟枝头频相弄，虚名误尔尔误人。

（二）

悔逐孤舟万里行，一春未敢听黄莺。
开缄省识伤心字，字字分明和泪成。

（三）

愧我本无肉食相，累君竟作贾人妻。
如棋世事浑难说，大错都从铸后知。

（四）

自古伤情惟别离，两边眼泪一般垂。
此身未必终异域，会有买舟东下时。

1936 年 5 月

送向达《文明与野蛮》一书时所题

文野原来未易言，神州今夕是何年！
敦煌卷子红楼梦，一例逃禅剧可怜。

1937 年中秋

张荫麟

（1905-1942）自号素痴，广东东莞人，历史学家。1923年考入清华学校，1929年赴美留学，1933年获博士学位回国，应聘清华大学历史、哲学两系专任讲师。后人编有《张荫麟文集》。

送别贺麟

人生散与聚，有若风前絮。

三载共晨昧，此乐胡能再。

世途各奔迈，远别何足悔。

志合神相依，岂必聆謦咳。

折柳歌阳关，古人徒吁慨。

而我犹随俗，赠言不厌剀。

毋为昫昫态，坚毅恒其德。

君质是沉潜，立身期刚克。

温良益威重，可与履圣域。

为学贵自辟，莫依门户侧。

审问思辨行，四者虑缺一。

愧缀陈腐语，不足壮行色。

1926 年

王亚平

（1905-1983）河北威县人。1946年加入共产党。曾任《新民报》总编，北京市文联党组书记。有《王亚平诗选》。

倭奴坟五首 （录三）

（一）

倭奴坟，倭奴坟，倭奴坟上冷森森。自从登陆犯罗店，全部被歼在江滨。在江滨，运不回，胡乱埋成倭奴坟。

（二）

倭奴坟，倭奴坟，倭奴坟上秋风吹。父母东京哭亡儿，妻女帐前流血泪。流血泪，多可悲，空席夜夜不成睡。

（三）

倭奴坟，倭奴坟，倭奴坟上照秋月。为着侵略送头颅，军部罪恶不可赦。不可赦，骨长埋，恨同江水流不歇。

1937 年 9 月

吕正操

（1904-2009）辽宁海城人。1922年参加东北军。1937年加入共产党。曾任冀中军区司令员。新中国成立后历任铁道部代部长，铁道兵政委，全国政协副主席。开国上将。

桑园突围

桑园突围破晓间，战士奋战苦衣棉。

寇追情急急似火，春日昼长长如年。

马逸人散阵不成，往来冲突西复东。

天似有罗地似网，此起彼伏相呼应。

回支骁勇天下闻，有女如龙叱风云。

从戎迫敌却追兵，过路入营日西沉。

就榻疲顿举足难，梦少神安醉黑甜。

翌晨欢庆青年节，人马一一散复还。

地下有道道有沟，是真罗网疏不漏。

倭寇纵有黔驴技，人民眼底一蜉蝣。

1941 年 5 月

李亚群

（1906-1979）四川井研人。先在重庆《新华日报》、北京《人民日报》工作，后任中共四川、西康省委宣传部部长。著有《李亚群诗集》。

七　律

国土常供敌演兵，枪声四起夜沉沉。
已无意气充豪杰，尚有心肝耻顺民。
直欲指天呼丧日，誓为兴国献吾身。
锦城余子如相问，海上腥风浴故人。

1936 年

病　起

微服孤行出益州，今春病起强登楼。
海潮东去连天涌，江水西来带血流。
壮士未埋荒草骨，书生犹剩少年头。
单衣破履临风立，苦战饥寒又一秋。

许涤新

（1906-1988）广东汕头人。早年参加革命，新中国成立后曾在国家计委、中国社会科学院等单位工作。有《百年心声——中国民主革命诗话》。

狱中诗 二首

（一）

团结如磐石，斗志似火流。
怒目对狱吏，狱底不知秋。

（二）

军棍与镣铐，一一上身来。
最后胜利在，有谁感悲哀。

菩萨蛮

铁流滚滚西征去，姑苏城外幽黑处。窗外月如钩，心涛万里流。　　春雷震狱底，狱底无秋意。壮志岂能因，抗争不罢休。

1936 年秋于苏州陆军监狱

华钟彦

（1906-1988）原名连圃，辽宁沈阳人。北京大学毕业。历任东北大学、东北师范大学、河南新乡师范学院、河南大学教授。有《花间集注》《戏曲丛谭》《诗歌精选》《华钟彦诗词选》，主编《五四以来诗词选》。

侠士行

男儿生不能备身王门执金吾。又谁能卑身甘为虏作奴！短衣揖客出门去，宝剑千金醉后盱。行行路出江南道。十万胡儿身手好。铁血春红陌上花，鬼磷夜碧江边草。虏帅大纛号嫖姚。百战归来马正骄。山岳欲崩天变色，长虹贯日风萧萧。布衣怒。三五步。事成不成非所顾。霹雳一声江水立，乾坤漫漫迷烟雾。报韩争说博浪沙。击之不中羞还家。拼将一颈孤臣血，开作千年帝子花。

1932 年

【注】

一九三二年春，日本白川大将在上海阅兵。朝鲜人尹奉吉刺杀之。盖亦滨江侠士安重根之流以报亡韩之恨者欤！时在"九·一八"之后，诗以志慨。

杨玉清

（1906-？）湖北孝感人。早年赴日留学。曾任国立政治大学教授。建国后任国务院参事，现任民革中央常委。著有《杨玉清文史著述选》《玉清诗存》。

归国吟

十年三度幸京华，秋色江声万人家。
书剑无成惭国瘁，斧柯不假系匏瓜。
仓皇争渡京衔急，襁负逋逃蜀道遮。
愿竭丹诚驱寇虏，宁辞离乱走天涯。

1937 年 11 月 22 日

孔从洲

（1906-1991）陕西西安人。曾任国民党中将副军长。1946
年5月率部起义，同年加入共产党。新中国成立后任炮兵副司令
员。

纪念西安事变怀张杨二将军

虏骑风尘满蓟燕，操戈同室犹相煎。
五湖潮涌申胥恨，三晋人歌魏子贤。
旗奋农工齐缚虎，手翻云雨独违天。
川江血浪台山月，悲愤千秋共泫然。

余冠英

（1906-1995）江苏扬州人。著名学者、诗人。曾任职于中国科学院哲学社会科学部和中国社会科学院。

潜广新乐府

岂不辱

扬州双沟乡某翁家，一日来三日寇，执翁逼索财物，拷掠甚惨。其一服虽倭而语则华也，辨其音，知为辽东产，翁责其同种相残之非，且谕以唇亡齿寒之义。其人闻言始则赧然，终而愤恚，竟虐翁至死。

倭贼来，贼来入我屋，逼我妇女搜我钱与粟，棰我掠我视我不如畜。群贼语啁啾，一贼异其属。我知尔乡里，乃在辽水曲。嗟尔本同胞，岂不念祖国，胡为助寇肆荼毒！尔今为灶薪，我今为俎肉，糜烂我不辞，煎炮任尔欲。我进一言尔三复：同种相残岂不酷？为虎之伥岂不辱？

1937 年冬

学徒勇

扬州吴姓童子某，米店学徒也。日寇掳之至仙女镇。一贼酋
畜之，使供杂役。童故示谨顺博其欢心，贼亦厚遇之，一日随贼
行二道桥上，童忽自后跃起抱持贼项，奋力捽之，共堕桥下，水
流湍急，顷刻俱没。当时他贼虽有见者，仓猝间莫之能救也。

　　倭贼来自东海隅，屠我昆弟盈沟渠，虐我父
老无宁居。执我不杀胡为乎？愿为厉鬼不为奴！
不得生啖贼，一死与贼俱，抱贼积愤摅。男儿重
国仇，烈士轻一躯，前有胡阿毛，后有学徒吴。

1937 年 12 月

【注】

阿毛，沪人，业汽车司机，1932年一·二八中倭战役（淞沪抗
战）中被俘。一日为寇驾军用卡车载倭兵三人及弹药若干箱，阿毛驶车
直入黄浦江中，与敌俱溺焉。近报载青浦渡船上某烈士拽日宪兵投江同
溺一事。

1938 年 10 月又识

倭下乡

村氓走告兵下乡，问何形状黄衣裳。
问何从来由东洋，男子辍耕女废筐。
一时满野走仓皇，禾苗践踏顾不遑。
枪声砰訇兵到庄，示威先毙双吠龙。
气慑林鸟不敢翔，入门敲扑问窖藏。

大户奉命供酒浆，醉饱乃索花姑娘。

縶缚妇女百口强，区妍别嗤相短长。

如狼入圈拣肥羊，呼啸竟日犹癫狂。

更订他日来徜徉，梦想乡民驯且良。

　　　　　　　　　　　　1938 年春

闻谣叹

　　扬州有童谣云："北京苦，南京危，东京不得见，西京不得归。"又镇江童谣云："日本兵，从北京，到南京，那有命，回东京？"倭兵闻之有欷歔泣下者。

　　群儿踏舞歌声起，响彻江城街头尾。一歌倭人齐侧耳，再歌倭人泪如水。节短音长辞太苦，道侬万里长征戍。不为天皇拓疆宇，只为"大将"扬威武。黑水才经白山度，北京转战南京驻。南京北京多愁怖，何时归向东京去！西京迢迢烟水间，东京更隔千重山。风浩浩兮海漫漫，梦魂不得私往还。万年一部干戈史，纷纷相斫何时已？却羡支那兵，战死国门里，不作悠悠终古望乡鬼。

　　　　　　　　　　　　1938年春

罗元贞

（1906-1995）广东兴宁人。别名季甫，笔名难老。1937年毕业于日本早稻田大学。曾在北京大学、长春大学、东北师大、山西大学任教。主要从事历史研究和教学。有《武则天研究》《诗词漫谈》等。

黄河吟

黄帝于兹长子孙，昆仑屹立自然尊。
层楼更上同心德，手挽黄河振国魂。

赏牡丹

紫绿黄红总耐看，此花自合受王冠。
一年好景君须记，四月并州赏牡丹。

戏　笔

自改新诗斗室中，推敲岂望遇韩公。
长江舟上吟怀畅，富士山头韵味浓。
凭我红心抒感慨，由他白眼笑雕虫。
放翁妙发牢骚句，诗到无人爱处工。

马文珍

（1906-1997）字君玠，湖北武昌人，回族。1926年毕业于
北平财政商业专门学校，1927年曾在清华大学工作，1932年重返
清华大学工作，抗战后于1946年再返清华大学，在图书馆工作直
至退休。后人编有《清华园集：马文珍诗词选》。

望

枪声阵阵响卢沟，南望援兵万姓愁。
报国有心惊解甲，清华叶落北平秋。

1937 年

入滇 （十首录一）

雨火硝烟绕翠湖，后方前线两模糊。
夕阳一片红似血，坚守空楼整理书。

1941 年

喜 讯

解放军骑两马来，红光满面笑颜开。
举手挥鞭殷勤问，欢声雷动散愁怀。

1948 年

臧克家

（1906-2004）著名诗人。字孝荃，山东诸诚人。1926年入
武汉中央军事政治学校，随国民革命军讨伐反动军阀。1930年入
山东大学。抗战中参加前方抗日救亡工作。新中国成立后历任人
民出版社编审、全国文联委员、中国作协书记处书记、《诗刊》
主编、全国人大代表、全国政协常委等。著有《臧克家散文小说
集》《臧克家诗选》《毛泽东诗词讲解》《臧克家旧体诗稿》
等。

咏曹子建墓

平生未展志凌云，诗国陈思王位尊。
墓道幽明通今古，眼前故物念斯人。

寄陶钝

碧野桥东陶令身，长红小白作芳邻。
秋来不用登高去，自有黄花俯就人。

抒　怀

自沐朝晖意蓊茏，休凭白发便呼翁。
狂来欲碎玻璃镜，还我青春火样红。

老黄牛

块块荒田水和泥，深耕细作走东西。
老牛亦解韶光贵，不待扬鞭自奋蹄。

廖辅叔

（1907-？）广东惠州人。曾任中国音乐家协会理事，全国政协文史资料研究委员会文化组成员，中央音乐学院教授，博士学位研究生导师。著有《中国文学欣赏初步》《中国古代音乐史》《谈词随录》，译有《阴谋与爱情》《玛格达莲》，自传《惭愧的回顾》，诗词集《兼堂韵语》等。

惜　别

江河南北血玄黄，百载仇逋誓索偿。
终望阴云能作雨，可怜爝火欲争光。
销魂有曲翻三叠，握手何时再一堂？
谁信仲长真哑口，为留双眼看沧桑。

平型关

首捷轰传五大洲，溯从甲午算深仇。
合围势已成三匝，敌忾人能撼万牛。
夹道壶浆欢父老，同舟风雨念灵修。
举头西北神州在，百战英雄尚黑头。

征 途

征途归路两迢迢，绕砌沉吟过一宵。
三纸无驴成碌碌，百年求友本寥寥。
长空星斗天应醒，乱事文章韵不娇。
自哭自歌还自负，少年豪气不曾消。

传八路军克复洛阳

脱兔趋河洛，中州拔帜还。
军行鱼得水，风动虎归山。
急难和吴越，群情辨理顽。
官仪仍汉国，父老共汍澜。

日本投降

彻夜山城爆竹鸣，降书已报屈东京。
八年终见吴为沼，一网而今寇是惩。
鸭水朝宗仍澹荡，燕崖拔地拥峥嵘。
计程巴峡穿巫峡，涕泪衣裳快杜陵。

粟　裕

（1907-1984）湖南会同人，侗族。1925年加入共青团，次年转党。参加了南昌起义和湘南起义。曾任军、军团参谋长，新四军一师师长，华野代司令员兼代政委，三野副司令员，总参谋长，全国人大常委会副委员长。开国大将。有《粟裕军事文选》等。

卫岗初胜

新编第四军，先遣出江南。
卫岗斩土井，处女奏凯还。

新四军抗日先遣队挺进江南

八省健儿群英会，抗日旌旗向东挥。
敌后军民齐奋战，日寇弃甲又丢盔。

青玉案·黄桥决战

东征北上歼倭寇，党内外、顽吾友。矛盾重重麻缕纠。纵横捭阖，争和弃取，我党居其右。　　郭村首捷桥头守，姜堰攻予见良莠。决战黄桥冲汉斗。韩顽结舌，军民酹酒，抗日红旗秀。

老兵乐

半世生涯戎马间，征骑倥偬未下鞍。
爆炸轰鸣如击鼓，枪弹呼啸若琴弹。
疆场纵横任驰骋，歼敌何计百万千。
对镜不须叹白发，白发犹能再挥鞭。

萧　军

（1907-1988）原名刘鸿霖，辽宁锦县人。现代著名作家。1934年在上海从事左翼文学运动。1940年到延安，抗战胜利后到哈尔滨任《文化报》主编。新中国成立后任中国作协理事，北京作协副主席。有《八月的乡村》《五月的矿山》等。

闻胜有感

胜利秋风战马骄，旌旗影动闪枪刀。

漫夸铁甲师无敌，直捣黄龙路匪遥。

行见金汤成败垒，窃怜覆卵碎完巢。

惊闻捷报浑如梦，痴立山头看火烧。

1945 年 8 月 20 日

悼念关向应同志 三首

（一）

百战疆场血色新，昊天无眼丧斯人。
"出师未捷身先死，长使英雄泪满襟"。

（二）

家仇国恨定存亡，黑水白山识故乡。
正是天星灿北斗，何期一夜殒沧桑。

（三）

令严刁斗一亲疏，细柳今传周亚夫。
赢得军中遗爱在，貔貅十万抗强胡。

1946 年

张厚绚

（1907-1995）女，茅宗蕃夫人，20世纪30年代曾在清华大学图书馆及西南联大工作。有词收录于《清华校友通讯》。

满江红

北平沦日后，返清华处理图书馆未了事项，夜宿工字厅，独立荷花池畔，苍茫四顾，百感丛生。

水木清华，依旧是、楼台矗立。谁料道、一朝烽火，山河易色。百万生灵沦岛虏，千年文物委胡逆。对清泉、怨怒总无声，悲难抑。　　大厦倾，燕巢覆。风雨散，弦歌歇。问何时师旅，重回天日。志士请缨争喋血，独夫攘内凭蚕食。语金陵、莫再误元元，戈歼敌。

1937 年

万　毅

（1907-1997）辽宁金县人。满族。1926年参加东北军。1936年参与西安事变。1938年加入共产党。曾任滨海军区副司令员，东北民主联军纵队司令员、政委，四十二军军长。新中国成立后任军委炮兵第一副司令员，国防科委副主任，开国中将。

连云港抗日

大桅凌霄连岛横，朝阳出海水云彤。
万人登垒御强虏，六月麋兵屠孽龙。
仇寇舰机飞火雨，军民血肉筑长城。
一挥五十春秋逝，天外黑风可结绳？

赵朴初

（1907-2006）安徽太湖人。当代著名书法家、诗人。新中国成立前长期从事佛教及社会救济福利工作、抗日救亡工作。新中国成立后历任华东军政委员会民政部副部长兼生产救灾委员会副主任，全国政协副主席，民进中央副主席，中国佛教协会会长，中国书法家协会副主席。有《滴水集》《片石集》《咏怀之什》等。

泰姬陵

冠冕南天有此陵，佳人何幸得佳城。
剧怜费尽万夫力，消遣君王后半生。

王国维故居

江山故宅存文藻，遗像瞻前俨若思。
甲骨石经传绝学，岂徒词话启新知。

萧 克

（1907-2008）湖南嘉禾人。1926年加入共产党。参加了北伐、南昌起义、湘南起义，曾任红六军团军团长，红二方面军副总指挥，八路军一二〇师副师长，冀热辽军区司令员，四野参谋长，军委训练总监部副部长，国防部副部长兼军事学院院长和第一政委，全国政协副主席。开国上将。有《萧克诗词书法选》。

登骑田岭

农奴聚义起烽烟，晃晃梭镖刺远天。
莫谓湘南陬五岭，骑田岭上瞩中原。

1928 年 4 月

望九岭忆往事 （四首录一）

巍峨九岭郁葱葱，形似苍龙舞舆坤。
北浴修河南戏锦，东驰彭蠡西连云。
一峰横贯跨湘赣，两水平行气氤氲。
胜似泥封函谷险，兵家眼里有奇军。

声东击西

横断澧水与沅江，红旗猎猎耀三湘。
声东击西行千里，戴月披星走夜郎。

百花山夜眺

百花山上百花开，六合英雄冒热来。
夜瞰故都云雾暗，庆功明日聚燕台。

1940 年夏

晋察冀游击战 二首

（一）

同仇敌忾驱倭寇，敌后军民摆战场。
太行高耸燕山险，善攻动于九天上。

（二）

燕赵慷慨悲歌地，军民带甲同耕稼。
地道如网村连村，善守藏于九地下。

1943 年 2 月

李贯慈

（1908-1947）河南沁阳人。抗战时曾任平西专区专员，冀东行署秘书长。

哭辽东

哭罢江山无泪流，亡国惨祸已临头。
恨尔民贼方得意，哀此匹夫能不羞。
复我片土可百世，杀敌一毛足千秋。
男儿一副好身手，拼将热血洒神州。

1931 年闻辽宁失陷

陶　铸

（1908-1969）湖南祁阳人。1926年加入共产党。参加南昌
起义和广州起义，曾任中共福建省委、江苏省委军委书记，第四
军鄂豫挺进支队代政委，中央军委秘书长，第四野战军兼中南军
区政治部主任。建国后任广东省委第一书记，中南局第一书记，
国务院副总理，中共中央政治局常委。有《陶铸诗集》。

狱　中

秋来风雨费吟哦，铁屋如灰黑犬多。
国未灭亡人半死，家无消息梦常过。
攘外欺人称绝学，残民工计导先河。
我欲问天何聩聩，漫凭热泪哭施罗。

1935 年

【注】

施罗，指邓中夏（化名施义）、罗登贤二烈士。

大洪山打游击

寇深祸亟已无家，策马洪山踏月斜。
风自寒人人自瘦，拼将赤血灌春花。

1938 年

寄怀李范一

烽火漫天敌忾浓，垂杨难系别离衷。
长岗不驻斯人去，仰望高山不见峰。

1939 年

悼左权将军 二首

（一）

闻道将军血战死，倾眶热泪湿衣裳。
成仁有志花应碧，杀敌流红土亦香。
外患仍殷怀砥柱，内忧未艾叹萧墙。
招魂五月三湘雨，举国同仇挽太行。

（二）

死有鸿毛与泰岱，几人赤血换炉香。
敢诩韬谋惊管乐，素持节操仰彭方。
燕云愁绝星摇落，延水悲深夜渺茫。
此日三军同痛哭，河山誓死逐强梁。

1942 年 6 月于延安

【注】

管乐指管仲、乐毅，彭方指彭湃、方志敏。

许光达

（1908-1969）湖南长沙人。1925年加入共产党。参加了南昌起义。曾任红军师长，抗大教育长，二兵团司令员，新中国成立后任装甲兵司令员，国防部副部长。开国大将。

百战沙场驱虎豹

百战沙场驱虎豹，万苦艰辛胆未寒。
只为人民谋解放，粉身碎骨若等闲。

王汝弼

（1908-1982）河北省蓟县人。曾任北京师范大学教授，著有《乐府散论》等。

慰杨慧修

六州铸错作儒生，进是牢笼黜是坑。
岂料当今倩内舍，还同东汉借边兵。
人情只合迎阳鲋，此事何堪慕大鲸！
我自狷狂犹着急，知公一笑气全平。

【注】

杨慧修，名杨晦，北京大学中文系教授。

关 露

（1908-1982）女诗人。生于山西太原。1932年加入中国共产党。30年代加入"左联"。后受党派遣打入汪伪特务组织，从事情报、策反工作。解放后在电影局任编剧，曾蒙冤入狱。"文革"中再度入狱，1975年获释。1978年加入野草诗社。

旧诗 二首

1945年从上海加入浙东纵队去新四军，途中遇袁殊，与之同宿一处。

（一）

秋光冉冉步迟迟，小镇安营遇旧知。
纸共一张诗共韵，挑灯朗诵爱民师。

1946年秋，从苏北随新四军撤山东。

（二）

月落枫林点点秋，雄师浩荡越山头。
悬崖难阻翻身马，万众欢呼万壑沟。

水　管

狱室水管坏了，通宵放水，声如哭诉，令人不能安眠。

铁门紧锁冬无尽，雪压坚贞气自雄。
钢管无情持正义，为人申诉到天明。

夜　闻

夜闻女"犯人"哭泣鸣冤，通宵达旦，声甚凄惨。

衔泥精卫犹填海，纸笔无情辩罪难。
贾谊谏书湘水恨，屈原忧国楚江寒。
忠心不怕谰言陷，真理依存领袖贤。
自有诗书昭史册，悲窗岂疾不平冤。

秋　夜

冰簟无眠秋夜长，凄风寥送落花香。
只须皓月明千古，不怕阴霾锁铁窗。

韩练成

（1908-1984）宁夏固原人。原国民党四十六军军长。1948年脱离国民党军队参加中国人民解放军。1950年加入中国共产党。曾任兰州军区第一副司令员，解放军训练总监部科学和条令部副部长，军事科学院战史研究部部长，甘肃省副省长，1955年被授予中将军衔。

莱芜战役后赠陈毅同志

下民之子好心肠，解把战场作道场。
前代史无今战例，后人谁写此篇章。
高谋一着潜渊府，决胜连年见远方。
我欲贺君君贺我，辉煌战果赖中央。

沈有鼎

（1908-1989）字公武，上海人，逻辑学家。1929年毕业于清华大学，同年留美后获哈佛大学硕士学位，后赴欧洲深造，1934年回国后任清华大学哲学系专任讲师，1936年被聘为教授。1952年任北京大学哲学系教授，1955年调中国科学院哲学研究所任研究员。著有《周易卦序分析》《真理的分野》等，出版有《沈有鼎文集》。

赋送雨僧先生归国

海外寻师远，相逢此境同。
联翩方济济，接渐已匆匆。
道丧志存拙，情真诗自工。
鸟峦遥望断，秋色满关中。

1931 年

吴组缃

（1908-1994）笔名寄谷、野松，安徽泾县人，文学家。1929年进入清华大学经济系，后转入文学系，毕业后入清华研究院攻中国文学，1949年任清华大学中国文学系教授，1952年调北京大学中文系任教授。著有《吴组缃小说散文集》等。

和老舍诗

莫惜年光争战老，好将笔墨寄诗魂。
半生踪迹天河阔，一室低徊我至尊。
远水遥山无限路，桂宫柏寝有多门。
中庭明月间盈仄，露湿苍苔怀旧痕。

1944 年

翁偶虹

（1908-1994）祖籍河北大兴，生于北京。教育家、戏曲作家、戏曲活动家。1935年受聘于中华戏曲专科职业学校，任戏曲改良委员会主任，编排新戏。1940年为抵制日伪政权对戏校的收编，组织学生成立多个剧团，巡回演出，宣传抗日。新中国成立后，历任新中国实验京剧团编导主任、中国戏曲研究院编导科副科长、中国京剧院编剧、北京军区战友京剧团艺术顾问、中国戏曲家协会艺术创作委员会副主任等职。1988年12月被聘任为中央文史研究馆馆员。著有《翁偶虹戏曲论文集》《翁偶虹编剧生涯》《北京话旧》等。

拙作《编剧生涯》问世有感

应感知音励老兵，三年淡墨写航程。
重温利钝生平笔，不计浮沉身后名。
逝水方知甘共苦，故人如晤死犹生。
聊当记事珠一串，捻放心花花再明。

魏传统

（1908-1996）四川达县人。1928年加入共产党，1933年参加红军。参加了长征。曾任四川省委秘书长。新中国成立后任总政治部秘书长兼宣传部副部长，解放军艺术学院院长。开国少将。有《魏传统诗选》。

百代祭忠魂

七七枪声起，宛平留弹痕。
群狮指日恨，万众救亡心。
永定添芳草，卢沟绕翠林。
明时思烈士，百代祭忠魂。

祭左权同志

巍巍太行山，转战在其间。
多谋对寇敌，善断左右边。
灌勃安可比，朱彭为之欢。
楷范众心喜，流芳不一般。
忠骨迎陵内，我曾祭邯郸。
为偿君宿愿，直奔两千年。

伍修权

（1908-1997）湖北武昌人。1923年参加革命，1930年加入共产党，参加了长征。曾任师政委、军团副参谋长，新中国成立后任东北军区参谋长，国务院外交部副部长，中央联络部副部长，解放军副总参谋长。

到中央苏区

故国忽地起烽烟，身居桃源忧心重。
终经万里崎岖路，投入血火战斗中。

1931 年秋

吴世昌

（1908-1986）字子臧，浙江海宁人。词学家。曾任西北大学讲师，中央大学、杭州大学教授，并在英国牛津大学讲学。新中国成立后任中国社会科学院文研所研究员，全国人大文化委员会副主任，全国人大常委。有《罗音室诗词存稿》《红楼梦探源外编》等。

八月二十六日书感五十韵

举首望边疆，低头思故乡。

边疆不可望，一念摧肝肠。

故乡频梦到，触目生悲凉。

江南佳丽地，但见蓬蒿长。

烽火八年余，乾坤百战场。

侏儒饱欲死，黔首血玄黄。

半壁山河在，笙歌殊未央。

宁知辇毂下，白骨堆路旁。

党锢矜严密，国是徒参商。

坐看民力疲，将伯呼盟邦。

梯航来万里，星旆越重洋。

列舰成洲屿，飞垒蔽骄阳。

双丸落海市，遂令虏胆伤。

而我星槎使，御风径大荒。

不待秦庭哭，雄师起朔方。

顽寇惧聚歼，降表出倭皇。

薄海欢声动，兆民喜若狂。

乍听翻疑梦，不觉泪淋浪。

垂泪还相贺，禹田今重光。

纷纭办归舟，颠倒著衣裳。

痴儿娇无那，催母理行装。

呼儿披舆图，关河若金汤。

西北探昆仑，中原觅太行。

儿家在何许？谈笑指苏杭。

美哉我中华，宛如秋海棠。

祖宗所缔造，艰苦亦备尝。

从今好经护，国祚驾汉唐。

况以管霍才，折冲筹边防。

帷幄擅胜算，兼可弭阋墙。

金券与玉牒，庙谟何晖煌。

一朝庆露布，行见失蒙藏。

百寮善颂祷，稽首齐对扬。

辽东久阢陧，脔割任虎狼。

塞北非吾土，得失庸何伤？

辱国浑闲事，弹冠且倾觞。

乡校绝舆论，谄谀咨嚣张。

战胜金瓯缺，犹自夸四强。

谁怜蚩蚩者，闻此转迷茫。

欢泪尚承睫，辛酸已夺眶。

匹夫情怀恶，竟夕起彷徨。

忆昔欧战初，国步正跄踉。

大憨谋窃国，岛夷肆披猖。

五载干戈戢，乃教密约彰。

众怒不可遏，巨吼发上庠。

大义昭日月，举世震光芒。

万邦订和议，我独拒签章。

荏苒廿六年，世事如蜩螗。

于今号"训政"，民意日消亡。

所嗟无寸柄，袖手阅沧桑。

【注】

1945年抗日胜利时，国民党政府一面以"四强"自吹，一面又在"雅尔塔密约"上签字，以外蒙古、旅大贿苏，并准备以西藏饵英……。当时作者感而赋此长句。

沁园春

开卷长吟，掩卷浩歌，甚计避愁？奈前贤著作，多谈名利；骚人讴咏，也羡封侯。"天下兴亡，匹夫有责"，几辈英豪抱此忧？千秋下，叹元龙独卧，百尺高楼。　　平生湖海淹留。听一片哀嗷动九州。况孤云缥缈，烽烟塞外；疏星明灭，刁斗城头。滚滚黄河，滔滔白浪，可有狂夫挽倒流？关情处，正燕巢危幕，鼎沸神州。

1932 年

鹧鸪天·桂林郊外看村女拾红豆

　　暖日疏林漾绿波，游人常见影婆娑。谁家种得痴情树，粒粒枝头醉欲酡？　　呼女伴，挽轻箩，相思共拾不嫌多。春风一夜吹红豆，遍地相思奈尔何？

1943 年

吴　晗

（1909－1969）原名吴春晗，字辰伯，号梧轩，浙江义乌人，历史学家。1931年考入清华大学历史系，1934年毕业后留校任教。　抗战爆发后应聘到云南等地任教。1946年回北平仍在清华大学任教，1948年奔赴解放区。1949年以军代表身份回校接管，任清华大学历史系主任、文学院院长、校务委员会副主任等职，1949年12月被选为北京市副市长，民盟中央副主席。1955年当选为中国科学院哲学社会学部委员。

方帽易戴，饭碗难找

碗铸黄金何处求，似从海市望蜃楼。
书生只道谋生易，毕业方知失业愁。
抢饭偏偏逢捷足，求人处处触霉头。
四年吃罢平安饭，怕听双亲问报酬。

1931 年

感事 二首

（一）

阴风起地走黄沙，战士何曾有室家。
叱咤世惊狮梦醒，荡除人作国魂夸。
烦冤故鬼增新鬼，轩轾南衙又北衙。
翘首海东烽火赤，小朝廷远哭声遮。

(二)

将军雄武迈时贤，缓带轻裘事管弦。

马服有儿秦不帝，绍兴无桧宋开边。

江南喋血降书后，北地征歌虎帐前。

回首辽阳惊日暮，温柔乡里着鞭先。

1932 年

登独石头

独石头山树将旗，将军英名妇孺知。

我来已历沧桑劫，犹傍夕阳觅古碑。

1938 年

史可法 (录一)

马阮鸥张国已倾，独倡忠义守孤城。

时穷节见真男子，十日扬州共死生。

邵循正

（1909-1973）字心恒，笔名正，福建侯官人，历史学家。五岁入私塾，1926年入福州协和大学，同年秋入清华大学政治学系，1930年入清华大学研究院改习历史，1934年赴欧洲留学，回国后被清华大学聘为历史学系讲师。1946年担任清华大学历史系主任，1952年起任北京大学历史系教授、中国近代史教研室主任，兼中国科学院第三历史研究所研究员。后人编有《邵循正历史论文集》。

春暮即事寄榕城诸弟

无事心闲与静邻，断霞明灭最凝神。
风尘益觉音书少，离别方知骨肉亲。
万里江山身似寄，卅年图剑愿难伸。
浮云南国丛林隔，怅望残红负晚春。

1927 年

竹枝词 (八首录三)

(一)

学剑废书不足奇，且随僚辈展须眉。
风流却惜消磨尽，暗揽青铜影自窥。

(二)

堂堂正正龙蛇阵，白白青青党国旗。
振臂一呼天地动，鼓鼙冲断管弦声。

(三)

队长天寒不动容，轻衣束带骆驼绒。
学生自尔身材贱，薄裤单襦也过冬。

1928 年

郭影秋

（1909-1985）江苏铜山人。1935年加入中国共产党。湖西抗日革命根据地创始人之一。曾任冀鲁豫湖西军分区政委、司令员，中共济宁市委书记，中国人民解放军十八军政治部主任。解放后，历任云南省省长，南京大学党委书记兼校长，中国人民大学党委书记、副校长、名誉校长，北京市委书记等职。著有《李定国纪年》《郭影秋诗选》《往事漫忆》等。

徐州狱中作

忧时惯作不平鸣，心定何烦草木惊。
试把铁锥敲劲骨，铮铮犹自有金声。

1936 年 6 月

军过鹿楼吊张含广同学

张含广同学，沛县中学学生，沛县沦陷后参加我军，1939年夏秋之间，在沛西鹿楼阻击日寇，英勇牺牲，时年十七岁，中共党员。

清秋箫鼓动城西，铄石流金讵足疑。
泗上因风思猛士，鲁门有恨失汪踦。
马嘶烧壁人餐雪，浪吼黄河鬼唱诗。
属祭未成今又去，斜阳如血染旌旗。

1939 年冬

秋夜——整风杂咏

微湖秋色黯千家，怕有客来问岁华。
顾影寒螀惊落木，无声冷露湿平沙。
任情危似脱缰马，吐骨输于吞象蛇。
独步中庭浑忘夜，遥看海上出云霞。

1945 年

渡江即事

红旗指向大江东，天堑于今路竟通。
天意似知人意急，上船慨助满篷风。

1949 年 4 月

念奴娇·湘南战役

九嶷山上楚天低，几缕斜阳凝血。怅望中原云漠漠，断雁一声清绝。阵压东南，旗连西北，捷报纷如雪。军严令肃，纵横直捣贼穴。　　且任攀涉层峦，夜深滩险，鬼火时明灭。骤雨疾风扫落叶，千万人民击节。黔桂峰奇，湘漓水咽，笑捉瓮中鳖。高原眼底，弯弓猛射残月。

1949 秋

王遐举

（1909-1995）原名克元，号野农，湖北监利人。书法家、舞台美术理论家。曾任中学教员、军队书记官、省政府编译员、报纸编辑。新中国成立后历任文化部戏曲研究院研究员、中央美术馆研究员。为民革中央监察委员，并任海峡两岸书画联谊会会长、中国书法家协会理事、北京市书法家协会主席、北京中山书画社副社长等。1987年被聘任为中央文史研究馆馆员。已出版《王遐举书法作品集》《王遐举隶书陶诗集》《王遐举隶书李白诗集》等，并撰有《中国舞台布景与民族绘画传统》等舞台艺术研究专著。

五溪感怀

五溪西上达蛮方，远客情怀正渺茫。
树拥风云摇桔柚，水流昼夜下潇湘。
连天烽火延归马，落日河山冷战场。
剩有旧时书剑在，不堪回首话沧桑。

四十年前在黄鹤楼与舍弟轶猛相会喜而赋此，当时余由长沙至，轶猛由南京来，抚今追昔为之慨然

长沙频驻马，建业远扬舲。
地域分吴楚，天涯散鹡鸰。
山牵双带合，岸拔两山青。
江汉倾杯酒，渔歌喜共听。

云麓宫

南岳一足驻湘流，云麓宫边万树稠。
谁向静中消万虑，独于高处着双眸。
孤城隔水东西渡，极浦归帆远近舟。
寂寂江山叹摇落，几人揽古到峰头。

题《澶回集》

太息中帮寇盗侵，萧然楚泽动清吟。
三边日暮屯胡骑，一曲云和播雅音。
古岸莺花春更盛，故乡风雨梦难寻。
文章忧乐关天下，终负当年稷契心。

徐梵澄

（1909-2000）原名琥，谱名诗荃，字季海，湖南长沙人。学者、翻译家、诗人、书法家、画家、艺术鉴赏与评论家。1929-1932年在德国海德堡大学哲学系留学。1945-1950年任印度泰戈尔大学教授。1951-1978年任印度室利阿罗频多学院华文部主任。1978年回国，在中国社科院世界宗教研究所任研究员。有《徐梵澄文集》。

怀鲁迅先生

逝矣吾谁与，斯人隔九原。
沉薶悲剑气，惨淡愧师门。
闻道今知重，当时未觉恩。
秋风又摇落，墓草有陈根。

别滇中诸友 二首

（一）

何处安瓶钵，临分一黯然。
岁寒星作角，空外雪迷天。
远指三巴路，难寻七祖禅。
无生如可学，吾欲问中边。

（二）

楚乱归无计，滇游亦有缘。

储书容问字，骎译最磨坚。

通陌随时贱，生灵剧化迁。

白头青眼在，相对更谈玄。

养病桂林闻湘北之战 二首

长沙经三次争夺战未陷敌手，然全城亦经焚毁，人民苦矣。

（一）

一春花事雨声中，眼倒魂翻药院风。

关塞战云屯堑黑，潇湘兵火彻天红。

三求赤水珠犹在，四摘黄台蔓亦空。

垂死惊心时强起，捷书翘首盼飞鸿。

（二）

漓江春水自清佳，撷集蓉裳薜荔绹。

小立鸥波摇定影，归飞鹏背隔天涯。

浮生白发金难变，随处青山骨可埋。

蒿目虫沙尘劫永，不缘长病累心斋。

许宝骙

（1909-2010）浙江杭州人，曾任《团结报》总编辑。

浣溪沙·西湖忆旧游

柳岸芳堤似梦中，西泠长忆旧游踪。悠悠一棹夕阳红。　　小阁窗低堪款月，虚廊帘卷也宜风。可怜人去画楼空。

祝英台近

白沙堤，黄叶路，衰柳隔烟渚。怕说重过，还到旧游处。待寻借草余芳，痕消香散，但凄咽蛩吟诉。　　细听取，疑似环佩归来，重温鬓边语。凉露难禁，欲云又回步。也知魂梦相期，为欢无据，却未忍放它轻去。

浣溪沙·山居即事

雨叶风枝弄晚晴，萧疏篱落夕阳明，山居先觉嫩寒生。　　垂柳拂来如有意，小溪流去自无声。静观闲景亦多情。

牟宜之

（1909-？）山东日照人。1925年在济南读中学时参加过共青团。九一八事变后，回家乡计划暴动失败，东渡日本求学。1935年回国，在山东组织抗日武装。1938年初接应八路军进山东，创建鲁北根据地。1949年后，在北京市和林业部工作。1956年调建设部任市政公用局局长。被划为"右派"。1979年中组部为之平反昭雪。有《牟宜之诗》。

少年行

少年颇负倜傥名，略触谈锋举座惊。
足涉八荒志在远，胸填五岳意难平。
王侯将相了无意，农工学商各有情。
踏平坎坷成坦途，大道如天任我行。

客居东京

东瀛居处亦清寥，水竹萦回远市嚣。
纯真少女勤照料，落难英雄暂逍遥。
柔情莫把雠仇忘，清酒且将块垒浇。
木屐宽衣谁识我，雨中缓过樱花桥。

七 律

鏖战终天日黄昏，宿营收队入荒村。
几家房屋罹兵燹，到处墙垣留弹痕。
誓拼顽躯歼敌寇，欲凭赤手正乾坤。
今番又是何人死，愧我归来暂且存。

写于反扫荡期间

荣枯过眼

当年无路请长缨，空负胸怀百万兵。
十载坎坷十载愠，旧时风物旧时情。
芝兰带露清香郁，松柏经霜老气横。
忆昔抚今无限慨，荣枯过眼一身轻。

阅尽炎凉

阅尽炎凉挺此身，几年边塞作离人。
樽前浊酒千杯少，梦里梅花万朵春。
不信鬼神不信命，一生傲岸一生贫。
向隅背人窃自笑，猖狂本性未知辛。

萧向荣

（1910-1976）广东梅县人。1926年参加革命，参加了长征。曾任中央军委办公厅主任、军委副秘书长、国防科委副政委。1955年被授予中将军衔。

红军东征

红旗高举映飘飘，杀敌歌声入九霄。
欲问赤麾何所指，东征抗日斩鼍蛟。

大军日日向东行，直指黄河问渡津。
为避敌机免暴露，黄昏奔路月轮亲。

经过沿路尽苏区，柴米油盐有应支。
打扫房庭烧热炕，问寒问暖抚戎衣。

北上红军阳月来，新正又向渡头开。
雄师抗日扶民愿，还我河山扫劫灰。

1936 年

袭占河东岸

星沉月暗涌横波，二十八虎强渡河。

猛士心雄天不怕，木舟轻蝶有如梭。

首歼巡夜愁眉鬼，又斩碉楼睡脸魔。

喜我五团先遣队，旗开捷奏凯旋歌。

1936 年

夏　鼐

（1910-1985）浙江温州人。著名考古学家。曾任中科院考古研究所所长、社科院副院长。

敦煌佛爷庙偶成

前生缘合着袈裟，野庙栖身便是家。
静参禅悦眠僧榻，闲观题壁啜苦茶。
歌枕听风撼柽柳，凭窗观月照流沙。
却忆当年寂照寺，挖罢蛮洞看山花。

1944 年 6 月

【编者注】

作者为中国考古学权威，不以诗名世，然所作颇精妙。曾有《戏赠吴晗》一绝云："史学文才两绝畴，十年京兆擅风流。无端试笔清官戏，纱帽一丢剩秃头。"

蒋明谦

（1910-1994）生于四川蓬溪县，有机化学家。1929年考入北京大学理预科，后升入化学系。1940年赴美留学，1947年回国任北平研究院化学研究所研究员，1950年后历任北京大学化学系、北京医学院药学系教授。1980年被选为中国科学院化学部委员。著有《高等药物化学》等。

纪　事

秋登岳麓冬涉湘，滇池草海辨青黄。

乐游未减河山恨，垒字山头矢不忘。

1938 年

高承志

（1910-1994）曾用名高楚泽，广东澄海县人。早年在天津南开大学读书，参与革命工作。1931年考入清华大学西洋文学系，曾协助编辑共青团北平市委机关刊《北方青年》。1934年任清华现代座谈会主席。1936年为北平左翼文化总同盟党团成员，分工领导北平左联。1936年秋毕业，调任北平学委委员。新中国成立后长期在天津工作。

仿老杜

白门杨柳尚依依，关塞萧条愿已违。
大漠马肥胡入寇，故园花瘦客思归。
风高只解凌鹑禧，霜重何能阻雁飞，
永夜有怀难入梦，坐听落叶到朝晖。

1924 年

水月吟 (录四)

(一)

钱塘门前一湾水，波涛不兴清彻底。
万里碧天净无云，水与江天一相似。

(二)

无何月白东海来，沉入波心荡不开。
滟滟流光千万里，波光月影共徘徊。

(三)

涓涓流水涓涓月，愿共相守无相别。
无何月自向西沉，怒卷江潮千丈雪。

(四)

潮来潮落年复年，水自长流月自圆。
空将明镜投江底，独把冰心锁广寒。

1934 年

李国平

（1910-1996）原名海清。广东丰顺人。著名数学家。中国科学院院士，中国科学院计算技术研究所所长，武汉数学物理研究所名誉所长，中科院数学物理学部委员。第四、五、六届全国人大代表。有数理专著二十五部和《李国平诗词选》。

读宋芷湾诗用其韵 (录二)

（一）

秋来日日象湖东，难得登高向晓风。
极目长江横一线，天边白羽艳阳中。

（二）

当年学字拟王郎，援笔持筹墨有光。
老我诗成销霸气，水天空阔两茫茫。

柬铭槃大兄 (录二)

(一)

手挥铁笔赋登楼，又见黄云天际流。
多少归帆逆江水，参差江树可怜秋。

(二)

此日乡心似海潮，无边木落亦萧萧。
天涯顿忆村门路，溪水潺潺一短桥。

钱钟书

（1910-1999）字默存，号槐聚，江苏无锡人。作家、著名学者。早年留学英法，回国后曾任西南联大、国立师范学院、暨南大学教授。新中国成立后任清华大学教授、中国社会科学院副院长兼文学所研究员。著有《谈艺录》《管锥编》《宋诗选注》《围城》《槐聚诗存》等。

秋　怀

啼声渐紧草根虫，暖暖停云抹暮空。
疏落看怜秋后叶，高寒坐怯晚来风。
身名试与权轻重，文字漫劳计拙工。
容易一年真可叹，犹将有限事无穷。

故　国

故国同谁话劫灰，偷生坯户待惊雷。
壮图空说黄龙捣，恶谶真看白雁来。
骨尽踏街随地痛，泪倾涨海接天哀。
伤时浑托伤春惯，怀抱明年倘好开。

说诗 二首

（一）

七情万象强牢笼，妍秘安容刻划穷。
笔欲写心诗赋物，筛教盛水网罗风。
微茫未许言诠落，活泼终看捉搦空。
才尽只堪耽佳句，绣鞶错彩赌精工。

（二）

出门一笑对长江，心事惊涛有许狂。
滂沛挥刀流不断，奔腾就范隘而妨。
敛思入句裁归律，凝水成冰截作方。
参取逐波随浪语，观河吟鬓赠来苍。

寻 诗

寻诗争似诗寻我，仁兴追遒事不同。
巫峡猿声山吐月，灞桥驴背雪因风。
兰通得处宜三上，酒熟钓来复一中。
五合好参虔礼谱，偶然欲作最能工。

姚雪垠

（1910-1999）原名姚冠三，字汉英，河南邓县人。现代著名作家。早年在北平、河南等地从事教育和编辑工作。抗战中在武汉、重庆等地从事抗日文化活动，历任中华全国文艺界抗敌联合会理事。创作研究部副部长，东北大学副教授、大厦大学教授。新中国成立后任全国政协委员，湖北文联主席。晚年长居北京从事专业创作。有小说《李自成》等。

感怀 二首

（一）

长绳难系飞奔日，轮换新春走马来。
书案蹉跎空汗水，征途曲折足尘埃。
人能投抒随曾母，我岂摇头学宝钗。
辛苦栽花疑是梦，忍将心血化蒿莱。

（二）

节后春风催雨水，江南行见草芄芄。
耕耘尽力衰肢健，经典常翻老眼明。
旧史会心才半悟，新闻到耳未全听。
何时续写英雄谱，万里长空奋秃翎。

莫文骅

（1910-2000）广西南宁人。1926年参加革命，参加了百色起义和长征，曾任抗日军政大学、八路军留守兵团政治部主任，第四十一军政委，第十四、十三兵团政委，中国人民解放军政治学院院长，福州军区副政委，装甲兵政委。1955年被授予中将军衔。著有《莫文骅诗词选》。

悼十三烈士①

触目惊心做楚囚，惨如地狱逼人愁。
敢抗横流称直士②，要翻逆势做耕牛。
对月吟哦诗泣血，号天却被布塞喉！
烈士刑场歌慷慨，同俦脱险灭敌酋。

【注】

①十三烈士，即1927年在南宁被国民党反动派杀害的中共党员、国民党左派人士和进步青年罗如川、何福谦、梁砥、卢宝贤、莫品佳、雷天壮、雷沛涛、梁六度、陈立亚、张争、李仁及、周飞宇、高孤雁等13人。

②直士，即国民党左派人士，第一中学教员卢宝贤，中秋节与同狱的国民党左派县长李炽南对句，李出上句："聊与今人谈古月"，卢对："愿为直士抗横流"。

张爱萍

（1910-2003）四川达县人。1926年加入共青团，1928年转党，次年参加红军。历任师政治部主任、师长、淮北军区司令员、华东海军司令员、三野参谋长、国防科委主任、副总理、国防部长。开国上将，有《神剑之歌》等。

狱中有感

逐浪三峡走申江，南京路上少年狂。
泥城桥前洋奴恶，西牢楼中好汉强。
残更陋巷传叫卖，涎水画饼充饥肠。
牢笼砸开铁锁链，刀枪杀回斩豺狼。

1929 年 9 月上海

治 伤

盲动攻坚城，冲锋断手臂。
只为革命故，鲜血何足惜。
左臂残无妨，右手可持戟。
难得知我人，重踏新天地。

1930 年 8 月上海

挽邓萍

长夜沉沉何时旦？黄埔习武求经典。

北伐讨贼冒弹雨，平江起义助烽焰。

"围剿"粉碎苦运筹，长征转战肩重担。

遵义城下洒热血，三军征途哭奇男。

1935 年 2 月

【注】

邓萍，红三军团参谋长兼第五军军长，在攻打遵义时壮烈牺牲。

翻夹金山

夹金六月犹飞雪，红军渡泸从头越。

夜宿南麓孤月升，晨攀北峰冷日斜。

银海茫茫鸟兽绝，寒风凛凛休停歇。

狂喜两军巧会师，欢声雷动天地裂。

青阳歼敌

东进驰援北渡军，妖魔卷土漫血腥。

神兵夜昏重霄降，尖刀雪亮挖敌心。

晨听鬼卒一网尽，分兵遍落叶纷纷。

痛快淋漓复失地，军民欢畅迎新春。

1941 年 2 月 15 日

费孝通

（1910-2005）江苏吴江人，社会学、人类学家。1933年燕京大学毕业，后考入清华大学文科研究所社会学及人类学部。1935年毕业。后赴欧洲留学，获伦敦大学哲学博士学位，回国后历任云南大学、清华大学教授。1952年调至中央民族学院任副院长，1979年任民族研究学会会长，1980年任中国社会科学院社会学研究所所长。著有《人文类型》《民族与社会》等三十余部专著。诗作收录于《费孝通诗存》。

旅美寄言 （二首录一）

异国农场客里游，平冈鸣鸟草如油。
雏鸡未识啼初晓，梦里乡情片刻留。

1944 年

林 庚

（1910-2006）字静希，原籍福建闽侯，生于北京，林志钧之子。1928年考入清华大学物理系，1930年转入中文系，毕业后留校任教。1947年任燕京大学中文系教授，1952年起任北京大学教授。有《林庚诗文集》。

佩弦先生诗选班上得麻字韵倡一绝

人影乱如麻，青山逐路斜。
迷津欲有问，咫尺便天涯。

1930 年

临江仙

连日寒风吹急雨，雨晴渐觉天空。秋来遍地坠梧桐。长亭人去处，依旧夕阳红。 不奈秋深寻梦去，梦中更度三冬。觉来还是一帘风。谁知人别后，何处再相逢。

1931 年

减字木兰花

一番风雨，满地梨花浑不语。碧水红桥，几处人家锁寂寥。　　千条垂柳，驻得斜阳犹未久。何事栖鸦，哑哑枝头向客哗。

1931 年

瞿同祖

（1910-2008）字天贶，湖南长沙人，历史学家。1930年以优异成绩保送至燕京大学主修社会学，后入燕京大学研究院获硕士学位。1978年调入中国社科院近代史研究所任研究员，2006年当选中国社科院荣誉学部委员。

七　律

万里归来只自悲，鹡鸰难得一空枝。
名成海角天涯外，肠断风凄月冷时。
一剑沉埋向谁哭，九州颠倒付天知。
黄金台上人何在，放眼荒原碧草萋。

张执一

（1911-1983）湖北汉阳人。1926年投身青年运动和农民运动。1927年加入共青团，旋即转党。1932年被捕入狱，在狱中进行了英勇斗争。1935年出狱，进行抗日救亡工作，后到豫鄂边区参加新四军工作。解放战争时期奉派参加上海局地下工作。新中国成立后，曾任武汉市副市长、中南局统战部长。中共中央统战部副部长等职。诗集有《行踪吟草》。

东方曙光（四首录一）

某同志从井冈山潜返武汉，与余作竟夜谈，特以诗记其中数事。

井冈山上竖红幡，云水翻腾众庶喧。
何日行旌飘武汉，貔貅十万扫中原！

1928 年

少年狂

同伴少年何太狂？传单飞散大街忙。
归来夜半门深锁，叠作人梯越校墙。

屠 刀

我行我素不稍挠，阔步昂头入蒋牢。
恶食粗衣身外事，高歌怒目对屠刀！

1932 年

英雄临刑纪实 (九首录二)

（一）

烈士临刑慷慨行，从容谈笑见忠贞。
亲分遗物殷勤甚，更勉吾人志竟成。

（二）

遗书悲壮慰双亲，望教儿孙识苦辛。
言简情长留绝笔，一人死换万家春！

黄寿祺

（1911-1990）字之六，号六庵，福建霞浦人。曾执教于北平中国大学、华北国医学院，后为福建师大教授。著有《易学群书平议》《六庵论易杂著》《六庵易话》《六庵诗选》《蕉窗词》等。

游西湖荷亭谒林文忠公读书处感作

白云叆叆绕亭台，更喜荷花处处开。
风景十闽湖水胜，功勋一代伟人推。
禁烟御寇纾长策，谪戍筹边显异才。
回首当年灯火地，万方多难独徘徊。

1926 年

桐庐酒家题壁

年年笠屐走天涯，却到桐庐觅酒家。
明日片帆何处去？子陵滩畔问梅花。

1941 年

蝶恋花

四面荷塘溶碧水。疏淡秋容，红蓼还如醉。记得香车曾此会。绿罗裙染春山翠。　　千种温柔成梦寐。塞雁来时，一掬飘零泪。日暮城头闻角吹。阑干徒倚人憔悴。

1940 年

答槐轩先生

别来罹百忧，万言难一布。
执笔泪酸辛，启口恨凝沮。
观政只货财，用人随好恶。
万钱市匹肉，千钱买一芋。
俯首顺受之，敢笑不敢怒。
水火子遗民，谁能乐生趣？
天纵槐轩翁，学易忘忧怖。
历劫志弥坚，容颜不改过。
何日泰阶平，燕台重拜晤。

周振甫

（1911-2000）浙江平湖人。著名学者。中华书局编审。有《诗词例话》《文章例话》《文心雕龙注释》等。

寄叶圣陶先生乐山

西征万里气如虹，未扫胡尘肯复东。
到处迎逢争欲识，几方罗致竞先容。
文章已擅千秋业，桃李今开一帐风。
天遣杜陵诗笔健，饱经离乱入川中。

1937 年

呈夏丏尊先生

江南祭酒今谁属，域外名贤苦见寻。
东莞高风留梵宇，香山雅望重鸡林。
翻经事业推能手，疾世襟怀见素心。
留取坚艰傲岁晚，松姿未许雪霜侵。

1946 年

周贤鉴

（1911-？）广西玉林人。曾任《诗刊》编辑，《文史》编审等。有《学词初步》等。

咏木棉

鄙生深院厌深宫，喜宿芳邻露几重。

藐视牡丹争艳丽，敢同松柏竞豪雄。

枝疏干巨撑新宇，节错根盘显壮容。

健美鲜红天上写，文章应得耀长空。

高体乾

（1911-1998）辽宁建平人。1937年加入共产党。1932年参加东北抗日义勇军，曾任第二十一兵团参谋长，广州军区副参谋长，军事科学院副院长。开国少将。

反扫荡胜利后题

多年革命各相违，太岳重逢在翠微。
最是深秋反扫荡，满天星斗照征衣。

1943 年秋

日寇投降后赴东北路上

八年伏寇醉流觞，无数山村喜欲狂。
久苦有家归不得，千军星夜向辽阳。

1945 年 10 月

克锦州外围

锦州初战克荆山，笔架罕王齐凯旋。
大好河山开半壁，雄师五路逼三关。

1948 年 10 月

黄　诚

（1912-1942）一二·九学生运动中，任清华大学学生会主席，北平学联主席。抗战爆发后参加新四军。皖南事变中被捕，囚于上饶集中营，后被杀害。

亡　命

茫茫长夜欲何之？银汉低垂曙尚迟。

搔首徘徊增愧感，抚心坚毅决迟疑。

安危非复今朝计，血泪拼将此地靡。

莫谓途难时日远，鸡鸣林角现晨曦。

邓 拓

（1912-1966）福建闽侯人。1930年加入共产党。曾任《晋察冀日报》社长兼总编。新中国成立后历任《人民日报》社社长兼总编辑，中共北京市委书记，中共中央华北局候补书记。中科院学部委员。著有《中国救荒史》、《燕山夜话》、《三家村札记》（合作）、《邓拓诗词选》。

狱中诗 (五首录一)

去矣勿彷徨，人生几战场？
廿年浮沧海，正气寄玄黄。
征侣应无恙，新猷倘可长！
大千枭獍绝，一士死何妨！

【注】

1932年12月，邓拓在上海被捕。先被押解到南京，后羁狱苏州。

自题《南冠草》

世上春光几度红，流泉地下听鸣虫。
血花照眼心生石，磷火窥魂梦自空。
生死浮云浑一笑，人天义恨两无穷。
收来病骨归闽苑，莫对清江看冷枫。

【注】

这是邓拓未出版的狱中诗集《南冠草》的序诗。南冠，指囚徒。

晋察冀军区成立志感

血肉冰霜不计年，五台烽火太行烟。

战歌匝地三军角，卫垒连珠万里天。

北岳扬旌胡马怯，边疆复土祖鞭先。

阵云翻向龙江日，响彻河山唱凯旋。

勖报社诸同志

笔阵开边塞，长年钩剪风。

启明星在望，抗敌气如虹。

发奋挥毛剑，奔腾起万雄。

文旗随战鼓，浩荡入关东。

【注】

1938年9月20日，日本侵略军以五万之众，分兵八路，向晋察冀抗日根据地大举进攻。晋察冀军民坚壁清野，诱敌深入，开展游击战争。经四十多天奋战，粉碎了日寇的合围计划。在这一战役中，由邓拓担任主编的《抗敌报》社的同志们，和部队一起转战边区各地，一手握笔，一手拿枪，英勇斗争。

狼牙山五壮士

北岳狼牙耸，边疆血火红。

捐躯全大节，断后竟奇功。

畴昔农家子，今朝八路雄。

五人三烈士，战史壮高风！

1941 年 9 月

陈祖东

（1912-1968）又名陈华夫，浙江吴兴人。1935年毕业于清
华大学土木系，1955年到清华大学任土木系教授，1958年转为水
利系教授。

歌石工

嗟嗟石工，黄帝子孙。

不期而会，众志成城。

胼手胝足，风暴雨淋。

夜以继日，无时或宁。

或钻隧穴，鸠面鹄形。

或涉水流，彻骨寒心。

冬无寸被，夏抗蚊蝇。

夜不蔽体，食止酸辛。

己唯一饱，妻孥何存。

偶攖小怒，折肢亡身。

来如落叶，去如飘萍。

岂免苛虐，胡云功成。

君甘劳力，我愧劳心。

劳心沽誉，劳力埋名。

悠悠溙水，巍巍天门。

象尔石工，终古留馨。

1942 年

何其芳

（1912-1977）现代散文家、诗人、文学评论家。原名永芳，四川万县人。1938年到延安，在鲁迅艺术学院任教，同年加入共产党。后到重庆工作。曾任四川省委宣传部副部长、新华日报社副社长。新中国成立后任中国作协书记、中科院哲学社会科学部学部委员和文学研究所所长、全国政协委员。有《何其芳选集》等。

月　光

月光如水复如烟，似可乘流直上天。
一曲高歌人不见，萧萧木叶下楼前。

杜甫草堂

文惊海内千秋事，家住成都万里桥。
山水有灵供啸咏，疮痍满目入歌谣。
当年草屋愁风雨，今日花溪不寂寥。
三月海棠如待我，枝头谁料竞春娇。

锦瑟 (二首录一)

锦瑟尘封三十年，几回追忆总凄然。

苍梧山上云依树，青草湖边月坠烟。

广宇沉寥无鹤舞，寒江澄澈有鱼眠。

何当妙手操清曲，快雨飓风似怒泉。

胡　考

（1912-1994）浙江余姚人。新中国成立后，曾任《人民画报》总编辑。有诗词集《梨花恨事》。

第三野战军开始反攻

日出众星匿，雪融上树梢。
风迎衣着鼓，桥窄马蹄摇。
北伐已成史，南征岂可饶。
将军麾下卒，连战不辞劳。

欧阳文

（1912-2003）湖南平江人。1928年参加平江农民暴动，1930年参加中国工农红军。参加了长征。曾任第四十一军副政委兼政治部主任。新中国成立后历任解放军报社总编辑，西安军事电信工程学院政委、院长，第四机械工业部副部长。1955年被授予中将军衔。著有《青松诗集》。

第四次反"围剿"

白云浓雾锁山峰，崇山峻岭密林中。
埋伏雄兵数十万，围城打援待敌攻。
蒋军两师入罗网，四面合击奏奇功。
师长李明陈时骥，一亡一俘入囚笼。
损兵折将又败北，四次"围剿"一场空。

1933年4月

长征 （六首录二）

（一）

军渡大河入天全，穿过邛崃到抚边。

脚踏夹金千秋雪，目览瑶池九寒天。

空气稀薄难呼吸，雪花飘散铺双肩。

携手翻过分水岭，树下岩边饮清泉。

（二）

英勇红军世无双，踏破千山万水长。

雪山草地任飞越，寒暑饥乏无阻挡。

冲破天险腊子口，歼灭顽敌鲁大昌。

铁流两万五千里，挺进陕甘为救亡。

1935 年 10 月

王建中

（1912-2007）辽宁新民人。1936年在东北军西安学兵队加入中国共产党。历任军分区政治部主任、军分区政委兼地委书记、师政委、军区空军政治部主任，军委空军后勤部副政委、副部长。著有《军旅诗痕》。

武陵春·攻占农安城

高塔指天空矗立，刁斗已三更。奇袭夜困农安城，云隙透疏星。　　碉密沟深何济事，炸药响连声。高梯直上齐冲锋，扫顽敌，不容情。

【注】

1945年，我独五师奇袭长春外围之农安县城，城内守军一个团，被我全歼。城内有金代建的十三层高塔。作者时任该师政委。

西江月·歼敌暂编第六十二师

　　法库已围数月，敌师突围无功。虚晃一枪向北行，越野挣扎逃命。　　幼犊何畏虎豹，迎头炮火真凶。雪地穷追夜不停，六千歼灭干净。

1948 年 2 月

【注】

　　法库一战，创我一个师歼敌一个师的范例。《东北日报》载此消息，有"初生牛犊不怕虎"之句。

东北解放

　　辽天黑雾倏然收，一十七年盼出头。
　　血洗白山悲往日，炮鸣沈水喜今秋。
　　艰辛三载傲冰雪，帷幄一棋下锦州。
　　大豆高粱归旧主，贪欢勿忘旧时忧。

1948 年 11 月

南　下

战罢平津又指南，繁花处处笑颜看。

日行六十军心壮，夜宿初更虎帐喧。

风雨金陵徒换马，饥寒南国盼亲还。

失城不计计歼敌，今古兵家有此篇。

1949 年 4 月

启 功

（1912-2005）字元白。著名书法家。北京人，满族。曾任辅仁大学副教授、故宫博物院专门委员。新中国成立后任北京师范大学教授，全国政协常委、国家文物委员会委员、国家文物鉴定委员会主任委员，中国书法家协会主席。著有《古代字体论稿》《诗文声律论稿》《启功韵语》等。

八声甘州·社课题画墨竹

渺同云，飘坠自潇湘，墨雨入银沟。想北窗凉思，东华尘土，都是阳秋。挥尽澄心一卷，暮霭万竿稠。唯有梅花叟，堪配湖州。　　笑我频年习懒，弄柔毫但写，翠凤青虬。对零缣断素，无语共天游。任相疑，非麻非竹，羡云林胸次总悠悠。神来处，笔歌墨舞，时绕丹丘。

听杨君大钧弹琵琶

劳人不复梦钧天，古调新声忽并传。
广坐威音真入圣，深灯永夜欲通禅。
秋江冷浸迷离月，紫塞横飞莽荡烟。
不辨中怀哀乐意，吟魂长绕四条弦。

临　池

颠张醉素擅临池，草至能狂圣可知。
力控刚柔惊舞女，机参触背胜禅师。
常将动气发风手，写到翻云覆雨时。
万语千言归一刷，莫矜点画坠书痴。

偕友游钓鱼台盖金之同乐园也望海楼遗址在焉 二首

（一）

踏遍西郊路，初登望海楼。

重门金兽暗，古柏碧云稠。

缔构垂千载，徜徉足一丘。

伤春无限意，与子共淹留。

（二）

旰食曾游地，卑垣十亩宫。

封疆增汉土，饱暖夺天功。

世乱无惇史，人言有至公。

老农怀稼穑，辛苦说乾隆。

编者按：以上各首为1948年前所作。

丁 易

（1913-1954）安徽桐城人。曾任东北大学中文系副教授。九三学社中央常务理事。

悼闻一多先生

象牙塔里几悠悠，参透玄虚更不休。
一击回戈真逆子，现身说法到街头。

掀髯笑指群魔鼻，看你横行到几时？
枪起无声穷主使，元凶还是法西斯。

李杜诗篇王段学，更将热血为人民。
儒林文艺留忠烈，万口传歌有定评。

陶 光

（1913-1961）原名陶光第，字重华，北京人。1935年6月毕业于清华大学国文系，曾在天津南开大学任教。抗战爆发后，南下在西南大学、云南大学等处任教，后至台湾师范学院任教。穷愁早逝，生前曾有诗集《独往集》。

戊子岁暮抒怀 （八首录三）

（一）

一天风色飒然来，寂寞寒门晚不开。
簌簌林鸣摇静夜，愔愔炉暖拨残灰。
冻云盘薄弥空合，霜气侵淫匝地回。
三十年间回首看，海隅销铄未完才。

（二）

凤城歌吹咽危弦，白夹青衫各少年。
消暑昼眠还秉烛，冲寒买醉不论钱。
岂知戎马生郊垒，遂泛楼船济海边。
四亿烝民八载战，玉焚帛裂可潸然。

（三）

溪影当窗短烛烧，虫鸣入夜雨飘潇。
寒妻强病传薪火，倦客埋心事篆雕。
身世百年甘俯仰，襟期斗室送昏朝。
人间尚有低徊处，自昔诗篇共寂寥。

1949 年 1 月

杨　朔

（1913-1968）原名毓瑨，字莹叔，山东蓬莱人。1937年到延安参加革命，1945年参加共产党，解放战争时期到晋察冀野战军，担任新华社记者并作部队政治工作。后参加抗美援朝战争。其后历任中国作协外国文学委员会主任、亚非人民团结理事会书记处中国书记、亚非作家常设联络委员会秘书长等职。有小说《三千里江山》《杨朔散文集》。

雪夜遣怀

四山风雪夜凄迷，夜色浓中唱晓鸡。
自有诗心如火烈，献身不惜作尘泥。

1944 年 11 月 27 日夜延安

山水吟 （二首录一）

半雨半晴半暖时，一峰一水一囊诗。
搜寻总得千万句，难写桂林绝世姿。

熊德基

（1913-1987）江西南昌人。学者，曾任职于中国社会科学院。

重登扫叶楼

作客江南似水鸥，白门岁暮独登楼。
疏林落叶怀高士，异地浮生感旧游。
黯淡荒烟迷古径，苍茫云树乱乡愁。
河山历历凭栏看，其奈风尘易白头。

1935 年春

狱中不寐

铁马悲鸣月色低，思亲忆旧壮怀凄。
朦胧灯影人声静，寂寞狌犴鼠影迷。
睡久无聊闲扪虱，梦回有泪怕闻鸡。
刑场一死须臾事，留得遗诗带血题。

1936 年 3 月

大　同

云中锁钥护河东，万里关山气象雄。

刁斗夜寒龙碛月，旌旗秋掩雁门风。

常闻致治无苛政，只恐窥边有狄戎。

徭役徒教民力尽，当年拓跋霸图空。

1936 年

北平沦陷

朝报前锋破敌兵，旋闻虏骑逼燕京。

元戎惜命回车马，权贵求荣献凤城。

一夜河山销赤帜，三更鼓角变胡声。

遗民采蕨今无地，南望金陵泪欲倾。

1937 年 7 月

读《铁函心史》

剩水残山久不堪，庙堂嬉戏尚沉酣。

故宫荆棘嘶胡马，野老江湖伴蠹蟫。

伏阙风操还自励，画兰心迹向谁谈？

铁函长掩孤怀在，千古同悲郑所南。

1943 年

陈迩冬

（1913-1990）广西桂林人。历任报馆、出版社编辑，广西
艺专、山西大学、山西师院、中央美术学院、中国人民大学教
授。著有《十步廊韵语》，选编《苏轼诗选》《苏轼词选》等。

题柳亚丈辽东夜猎图　二首

（一）

昨夜猎辽东，长蛇封豕殆。
屠龙圣乔治，猛志固常在。

（二）

季子擅丹青，王孙留姓氏。
先生道不孤，我亦挟弓矢。

读《兼于阁诗话》呈壶翁①

盛唐隆宋肯雷同？骚雅吞呼时代风。

道可道邪谁解老，巢经巢后此为雄。

静观味在闲闲外②，动态春先浩浩中。

几许古今留眼处，过人哀乐一壶翁。

【注】

① 陈兼与，号壶因。

②原注金代赵秉文号闲闲老人。翁诗近之胜之。

浣溪沙·登台城作

故国神京宿草芊，雨花台上血痕丹。百年风雨抱江寒。　　秋正低徊三尺水，我来平视六朝山。卤烟雄篆写晴天。

黄墨谷

（1913-1998）女，名黄潜，号墨谷，福建同安人。九一八事变后，应聘于南洋马来西亚槟城福建女子师范学校。七七事变后，侨居新加坡。值太平洋战争爆发，举家迁往四川重庆。抗战胜利后，在重庆国立女子师院教授词学。1953年后先后任职、任教于中国科学院、河北师范学院。1987年2月被聘任为中央文史研究馆馆员。编著有《重辑李清照集》《谷音诗词集》及繁、简体、楷书对照《词谱百例》。

临江仙

余于九一八事变后去国，太平洋战事爆发，壬午除夕，由缅甸飞抵渝州。风涛南北，荏苒十载，凄然感赋。

大好山河余半壁，谁云天网恢恢。征程万里赋归来。风雨如晦，黎民叹劫灰。　　残烛半遮屏影静，十年前事堪哀。此生何计可安排。断云浮岭外，流水绕城隈。

1942 年

采桑子

当时共道春光好，心字罗衣。浓淡花枝，枝上双双蛱蝶飞。　　而今始信春风误，缭乱游丝。落尽芳菲，江水东流不复西。

高阳台

绣幕高张，熏笼斜倚，春寒暗透罗衣。永夜朱堂，屏前烛影轻移。七弦学谱梅花曲，水云乡、玉漏声迟。这韶华、三五匆匆，又过镫期。　　姮娥带露磨新镜，照去年醉脸，今岁空卮。翠带宽来，楚腰瘦损因谁。蛮笺重渍斓斑泪，是当年、别赋初题。玉奁中，双燕钗头，一寸相思。

玉楼春

黄昏阵阵帘纤雨，花谢重阶三月暮。陌头柳色上帘波，镜里霜华凝鬓雾。　　春江不合离人住，潮水无情来又去。孤帆何日趁东风，长系桥南乌柏树。

满庭芳

倦鸟还林，闲云出岫，黄昏怕赋登楼。寂寥江介，词客独悲秋。芰制兰纫好在，十年事、都付东流。京华梦，空樽起舞，镇日下帘钩。　　淹留。当此际，关河暗冷，烽火新收。纵千帆过尽，未是归舟。病里如潮旅绪，泪痕遍，楚尾吴头。徘徊久，斜阳古道，寒水去悠悠。

刘萧无

（1913-2004）北京市人。1938年到延安学习，后到晋察冀
军区抗敌剧社、西北野战军第三军先锋剧社工作。曾任新疆维
吾尔自治区党委宣传部副部长、文联主席。著有《刘萧无诗词
选》。

战　罢

战罢壮歌还，相逢话不完。
炙豚沽社酒，濯足洌延川。
虎将依然在，牙旗何处安？
忽传军令急，星夜再周旋。

入　陇

旗鼓定边行，风悲日暮营。
孤村归远岫，入陇用奇兵。
破竹追穷寇，分粮济饿氓。
书生生有幸，戎马出长城。

黄　畲

（1913-2007）字经笙，号纫兰簃主，台湾淡水人。1934年起在北平市政府任职。1941年入北平国学院词章门攻读古典诗词及词赋，毕业后参加一系列诗社活动。并加入中国画学研究会。新中国成立后先后在华北电业管理总局和北京多所中学任职、任教，是北京市台湾同胞联谊会会员、北京市台盟盟员、中华诗词学会发起人之一，长期以来主要从事诗词研究工作。出版学术著作多种。著有《三海全咏》《纫兰簃主诗词文集》等。

新晴回文诗题画

浓云暗水隔溪烟，晚渡争归客唤船。
峰乱插空排峭石，树高黏壁破飞泉。
重重绿竹深幽径，霭霭红霞落远天。
农务喜晴新雨好，筇扶醉立小村前。

1945 年

瀛台翔鸾阁

云窗雾阁俯崇阶，宜雨宜晴境自佳。
一路平堤杨柳外，澄波千叠碧无涯。

丰泽园

闻说名园帝子家，试耕于此艺桑麻。
扶犁播种沿常例，旧事空余录梦华。

紫光阁

阅射平台早已墟，紫光阁在未荒芜。
功臣勋业随流水，谁赏十全纪胜图。

金鳌玉蝀桥

石桥卅丈卧长虹，华表巍峨气象雄。
多少飒车桥上过，笛声人影太匆匆。

顾学颉

（1913-？）字肇仓，湖北随州人。曾任陕、甘、鄂、湘等地高等院校教授，人民文学出版社编译所编辑。著有《顾学颉文学论集》等。

癸丑新正，千帆、子苾以诗招游
奉酬（四首录一）

其如无处买归船，早退虽知白傅贤。
身外耽求余药裹，望中风物惜流年！
光堪耀斗长埋剑，技悔屠龙老灌园。
犹有劫尘缘未了，残书待著付王宣。

娉　婷

娉婷十四耀红装，着眼情深误二郎。
出入北门呼小宝，威仪南面拜神皇。
能言鸟进终何用？不死药灵求易亡。
剩有昭陵残六骏，路人指点卧苍茫。

乙丑夏日偶作

书　感

大错于今又铸成，和平高唱不谈兵。
长江奚似龙江险，华北犹如东北倾。
剩水残山悲禹迹，礼干信冑愧儒名。
穷经于国诚何补，壁上龙泉夜夜鸣。

1936 年

孙思白

（1913-2002）山东历城人。学者。曾任职于中国社会科学院。

秋　雨

昨夜潇潇梦里听，醒来寒气透窗棂。
中庭散乱霜前叶，三径残存雨后英。
乍见南天晴一角，又来云气压山屏。
天公变化浑难管，且伴滂沱到五更。

秋　色

晓窗开处望晴空，一抹南山色半红。
鸭乱池塘浮绿水，鸟呼瘦柳闹秋风。
井桐叶落寒烟外，篱菊花开细雨中。
夜静依栏犹怅望，一钩新月上楼东。

1927 年秋

唐 弢

（1913-1992）原名端毅，笔名风子、晦庵。浙江镇海人。现代著名作家。1933年开始写作。曾在上海坚持抗日文化活动，积极参加反内战民主运动。新中国成立后任复旦大学教授、中国社科院文学研究所研究员、中国作协理事及上海分会书记处书记、全国政协委员、全国人大代表。有《落帆集》《唐弢杂文选》。

庐 山

辜负平生八尺男，庐匡奇迹病中探。

行临大壑谁云悸，坐对名山我自惭。

窗下溪声疑夜雨，林间月色幻晴岚。

欲寻太白读书处，只恐诗人醉正酣。

李白凤

（1914-1978）原名李象贤，北京市人。曾任开封师院教
授。著有《东方氏族考》等。

春日抒怀 （四首录一）

新来喜气上眉梢，壮志雄心俱未凋。
送暖春风传喜讯，迎祥爆竹破寒潮。
恩仇琐琐非吾虑，功过频频敢自标。
奋笔于今开倦眼，驰情怡性乐陶陶！

赠晚晴楼主人

晚晴楼下水如天，淡淡斜晖冒暮烟。
过眼春风吹锦浪，迎人软雨压飞绵。
朱樱好放千花树，银杏招邀酒一船。
闻道主人颇好客，题诗愿结好因缘。

偶忆榴园旧事，兼赠端木蕻良、陈迩冬、尹瘦石诸友 二首

（一）

古冻金泥我最耽，回车谁是老羊昙。
停云赋就愁翻白，漓水歌终影泛蓝。
馆号春明成俯仰，园临丽泽足清谈。
柳诗尹画归尘梦，往事摇情讵敢探。

（二）

榴园花事忆吾侪，若辈升沉气尚遒。
不忌田熊夸烂漫，应知柳尹最风流。
千寻古木心常黯，一叶经霜欲报秋。
回首当年无限事，谁能重蹑草堂幽。

【注】

田熊指田汉、熊佛西。柳尹指柳亚子、尹瘦石。

邵天任

（1914-2012）辽宁凤城人。1941年在晋绥抗日根据地参加革命。后入抗大学习。曾任东北民主联军总司令部秘书，哈尔滨法院院长，外交部条法司司长、法律顾问。中华诗词学会顾问。著有《征尘集——邵天任诗词选》。

游击队

林深夜黑战犹频，供给多凭缴敌人。
拿下炮楼扛大米，截来车队品洋荤。
汪奸旗帜擦枪布，日寇钢盔洗脚盆。
夜袭夺回三八式，武装全副抖精神。

唐多令·反"扫荡"

星夜逾沟墙，平明转吕梁。到山中、忽记端阳。涧水一壶清胜酒，寻野菜，煮黄粱。　　山下几声枪，远村犬吠狂。看今宵、小试锋芒。直插城关摧敌堡，鸡未唱，月昏黄。

雁门晚兴

东海溟濛起暮云，神州大地转萧森。
千年堡堠燕山影，万里波涛黄水音。
晋北健儿驰峻坂，绥东战马下长林。
露浓烟重西风紧，杀敌刚宜月半阴。

念奴娇·重阳

吕梁深处，问如何、过了重阳佳节？敌寇漫山攻势迫，火舌机枪明灭。弹片横飞，土崩石走，大气如撕裂。狂奴故态，霎时真个猖獗。　　谁知血战连年，贺髯麾下，临阵多沉着。莫笑黔驴穷技耳，制胜犹须奇策。佯御前沿，猛抄侧翼，一晌歼残贼。晋中风物，平添多少秋色。

临江仙·记梦

寥落澄江芳草岸，白杨轻染斜晖。伊人素腕紧相偎。罗巾揾泪眼，低问几时归？　　黑水白山离去后，别情魂梦萦回。营门军号五更催。四围山影淡，冷月吐清辉。

杨　述

（1914-1980）本名杨德基，江苏淮安人。1934年清华大学历史系肄业，1936年加入中国共产党并任清华大学党支部宣传委员。1953年调中共北京市委任常委、宣传部长兼高校党委第二书记，1965年任中国科学院社会科学部副主任，1978年任中国社科院顾问。著有《青春漫语》等。

咏"一二·九"

义旗高举在今朝，烈焰冲天百丈高。
甘冒风霜为抗日，宁遭斧钺不降曹。
汉奸卖国真无耻，学子争存恨未消。
他日偿还流血债，工农蜂起似钱潮。

1935 年

征　途

一夜山河变，从容出故都。
焚书似断腕，易服化商徒。
南天多险阻，北地有宏图。
明日须行早，抖擞上征途。

1937 年 9 月七七事变后

五月四日敌机炸渝

敌寇凶残甚，渝州继火焚。

举家随国毁，烈焰逐人奔。

一响皆驱死，齐呼不共生。

愿栖碎瓦上，重建汉家春。

1939 年 5 月 4 日

李拓之 (1914-1983)

福建福州人。武汉大学毕业。曾在新华社工作。1953 年调厦门大学任中文系副教授。论著有《呼保义考》《论形象思维与创作实践》《离骚与反离骚》等。

无 题

撩乱山樱作火燃，漫天高柳揖华年。

船随春水牵情远，人倚桃花落泪边。

千瓣可怜红宛转，一篙赢得绿缠绵。

流霞如醉波如剪，云掩涡旋欲化烟。

1934 年

剑门关

飞车今上剑门关，奇绝危峰四面环。

满谷幽花迎客贴，参天古柏待谁攀。

不须猿啸肠空断，无奈鹃啼鬓欲斑。

过得高峨回首望，羡他自在野云闲。

1941 年

丁延祁

（1914-1993）河北丰润人，生物化学家。1937年毕业于清华大学生物系，后出国深造，归后任教于北京医学院生物教研室，合著有《生物化学》。

少年游·时在清华

秋风秋雨打荷钱，波绿上池边。草碧沙新，燕梭蛙鼓，天际现虹弯。　　水木清华晴后好，读罢赏名园。体馆斗牛，礼堂弦管，年少兴方欢。

孔凡章

（1914-1999）字礼南，四川成都人。诗人、围棋教练。1934年考入上海复旦大学，因抗战爆发中断学业返川。1939年后历任兰州油料总库主任，四川粮食储运局处长，上海复旦物业保险公司总经理，江西省银行驻重庆分行经理。1959年后历任成都市体委、四川省围棋教练。1987年被聘任为中央文史研究馆馆员。曾任中央文史馆《诗书画》杂志编委。四川省诗词学会顾问。纽约四海诗社名誉顾问等。著有《回舟集》《回舟续集》《回舟三集》《回舟四集》《回舟后集》。

游圆明园遗迹 （二首录一）

横磨十万肇分瓜，风雨都门走翠华。
燕喜不归犹有国，匈奴未灭若为家？
远峰槛外秋容淡，荒苑桥头夕照斜。
一炬阿房千古恨，名园寂寂隐悲笳。

1932 年

一·二八淞沪战役后中日签约停战 二首

俯首签降表，卑颜事夜郎。

终风甘妾妇，将伯冀戎羌。

壮士空流血，华筵正举觞。

偶披清史册，忽忆李鸿章。

上海虹口日人庆功会上朝鲜烈士尹奉吉突入，以炸药炸断日军司令白川大将一腿。

一击雷霆怒，当场倒白川。

人心皆欲杀，天意竟相全。

警耗神宫震，英躯烈士捐。

股肱今在否？豺虎倘知悛。

1932 年

感时兼怀东北义军

国如桑叶虏如蚕，地许燕云未餍贪。

生处无归纡干雀，渡江何往汴京骖。

南风振旅孤难竞，北向称儿辱岂甘。

父老诸姑双泪眼，白山冰雪战声酣。

平型关大捷喜赋

严城次第鼓鼙催，谁信炎黄有背嵬。

战局溃如江决岸，捷书闻似夜惊雷。

并刀溅碧凝倭血，董笔留青写将才。

惭愧书生难报德，他年一篑覆麟台。

1937 年

台儿庄大捷喜赋

整衣东向礼云麾，今日真成喜极悲。

百战哀兵贱生死，千秋名将系安危。

群情共快横磨剑，众口新留堕泪碑。

国有长城檀道济，江淮胡马敢重窥。

1938 年

张还吾

（1914-1999）河北曲周人。1938年参加抗日斗争。曾任曲周县除奸部长，临清县抗日救国联合会主任兼人民武装委员会主任。新中国成立后曾任中共北京海淀区委第一书记、北京市农委副书记、市农办副主任兼国营农场管理局局长。著有《九九诗选》。

香城固战斗

八路神兵下太行，春寒夜月马蹄霜。
荒村落日人横剑，古道流沙鬼跳梁。
四面军声摇北斗，十方弹雨射天狼。
全歼日寇香城固，威震平原第一枪。

1939 年

【注】

香城固原属曲周县六区，今天划归邱县。1939年2月由陈赓将军指挥，全歼由威县出犯之敌数百人，击毁军车8辆，缴获炮4门。

太行行

由临清经沙河、武安、涉县赴临县道上作。

莽莽太行几万重，荆榛遍地虎狼凶。
荒村落日炊烟少，野渡无人暮色浓。
几座山城灰烬里，一川流水血腥中。
岭高更觉枪声近，路闯三千逾险峰。

1944 年

秋山行

西风阵阵送枪声，日落霞留似有情。
秋水秋山秋色淡，野花野草野烟凝。
狼嚎夜半王莽岭，鸡唱黎明刘秀城。
八月惊飚胡地雪，衣单人瘦盼天晴。

1944 年

杨成武

（1914-2004）福建长汀人。1929年参加红军，曾任兵团司令员、北京军区司令员、代总参谋长、福州军区司令员、全国政协副主席。开国上将。

翻越夹金山

天空鸟飞绝，群山兽迹灭。
红军英雄汉，飞步碎冰雪。

1935 年 6 月

突破天险腊子口

腊子天下险，勇士猛攻关。
为开北上路，何惜血染山。

1935 年 9 月

石一宸

（1914-2004）山东临淄人。1937年参加八路军，1939年加入共产党。曾任福州军区副司令员，军事科学院顾问。

洛阳之战感赋

制敌经略驰中原，直取洛阳气盖山。
群雄奋战东门破，固若金汤只等闲。
万无一失几何日，俯首就擒两万添。
古城旌旗红遍地，箪食壶浆尽笑颜。

刘白羽

（1914-2007）著名作家。曾任解放军总政文化部长。平生著作甚丰。

舟　山

壮士情深试宝刀，曾经跨海斩狂涛。
万樯风动沈家港，一展风帆乘早潮。

李　桢

（1914-2007）山东临淄人。1936年参加革命。曾任解放军总参某部政治部主任、工程技术学院副政委。著有《征尘拾遗》。

破阵子·良马袭击战

寒夜霏霏大雪，风啸路滑行匆。勇士初征求战切，名将奇谋挫敌锋，三军气似虹。　　烽火山村蓦起，军号声里冲锋。纵马飞兵如脱兔，弹雨刀光卷疾风，凯歌绕碧空。

1938 年 2 月

破阵子·同蒲路破击战

高堡深沟封锁，魔灯舔夜巡防。铁甲穿梭凶似虎，护线倭兵狞若狼，森森铁道长。　　黇夜曳光怒起，雷鸣桥洞灰扬。炸浪嘶风翻道轨，壮士挥刀斩恶狂，霜天映曙光。

1939 年 9 月

孙玄常

（1914-1996）浙江海宁人，曾任人民教育出版社编辑。著有《匏落斋诗词钞》。

题《西泠旧梦图》

年少读书寓凤林，禅房古木气萧森。
西泠桥畔小苏骨，放鹤亭边处士心。
三月杨花飞满路，四时烟水有微吟。
重来旧地如春梦，莫叹吾鬓岁月侵。

王振乾

（1914-2005）辽宁沈阳人。曾任东北挺进纵队政治部主任，新中国成立后，任第三机械工业部副部长。

进军川东

火延乌江劫满城，枉依石柱忧天倾。
残山剩水川军乱，末日寒门蜀犬惊。
国土陈尸凄雾雨，英雄健步请长缨。
得来重庆投降表，盼到昆明起义旌。

贺善徽

（1915-1998）清华大学政治系毕业。1978年调入中国社科院经济研究所，曾主编《经济管理》月刊。

七　律

冀州烟树最苍凉，秋后山河易旧装。
风扫层云晴色好，沙迷斜日晚天黄。
谁将河朔怜同域，独取江东作帝乡。
四野胡笳呜咽里，宛平千载看沧桑。

1936 年

刘力生

（1915-1998）河北蓟县人。1938年参加冀东抗日大暴动。曾任军分区宣传科科长、团政委，八一电影制片厂政委。著有《刘力生诗集》。

日寇铁蹄越长城犯冀东

长城未阻铁蹄狂，纵目家乡非故乡。
大地无言天不语，黄尘滚滚压渔阳。

烽火神州白日寒，何人巨手挽狂澜？
河山破碎头颅在，羞说胸中一寸丹。

冀东大暴动

一望州河夜聚频，力争生死献青春。
原来田野庄稼汉，便是兴邦救国人。

平北根据地战斗往事

烽火神州战斗年，英雄奋起挽狂澜。
梦魂兵下黄龙府，谈笑旗开白马关。
万里风云指东海，八方雷雨会燕山。
健儿身手新磨剑，怒斩楼兰跃马还。

贾若瑜

（1915-？）四川合江人。1931年参加革命，1935年参加红军，参加了长征。曾任胶东军区司令员，军事博物馆馆长，总政治部代秘书长，山东军区副司令员，军事科学院副院长。开国少将。有《贾若瑜诗词集》。

长征途中口占

过雪山

红军志气豪，不怕雪山高。
谈笑攀星斗，困难脚下抛。

1936 年 8 月 1 日剑步塘

过草地

茫茫大草地，千里无人烟。
廿日军粮断，饥寒苦逼煎。
挽扶难举步，革命志弥坚。
北上披星月，红旗映九天。

1936 年 9 月 9 日于包座

解放青岛

十万旌旗画角吹，连营刁斗振军威。
天兵叱咤风雷动，战马声嘶弹雨飞。
踏破雄关思猛将，来探虎穴跨乌骓。
蓬岛收复驱顽虏，一统金瓯捧玉杯。

朱南铣

（1916-1970）笔名一粟，生于江苏无锡。1936年入清华大学哲学系，专攻数理逻辑，1940年毕业。1943年清华研究院毕业，获哲学硕士学位。新中国成立后，入上海三联书店任编辑，后随书店迁入北京并入人民出版社，1956年被任命为历史组组长。"文革"中于"五七干校"不幸坠水身亡。遗有诗集《问神室诗稿》。

清晨游老君殿遂登南岳绝顶

蓬蓬天上气佳哉，千古独游观日台。
赤斧翻山平地起，苍虬呵海会期来。
眼低吴楚空无物，心广老庄实有哀。
吾欲正中题一律，风云重护鬼神陪。

1937 年

岭南忆书

时已用兵不计安，天教到处得书看。
此行请酢贤东道，万里风尘一榻宽。

1938 年

周珏良

（1916-1992）字合仲，安徽东至人，出生于天津。1940年毕业于清华大学研究生院外文系。1945年后曾在北平清华大学外文系任讲师，后赴美深造。朝鲜战争期间，曾任军事停战委员会中国人民志愿军代表团秘书处翻译，1975-1980年调外交部任翻译室副主任。编著有《英美文学欣赏》等。

和吴宓师《己卯生日珏良等将为诗以祝先此赋谢》作并祝寿

万丈光芒仰北辰，及门幸甚得身亲。
荷声藤影归思渺，文物衣冠入寇沦。
律细作成多异色，行方受尽不虞辛。
乱离嘉日当狂饮，醉后先生率性真。

1939 年

刘光裕

（1916-2003）河北安新人。1932年参加反帝大同盟，1937年参加共产党，曾在白洋淀地区组织抗日游击队。曾任北京军区空军副司令员。

百团大战

日寇侵城向外伸，遍修据点占乡村。
星罗棋布碉林立，细碎分离沟堑深。
八路英雄攻势猛，百团大战敌惊魂。
并肩协力声威振，灭伪驱倭快众心。

1940 年 9 月

咏白洋淀雁翎队

游击战略教尔曹，湖泽为依预见高。
洋淀无山居民广，绿岛有苇越桅梢。
健儿组成雁翎队，勇士出没鱼舟槽。
日寇猖狂入罗网，全部被歼非一遭。

1943 年 3 月

"五一"大扫荡

1942年5月1日日军对我冀中平原进行疯狂扫荡。日军二十七师团、一一〇师团的主力和第一、第九混成旅团各一部，共五万余人，伪治安军六个团、一万余人，汽车八百辆，并有坦克、骑兵和飞机配合，加上伪警备队，号称十万大军，用铁壁合围，篦梳拉网战术，妄图对我八路军一网打尽。我军民协力反击，给敌人沉重打击。当时敌人在太平洋战区亦连遭失败。统观全局，大大增强我反扫荡信心。在反"扫荡"中题此诗。

时逢一九四二年，日伪扫荡冀平原。
铁壁合围嚣尘上，篦梳拉网唤聚歼。
民兵八路同协力，游击队员巧周旋。
敌寇陷进汪洋海，难逃灭顶大水淹。

保北战役

日月挥鞭越隘关，雄师主力出燕山。
毁桥破路军民力，灭匪除奸万众欢。
血战五师涞水地，全歼一旅小河边。
凯歌阵阵凌霄汉，扫尽阴霾除旧天。

1946年10月

吴征镒

（1916-2013）号百兼，生于江西九江，植物学家。1937年毕业于清华大学本科，1950年任中国科学院植物研究所研究员兼副所长，1955年选聘为中国科学院生物学部委员，1979年当选为中国科学院主席团成员。主编《中国植物学》，诗作收录于《百兼杂感随忆》。

哭浠水闻一多师五章

内美重修能，分明剧爱憎。
胸怀三伏炭，节操一壶冰。
白璧何由玷？苍鹰不避矰！
惊心尸谏地，忙煞几青蝇。

九死犹未悔，先生小屈原。
彼伧施鬼蜮，我血荐轩辕。
得路由先导，危身以正言。
大江流众口，浩荡出荆门。

清时期北返，往事记西征。
南国空魂魄，中原有斗争。
多艰民主业，修远和平程。
凶器销当净，哀黎死是生。

主义虚兼爱，人身失自由。

千夫杂醉醒，一世际沉浮。

宁碎常山舌，甘为孺子牛。

民心荃不察，天地哭声稠。

暗夜风雷迅，前军落大星。

轻生凭胆赤，赴死见年青。

大法无纲纪，元凶孰典刑？

边城皆带甲，薤露上青冥。

1946 年

任继愈

（1916-2009）山东平原人。著名历史学家。北京图书馆馆长，全国人大常委。著述甚多。

读陶渊明集

不将五斗易初衣，今日方知昨日非。
高卧北窗宁忘世，躬耕南亩岂缘饥。
孤怀聊寄无弦韵，一醉长关深巷扉。
丛菊正繁人已远，岫云犹送暮鸿归。

1939 年

过长沙岳麓书院

伊洛衡湘一脉通，霜天红叶古今同。
可知岳麓山头月，曾伴赫曦台畔风。

张　璋

（1917-？）原名张鸿纲，字镇山，号白云词客。河南焦作人。1937年参加革命。曾任焦作市市长，志愿军后勤运输部副部长，一机部生产调度局局长，西北机械局局长，机械科学研究院党委书记兼院长。曾为中华诗社学会副会长，中国韵文学会顾问，中国李清照辛弃疾学会会长。编著有《金元明清词选》《历代词萃》《历代词话》《词综续编》等多种词学专著。

满江红·黄河

1939年冬，日寇进逼。蒋帮屈膝，风雨飘摇，国运危急，遂爆发一二·九学生运动。余当时就读郑州，在党的领导下，组织学生救亡活动，举行游行示威，展开卧轨请愿斗争，匆匆已十年矣！而今抗战胜利，余处黄河北岸，征鞍未卸，随即投入阻击国民党军北渡黄河抢夺胜利果实之战。抚今追昔，慨然命笔。

黄水奔流，千里下、怒涛进雪。挽狂澜、书生意气，壮怀撕裂。疾走高飞倾国恨，攀车请愿金陵越。恨只恨、屈膝小朝廷，心如铁。　　兴亡事，匹夫责；平生志，尊马列。望长城烽火，卢沟喋血。投笔从戎风雨路，冷枪热战关山月。莽中原、策马度春秋，雄师发。

1945年秋写于黄河北岸

水调歌头·山海关

　　东海吐红日，万里戏苍龙。天开三面空阔，楼外有奇峰。昔日秦皇伟业，洒遍孟姜血泪，功过岂相通？且唱盘山曲，谈笑论英雄。　　天塞险，征战地，贯长虹。硝烟弥漫，金戈铁马鼓声隆。烽火长城内外，鏖战大江南北，一举定寰中。泪写千秋史，血染大旗红。

韦君宜

（1917-2002）女，原名魏蓁一。1934年考入清华大学哲学系，后加入中国共青团并转为共产党员，任地下党北平学委干事。新中国成立后，历任《中国青年》总编辑，《文艺学习》主编，人民文学出版社副社长、总编辑、社长。创作多篇小说，著有散文集《似水流年》，辑有旧体诗集《鸿泥集》。

别天津登舟

斩断柔情剩壮心，木兰此去即从军。
早因多难论高义，已到艰危敢爱身。
如此山河非吾土，伤兹父老竟谁民。
愿将一片胸头血，洒作神州万树春。

1937 年

到延安

两年流浪转堪惊，踏破关山万里程。
戎服更非慈母线，风霜改尽旧时容。
悼亡渐痛双睛竭，赴死何难一命轻。
闻道将军新破虏，愿随旌旆指河东。

1939 年

陈次园

（1917-1990）1917年生，江苏昆山人。曾任外文出版社编辑。著有《朝彻楼诗词稿》。

步韵奉和廉范先生

三九江南月似霜，移将疏影出园墙。
披衣起赋风吹竹，侧帽闲看戏过场。
何日相酬斟浊酒，今宵且喜对清光。
年来幽思凭谁诉，老去临歧更断肠。

李赋宁

（1917-2004）陕西蒲城人，出生于南京。1935年进入清华大学土木工程系，在吴宓教授影响下转入外文系。1942年开始任教，1946年赴美留学获硕士学位，1950年回国任清华大学外语系副教授，1952年后历任北京大学西语系教授、副教务长、主任。著有《浅谈文学翻译》等。

和吴宓先生《己卯生日珏良等将
为诗以祝先此赋谢》

滇南远戍逢佳辰，乡语客边最觉亲。
道仰师传终自得，身随劫转不同沦。
热肠古谊独行健，训字传经久履辛。
盗窟荒林宜远引，后楼安隐保吾真。

1939 年

送雨僧师入黔

为学从师历七年，燕都滇楚久随研。
喜听高论忘尘俗，私庆无知得道传。
世劫方殷伤寡侣，灵芬独嚼绝繁弦。
今来移砚求恬静，临别依依祝顺迁。

1942 年

吴祖光

（1917-2003）祖籍江苏常州，生于北京。现代著名戏剧作家。抗战时期开始戏剧创作，代表作有《风雪夜归人》等话剧、歌剧二十二部。有《吴祖光戏剧集》《枕下诗草》。

枕下诗

临江仙·重庆日机轰炸

人道吴牛能喘月，国人此日吴牛。天晴翻教众生愁。但逢明月夜，轰炸未曾休。　　漫道中华国界广，任它轰炸何忧。今宵又见月当头。起来天似水，摇出一江秋。

写于 1938 年前后

江城羁旅

羁旅萧疏动客思，梦中春色滞人时。
爱他室暖灯昏夜，风雨骚骚读楚辞。

骑　车

萧萧双鬓雪千条，旧梦迷茫不可招。
行遍天涯人未老，犹堪铁马越长桥。

应曾敏之先生征诗

几度沧桑去不留，兴亡恩怨两悠悠。
世情冷暖凭君看，一例人心向自由。

情系杭州

山外青山楼外楼，西湖旧梦在心头。
亲情友谊萦怀久，吴郎八十负杭州。

李 欣

（1917-？）福建省人。1936年参加革命。曾任中国人民解放军政治学院学术委员会副主任。

平津战役 二首

（一）

雄师百万入榆关，华北兵团箭在弦。
扼住津张围日下，守军已是釜中餐。

（二）

战云压顶鸟惊弓，顽石又闻催命钟。
已破津门无遁路，和平易帜沐春风。

彭 飞

（1917-2004）山东青州人。1938年入伍。曾任解放军总政副秘书长，群工部部长、顾问。

反攻路上

八年弹指一挥间，敌寇虽降心未甘。
万马千军齐挺进，反攻路上战犹酣。

1945 年 9 月

新兵团打焦庄

砥砺新兵上战场，轻除敌寨试锋芒。
初尝陷阵好滋味，归路群情恣欲狂。

1945 年 10 月

突破泰安东门

夜空千里泻流星，火海红光染岱宗。
霹雳一声山谷啸，英雄破雾已登城。

1947 年 4 月

彭 兰

（1918-1988）女，曾任北大中文系教授。于1988年1月逝世。

日暮感怀

国破家何在？层山涌暮云。
凄风人独立，古木雁中分。
孤塔迎残照，荒烟拥敌坟。
吴钩何处觅？空对夕阳曛。

1943年

李　真

（1918-1999）江西永新人。1932年参加中国工农红军。参加了长征。曾任第六十五军政委、防化学兵部政委、工程兵政委，总后勤部副政委。1955年被授予少将军衔。

浣溪沙·元旦过芷江

云淡碧天寒雀家，江边丛树落昏鸦。渔歌长笛水扬花。　　夜听枪声残火灭，晓看飞剑斩龙蛇。乡亲擂鼓盼朝霞。

1936 年初

胡　绳

（1918-2000）江苏苏州人。1938年加入共产党，早年从事文化、新闻工作。新中国成立后历任出版署党组书记，中宣部秘书长，《红旗》杂志副总编辑，中共中央文献研究室主任，中国社科院院长。有《胡绳诗存》等。

过南京夜闻东北流亡学生唱《松花江上》

木落山空夜更凉，石头城下唱松江。
沃原千里无颜色，志士如何不断肠。

1937 年 10 月

东　江

又是仓皇万里行，岭南春早半阴晴。
东江船女歌如哭，月黑波深待曙星。

1942 年 4 月

淮上咏史 (四首录三)

开国登坛盖世雄，功高鸟尽弃良弓。
刘家天下吕家党，千载行人叹不穷。

（韩信）

百战重瞳有霸才，可怜垓下楚歌哀。
如何烧尽秦宫殿，株守彭城戏马台。

（项羽）

亭长居然称至尊，龙交蛇斗杳无痕。
万千斩木陈吴辈，赢得刘家四百春。

（刘邦）

尚爱松

（1918-2006）江苏省铜山县人，中国美术史暨古典文学教授，中国美术史专家，美术史论学科专业开创者。1941年毕业于抗战期间西迁重庆的中央大学中文系，翌年到昆明国立北平研究院史学所，从事魏晋学术思想史及古代美术史研究。抗战胜利后，在北平参加并组织反内战和反饥饿运动。解放初期，被选为北平研究院研究人员职员联合会副主席、中科院中苏友好协会首任副会长。1956年起，先后在中央美术学院、中央工艺美术学院授课并筹办美术史系和工艺美术史系。1988年被聘任为中央文史研究馆馆员。曾于1983年为《简明大不列颠百科全书》中之中国书画部分拟定辞目一百六十四条，并撰写其中的四分之三辞条文字。

登葛萝山

葛萝春草绿，万壑响松声。
隔岫窥云寺，缘江见蜀城。
泉从绝巘落，烟傍画楼生。
却望东归路，长怀破虏情。

1938 年

卜算子·咏松，用东坡韵

劲骨逼穹苍，独立天风静。阅世凌寒岁月深，缥缈拿云影。　　雷雨海天开，龙化何人省。落落亭亭志不移，千古甘清冷。

1940 年

浣溪沙　二首

（一）

兀兀中宵涕不收。难从一醉袚千愁。倚栏斜日哭神州。　　襦襳风尘同缚虎，飘飘天地等闲鸥。高秋强上仲宣楼。

【注】

刘持生学长句。

（二）

八骏西游问劫灰。生民伫望蜀天开。经纶何事恃崔巍。　　忍倚关河论王气，难从廊庙数雄材。登台歌啸足悲哀。

1941 年 6 月

【注】

陈散原先生句。

浣溪沙

百里湖山入暮云。松光霞影渺难分。自凭樽酒问前因。　　锦瑟空弹江海怨，灵犀终感蕙兰人。天花如醉落纷纷。

1948 年

关懿娴

（1918-？）女，广东南海人。1943年毕业于西南联合大学外文系，1948年开始赴欧洲留学，在伦敦西北理工学院获图书馆学硕士学位。1955年回国，任中央卫生研究院图书馆馆员。1956年调至北京大学图书馆学系，历任讲师、副教授、教授、系副主任。长期致力于西文图书编目、图书馆学教育和图书馆管理方面的教学与研究。著有《关懿娴旧稿旧文集》。

奉和雨僧师并步原韵

三十二年四月，在校受尽负谤，蒙师赐诗慰解。感激惶恐之余，勉成一章。

真愚何敢望回贤，善诱循循启迪先。
三载春风沾化雨，一朝文狱任颠连。
俗情妄自分清浊，慧眼应能辨丑妍。
由义依仁原我责，不因成败动人怜。

1943 年

周汝昌

（1918-2012）字玉言，号解味道人。天津人。著名红学家。曾任人民文学出版社编辑、中国艺术研究院研究员兼顾问。毕生精力倾注于中国文化与诗文书画理论之探讨。有红学专著十三部，《红楼梦新证》为其代表作。

庚辰自咏

可是多情是不情，漫将素纸染红英。
为芹辛苦夫何怨，借玉通灵我自惊。
文采风流尊古句，弦歌儒雅愧家名。
高楼眺爽朝朝事，修到三生更此生。

长句为雪芹作

千年一见魏王才，落拓人间未可哀。
天厚虞卿兼痛幸，地钟灵石半庄诙。
朱灯梦笔沉残稿，翠崦寻痕涨锦苔。
曾是青蝇涂白壁，为君湔浣任渠猜。

【注】

虞卿，战国游说士，曾为赵上卿，后弃官逃亡，穷愁著述以终。

谨和羡季先生 二首

（一）

心焰难随意气寒，泪澜不逐墨花干。
当前有句非新得，到此无人是故欢。
一带重云山外结。十年流水镜中看。
依然霜月栏干下，深抱朱弦未忍弹。

（二）

身处幽燕近市城，江乡诗思久曾听。
山川风土非无异，节序门闾定有情。
北地那堪庾信住，中原仍诵岳飞名。
来朝依旧尘沙里，浪向宵分说改更。

【注】

羡季是顾随的字，作者之师。

王定烈

（1918-2014）四川宣汉人。1933年参加红军，参加了长征。1936年加入共产党。曾参加西路军血战祁连山。历任军区空军副司令员，军委空军副司令员。少将军衔。

血洒祁连

戎装征尘染血痕，远上祁连几断魂。
此身剩得三寸气，横戈立马闯玉门。

1937 年 3 月

中原突围 (录一)

足踩神农并武当，吃糠咽菜又何妨。
赤脚踢开蒋家将，拨开乌云见曙光。

1746 年 8 月

吕　剑

（1919-？）号原白，原名王聘之，别署一剑，山东莱芜人。曾任《人民文学》编辑部主任，《诗刊》及《中国文学》编委。有《吕剑诗集》等十余种。

过邯郸

崚崚邯山下，古都有邯郸。
丛台今安在？衰草迷寒烟。
寂寞回车巷，佳话千载传。
廉蔺一朝逝，社稷成荒阡。

高　锐

（1919-？）山东莱阳人。1937年参加革命，次年加入共产党。曾任营长、作战科长、师长、军参谋长，兰州军区副司令员兼宁夏军区司令员，军事科学院副院长。少将军衔。有《行吟集》等。

游击神兵

草上飞腾水底虬，山林湖泽不知愁。
断桥破路俘倭鬼，袭堡偷营掳敌酋。
雷爆枪鸣狼豹毙，粮藏井塞虎罴囚。
村村张起罗雕网，百万敌军釜底游。

牙山反扫荡

倭兵拉网扫牙山，欲竭龙潭涸涌泉。
焰火村村灰黑渍，枪声处处血红莲。
栖霞儿女心机广，抗大师生智勇全。
巧布地雷麻雀阵，敌军人马仰翻天。

1942 年冬

清河反攻

昔年抗日反攻时，西渡潍淄闪电驰。

广饶桓台击怅鬼，青城高苑捕逃魑。

千村凋敝神无宇，万户萧条人断炊。

向导遍寻皆不得，倚墙暂息待晨曦。

1945 年 8 月

张　凯

（1919-？）山东莱阳人。1937年参加革命。曾任总参谋部通信部政委。著有《菊轩韵存》。

白洋淀

一片汪洋映碧洲，万家烟缕水乡稠。
千重苇嶂迎风舞，百叶轻舟遏浪游。
芦荡有情藏火种，雁翎奋勇扫貔貅。
英雄血洒白洋淀，赢得神州锦绣畴。

记冀中游击战

野燹狼烟暗九重，三光燕赵卷腥风。
同仇敌忾军民奋，喋血威扬刀剑横。
莽莽青纱张铁网，绵绵地道铸长城。
悲歌壮举惊天地，誓扫倭儿胆气雄。

茅于美

（1920-2005）女，江苏镇江人，出生于南京，茅以升之女。1943年毕业于浙江大学外文系，复毕业于清华大学研究院英国文学专业，后留美获华盛顿大学硕士学位、伊利诺伊大学博士学位。1950年回国，先后在出版总署编译局、中国科学院文学研究所、中国人民大学工作。著有《中西诗歌比较研究》《李清照漱玉词英译》《茅于美词集》等。

军装戏题

依然绰约旧丰姿，投笔从戎岂梦思。
洗尽铅华跨征马，沙场谁辨是雄雌。

1938 年

浣溪沙

1943 年夏初，行将卒业于国立浙江大学。会试前数日，追忆初心，瞻念前途，对一草一木，莫不依恋，怅然成词。

桃李芬芳曲径深，春风拂面一相寻。柳回青盼忆初心。　　细蕊吹香迷蝶梦，彩霞流影上衣襟。徘徊空解惜分阴。

鹧鸪天·二十六岁生辰感赋

犹欲凭君挽退潮，我生如叶复如涛。时来水逐漩涡转，风去枝随秋树摇。　波撼撼，叶萧萧，投林徒羡鸟窠巢。素心永许陪朝夕，敢慕长生怨寂寥。

1946 年

浣溪沙

何处人间是坦途，悬崖绝径赖相扶。好凭双手拔萧樗。　锦绣河山春旖旎，殷勤播种莫踌躇。须怜大地久荒芜。

1947 年

卜算子

1947 年 9 月 17 日，余自沪启程赴美留学，于太平洋舟中有忆。

昨夜月明时，云净天如洗。万顷波深澄且蓝，宛忆君眸子。　长念久凝眸，问我忧何事？云月迢迢路几千？寄意凭流水。